不速之客

晏瑜 著

花山文艺出版社

图书在版编目（CIP）数据

不速之客 / 晏瑜著.—石家庄: 花山文艺出版社,
2018.10（2020.6 重印）
ISBN 978-7-5511-4153-6
Ⅰ.①不… Ⅱ.①晏… Ⅲ.①短篇小说- 小说集-
中国- 当代 Ⅳ.①I247.7
中国版本图书馆CIP 数据核字(2018) 第194542 号

书　　名：不速之客
著　　者：晏　瑜

责任编辑：林艳辉
责任校对：李　伟
封面设计：仙　境
美术编辑：胡彤亮
版式设计：西橙工作室
出版发行：花山文艺出版社（邮政编码：050061）
（河北省石家庄市友谊北大街 330 号）
销售热线：0311-88643221/29/31/26
传　　真：0311-88643225
印　　刷：三河市元兴印务有限公司
经　　销：新华书店
开　　本：660 × 960　1/16
印　　张：20.25
字　　数：224 千字
版　　次：2019 年 1 月第 1 版
2020 年 6 月第 2 次印刷
书　　号：ISBN 978-7-5511-4153-6
定　　价：69.80 元

前　言

"一花一世界，一沙一乾坤。"

如果这是一朵花，说明冬去春来，它已经迎春而开；如果这是一粒沙，说明它也许是随一股东风而来，稳立当面，它将会为你讲述一个微妙的乾坤世界的故事。

不管它是一朵花，还是一粒沙，它都已经摆在了你的面前。这就是《不速之客》。它是一本短篇小说作品集。

本书收入了作者近年创作发表的33篇短篇小说作品。作者沉潜生活深处，紧握时代的脉搏，以敏锐的感观神经洞察世情百态，捕捉素材，用典型的情节映画人心，以闹中求静的心态诠释人性。

纵览全书，文风朴实、蕙质兰心，洒脱自然。作者以简洁明快的语言，开门见山的风格，娓娓道来，既叙说了芸芸众生的五味生活，又描绘了一个个敢于面对现实生活和挑战命运的人物图景。这些作品，或以跃动的时代脉搏、浓郁的生活气息、崭新的精神风貌，叙写当代社会各个阶层人民群众的生活际遇，但不失典型性。这些作品中的主人公，在社会变革时代，在激烈的竞争和生存的夹缝中，努力寻求发展机会，他们日复一日、年复一年地奋斗拼搏，在挥洒热血与汗水的同时，书写着色彩各异、精彩纷呈的不平凡人生；或以厚重的历史感，以及鲜明的人物形象，或以倔强的品性，勇敢地直面人生，在跌宕起伏的故事中，唤醒时空的记忆，昭然世相杂烩，彰显出人间正能量，直插人心的“软肋”，折射出人性美的光辉。

有道是麻雀虽小，五脏俱全。虽然书中有的作品篇幅较短，但真可谓洞若观火，壶中品茗，小小器物尽显其能。这些小作品在展示人物精神世界，描绘底层生存境遇，彰显人性之美，揭示人性本真，竭力追求幸福的良好欲望诸方面，依然有很好的把握和独到的描摹，读之，如闻其声、如见其人。

本书中作品选材典型，构思独特，立意深刻，故事引人入胜，又充满理性思辨的哲人情怀和积极向上的正能量；作品题材或温馨感人、或幽默诙谐、或新颖传奇、或结局出人意料，但都是积极向上的，读之，如一股温泉从心头汩汩流过，给人以无限温暖和莫大的力量。这些故事，总能让读者于不经意的细微处发现启人的智慧，在看似惯常无奇的事物中阐释深刻的人生哲理，给人以无法言说的独特的阅读享受。该书，可读、耐读，韵味无穷。

目录

◎第一辑

◎第二辑

◎第三辑

◎第四辑

◎ 第一辑

不速之客

不速之客

八月的天气，秋高气爽，瓜果飘香，四野尽呈丰庆景象。

八月初六这天，一大早，江南桃花镇王家庄的王庄主府上就宾客满门，人声鼎沸了。

因为，这天是少庄主王鑫平大婚的日子。这王庄主家，虽是书香门第，却在县城的四条街上开了四家商货铺，既有声望，又有钱，交往甚宽。所以，少庄主的婚礼自然也办得是十分风光，光是酒席就备了一百二十多桌。

日上三竿，迎亲的队伍刚出发，管家王洪就宣布开宴，第一轮邀请乡绅老爷和本门的长辈们入席。大家刚坐定，正要举杯饮酒，突然一声："且慢！"一个衣衫破旧、头发散乱的老翁随声撞进院子里来。他手握一杆二尺长的铁杆烟锅，向众人挥了挥手，说："各位客官吉祥！大伙儿刚刚入席，老朽来得还算及时吧？可有我的席位？"

管家一看来人的衣着样貌，就知道不是所邀的宾客，走过去拦住道："你是什么人？来此何干？"

“在下乃丐翁二尺铁，今天上门来，当然是想讨几杯喜酒喝了。”

“乞丐？那你还虚张声势，摆什么谱哩？”管家仰起脸说，“既是乞讨，就该柔声细气站在门边等候着，有空时，我们再赏你几片肉、几盅酒好了。”说着一指大门口，让他过去。但见老翁一动不动，管家就扬声叫喊一位家仆：“王忠，你去伙房端碗饭，夹几片肉，赏给这个老丐，免得他搅扰公子的喜事。”

“且慢！”丐翁又摆摆手说，“上门都是客，空桌备一张，别人十道菜，我也需菜十味，而且，酒菜一定要齐全。”

管家吃惊地说：“什么？你要求一人独坐一席，蛤蟆打哈欠，口气不小啊！”

丐翁说：“是的，我要求一人独坐一席！老朽能来，是与你家有缘。你们高门大户，今日少说也备有百桌宴席，能少我一桌？其实，也不该少我老汉一桌！”

“你……你……真是少见。我告诉你……你来吃蹭席，不要要求太高，惹得我性起，小心我用扫帚赶你出门。”管家脸红脖子粗地说。

“什么事？王洪你吵嚷什么？”吵闹声惊动了客厅的王庄主，他站在门口问道。

王洪过去把情况说了。老庄主大手一挥说：“好事，今日咱家喜事盈门，来个讨喜的，也是与咱有缘，上门都是客呗，就给他独个儿开一桌吧。还有，让公子过去给那老汉敬上一杯喜酒，让他心满意足，也开心一天。”

管家过去指示仆人在偏厅给丐翁开了一席，公子也亲自去给老汉敬酒，看他能喝，就敬了六大杯酒。

丐翁一人一桌，独吃独饮，无拘无束，一顿酒席吃了一个半时辰。吃毕，老翁打个长长的哈欠，躺在桌边长凳上睡起觉来。

大院里彩棚下的酒宴开到第三轮的时候，有客人议论说，新娘子应该快来了吧。听说新娘子的娘家距这里不远，迎亲的人都去了将近三个时辰了啊。大家正在期盼着。突然，一个人匆匆忙忙奔进院子里来，大声喊道："庄主，不好了，新娘子的花轿被截在半路上了。"

老庄主一惊，奔出客厅一看，原来是去迎亲的副管家殷祥回来了，忙问是怎么回事。殷祥说："他们迎亲的队伍抬着花轿走到距王家庄两里路的兔子坡时，忽然从路边跳出七个大汉，为首的汉子说他是兔子坡新来的当家的，听说今日路过的新娘子漂亮，想留下来做个夫人。大家知道遇上强盗了，正要反抗，那伙人先发制人，用刀逼住大家，一声呼哨，有人从树上甩下铁爪长绳，钩住了轿顶，吊在巨树上。为首的汉子说：'只要你们有能人从空中摘下花轿，这人嘛，还是你们的；否则，嘿嘿，过了今晚，人就是我的压寨夫人了。三天后要赎人也行，不过得拿一万两银子。'"殷祥他们十余个迎亲的人，眼睁睁地看着新娘被悬吊在两丈多高的高空中，束手无策，只得回来报信。

少庄主王鑫平一听，一拍桌子："岂有此理！真是反了他们了！"他提了一把朴刀，吼道："小的们，跟我去兔子坡走一趟——"就要带领家丁们去夺回新娘和花轿。

老庄主急忙拦住儿子说："慢着！俗话说，来者不善，善者不来。你年轻气盛，不可莽撞行事，今日是你的喜日，你去了少不得流血带伤，何况你又不会武功，你能硬得过那些亡命之徒？还是请你武安叔带几个人去吧。"

老庄主所说的武安，是他的一位朋友，住在邻村武家村，会拳脚功夫，平日十几个汉子近不得身。武安今日也来了王家庄赴宴，正好可请他帮忙。

武安立即带了七八个庄丁，骑着一匹马去了兔子坡。一个时辰后，大家正在焦急地等待消息时，几个庄丁簇拥着武安回来了，却不见花轿抬回。武安一见王庄主，满面羞愧地说："恕愚弟无能，不但未能救得侄媳妇回来，自己还负了伤。"原来，武安到了兔子坡后，指挥两个徒弟和庄丁们缠住几名劫贼，自己飞身上树去摘花轿，但贼人中打出的连环飞镖却击中了武安的右臂，他只得败退下来。

眼见第二批迎亲人马又空手而归，王鑫平急红了眼，他牙关一咬，说："我多带些人去血洗兔子坡，跟这些贼拼了。"说罢就要带人出发。王庄主拉住了他："慢着，容我再想想办法。"可他想来想去，也没有克敌之计。这时有人提议用一万两白银赎回新娘，有人说这是高价勒索，不能轻易妥协。庄主越听越烦，急得唉唉地高声叹气。

"王庄主，让老朽去试试吧。"

这时，一直在偏厅里睡大觉的老丐翁，应声走了过来。

王庄主瞪大眼睛，望着对方："你去？你、你能行吗？"

"我老汉吃了您的酒肉，又是单人独桌，就得帮你们干点活儿呀！"丐翁说完，提起他的烟杆儿，就往门外走。

王庄主跟出门外问："兄长，您需要多少帮手？"

丐翁摆摆手："不需劳师动众，老朽一人去就行了。"

"您一个人去行吗？"王庄主看了看老汉，担心地问。

丐翁说："放心吧，我说过我一个人去就行了，庄主何必多虑呢？”

王庄主只好说：“那就多多劳烦兄台了。”

丐翁徒步来到兔子坡，举目一望，只见数丈高的树上悬挂着红花轿，活像一只巨大的灯笼。树下，五六个汉子正席地而坐，吃肉喝酒。丐翁纵身一跃，落在几位贼身边，说：“几位吃饱喝足了快滚，让开路来，好让我把花轿迎接回去。”

几位劫贼闻言，唰地跃起，排成一排。

排在前面的贼，看清来的是个头发胡子花白的老头，嬉笑道：“啊，有趣，有趣！看来，你们真是没什么能人啦。也罢，看在你年岁大的分上，我们就不动手了，且看你怎样摘下花轿。”

丐翁也不回话，嗖的一声跃起，飞身向花轿奔去。

正在这时，老翁忽听耳边风声响，右手一伸，接住一枚飞镖，手一挥，群贼当中一人“呀”的一声，跌坐在地。老翁一个鹞子翻身刚落在大树丫上，耳边风声又响，老翁再次伸手一接，随后手一挥，下面的劫贼当中又有一人“啊”了一声，跌倒在地。老翁右手一伸，摘下几片树叶，向下一挥，群贼中又有四人连哼几声，躺在地上不动了。老翁冷笑了一声，左手中的铁烟杆冲着花轿上头一挥，接着一捣，挑着花轿轻飘飘地落下地来。

老翁与花轿刚一落地，几个跟在老翁身后，藏在暗处的庄丁，跑上前来，抬上花轿飞快地向王家庄奔去。

这时，突然草丛中飞奔出一条人影，手举铜瓜锤向老翁后脑打来，老翁倏然转身烟杆一横，格开来锤，顺手一掌，那人摔出三丈开外，吐血而亡。原来是一直在草丛里“出恭”的贼人，趁机偷袭老翁。老翁轻叹一声，走过去，用铁烟杆分别向站着的四位劫贼的脖子上疾速一点，四位劫贼穴道解开，纷纷跪地求饶。老翁手一挥：“滚吧，越远越好！以后再胡作非为，定取尔等狗头。还有，这个姑娘如我孩儿，若再歹意去搅扰，老翁随时让尔等性命犹如那厮。”

老翁说完，四个劫贼抬起地上两个中镖及那亡命的同伙，屁滚尿流地逃走了。

丐翁刚回到王家庄大院，拜完堂的新郎王鑫平就对他行跪拜的大礼。老汉也不客气，笑吟吟地接受了。随后，老翁又被请进堂内，又接受了新娘子刘菊花的拜谢。当夜，丐翁在两个仆人的伺候下，在客房里安歇了。少庄主暗想：等老人歇息几日，他要拜老人为师，请老人为他家镇守庄园！

次日早晨，少庄主去丐翁歇息的后院厢房请老人来吃早餐，一位家仆走来对他说：“老英雄天一亮就离去了，走时留下一封信，让小的转交少夫人亲阅。”少庄主接过家仆递来的信，信封上写着“菊花亲启”几字，他只得把信拿回新房里，交给新娘子。

新娘子疑惑地拆开信，只见上面写道：

菊花：

我的女儿，爹见到了你，甚是高兴，我的孩子终于长大了！

19年前，当你娘在腹内把你孕育到6个月的时候，时年已35岁的我，不得不惜别亲人参军了，因为我大宋河山已被金人的铁蹄践踏得支离破碎，更可恨的是半年前你爷爷带着你奶奶在探亲途中，也被一队入侵的金兵无情地屠杀了。国仇家恨，怒火熊熊，烧得我坐立不安啊！我参军后的所属军队，士气高昂，作战勇敢，数战数捷，半年之后就歼灭了完颜哈达部，为你爷爷奶奶报了血海之仇。正当我宋军挥师北上，欲收复大散关时，在一次分兵出击金贼军队的过程中，由于叛徒出卖，导致我所在的部队，被敌军围困在大散岭南的峡谷中，几乎全军覆没。就在我快要战死之时，突然，一位武功卓绝的老翁从天而降，将我救了出去。我羡慕老人的一身绝学武功，就求他教我，老人答应了，悉心教授我武功。

后来，我才得知老人是玄武派的唯一传人，学了本门武功就得加入本门派。我只得遵从。第三年秋天，我找个借口下山，溜回老家探望亲人，方才得知两年前，你娘生你时难产而亡，你已被你姑父与姑母收养。你哪知，有两个黄昏，我潜伏于你姑母家屋顶上，偷窥你在院中学步的身影时，我内心百感交集。我不想打扰你平静的家庭生活，又怕师父怪罪，只得狠狠心回到千里之外的山中小庙，陪伴师父。

十几年过去了，如今，爹已成了本派掌门人，现在来去稍觉自由，就想回来看看你，不料竟遇上你的婚期，就扮成乞丐先上门来了。也未料到，我还有帮你度过险情的机会。前日中午，我在崔家庄歇息时，忽然听到几个陌生人嘀咕着，说要到王家庄取“家当”。我才发觉有匪情。前天傍晚，我先在庄头等了一夜，无事，岂料昨日，歹人竟在兔子坡埋伏。

好了，孩子，替我谢谢你的姑母一家人，养育你成人，又为你寻了个不错的婆家。经我昨日考验，王家一家人品行不错！孩子，好好生活吧。爹走了，要去物色我的徒儿——将来的本派掌门人了。

菊花读完信，已泪流满面。“爹，您老多多保重吧！女儿不能为您尽孝，孩儿给您老赔罪了！”她“咚”地跪在地上，对着远方，虔诚地磕了三个响头……

最终结局

桃溪河的两边，住着姓朱和姓项的两大家族，日久天长，形成两个自然村落，共有二百多户人家。因傍河而居，土地肥沃，可谓地美物丰，人人安乐，家家祥和。

这天，项祥兴是在太阳将要落山前的半个时辰，回到村里来的。

他今天很高兴，早晨出村前挑了10个猪仔，到集镇上才两个时辰，就全卖光了，而且都是好价钱。所以，散集时他拿出一吊钱，下馆子好好喝了一壶。没想到一壶还没喝完，他便喝得有些高了。祥兴挑着一对空竹筐，手里提着给老娘切的半斤猪头肉，走到村前河边桥头时，冷风一吹，他脚步踉跄，东倒西歪，差点一头栽进河里去洗上一澡。

“醉鬼，醉鬼，脸像猴屁股，晃着罗圈腿！瞪着红眼睛，跟树比高低！醉鬼，醉鬼……”旁边玩耍的朱氏两个小孩子，看见祥兴这样子，就拍手叫喊起来。

“小兔崽子，敢笑骂大人，啊？反了你们啦？看我怎么收拾你们……”祥兴丢下竹筐，转身就去追打。两个小孩一阵疯跑，其中一个失足掉进了水中。

尽管小孩当时被旁边农田里的人赶来救起，但小孩溺水且受了惊吓，回家后还是大病了一场，花了不少钱。

落水小孩的父亲放不下这事，就上门去找祥兴索要医药费。祥兴躲到项氏族长家里，不出来。项氏族长就出面打圆场，又是赔笑又是作揖，几句好话就把朱家男人打发走了，还说过几天祥兴一定上门赔礼道歉。

可是，一晃眼十几天过去了，也不见项家有人上门来赔礼，朱家男人知道被对方捉弄了。朱家人生气了，认为项家欺侮他们朱氏人，就聚众商议惩治项氏一族的办法。最后决定，把项氏一族人行经最频繁的"路"断掉，让他们一族急一急。

日子一晃，又过去了四天。

这一日黄昏，老天突然降下一场大雨，间间断断地下了半夜。次日天明，朱氏一族的人走出家门，看见河边那座桥头围了近百十个人，正在发愁呢。可不是，项氏一族的人全部居住在河的东边，昨夜一场大雨，竟然连桥都被冲毁了。小孩过不了河，不能上学；做生意的过不了河，到不了河西岸的集镇；有些农夫也到不了河西的田里耕作；而朱氏一族的人见了，反而很高兴，因为他们家族住在河西边，不受任何影响。

见项氏一族人在河边焦急的样子，朱氏族里有人就嘀咕道："昨天你们不是还狂得很嘛，今天都蔫了……"这时，旁边有两个小孩听大人这样说，就侥幸地大声向对岸说："姓项的一族，往日咋不凶啊？把桥拆了看你们还有多牛气！嘿嘿，这下你们还过不过河？"

"啊？原来是这样啊！"一个中年人说，心里很不好受。

"你们咋这样给我们送'大礼'呢！真狠！有种！"一个后生说。

“他们来阴的，咱们就给他们来狠的。”另一后生说。

项氏一族人围拢来了一大伙儿，一听，桥是被朱氏族人故意拆掉的，气就不打一处来。有几个血气方刚的小伙子把手捧在嘴上向对面咒骂了一番，觉得不解气，马上一串联，十多个后生回去抄起木棍，不顾湍急冰冷的河水，涉水到对岸将看热闹的朱氏一族人打倒了十几个。

这一下祸可闯大了，朱氏族人都不答应了。“报仇，我们要报仇！”他们一下聚来了几十个年轻人，跺着脚，怒吼着，要去对岸把项氏族人全“搁倒在地上”。

“且慢！”朱氏族长冷静一些，他拦住本族那些提刀拿木棍的后生们，说，“大家的心情我很理解，但是我们报仇，也得理智一些。大家也知道吧，项氏族里的青壮年男子不比我们族里人少，我们现在去硬拼，绝对占不了便宜。君子报仇，不在早晚。我有个建议。”大伙儿听族长这样说，都催他说出来。族长说：“我建议全族人，每户出一点钱，然后去聘请一位武功高强的武师来我们村里住下，一来，我们的后生可跟他学些功夫，增添本事；二来，我们找项氏一族报仇时，万一不敌对方，也有个助威壮胆的，这样我们就不怕斗不赢他们。”

“这个主意不错。”大家都赞成族长的意见。于是，很快由每家凑了一吊钱，派了两个中年人，从几百里外的州城请来了一位名叫庞由的镖师。

庞镖头入住朱氏一族后，每日清晨就在村中祠堂前的广场上，指教朱氏族里的青年们习武，搞得热火朝天。

半个月后的一天黄昏，朱氏一族的几个后生按捺不住了，就鼓动庞镖师带着他们过河去出气。庞镖头也想显摆一下，赞成后生的意见。

十余位朱氏后生在庞镖师的带领下，大家发一声吼，手持家伙拥过河去，把河东项氏族里几头在河边吃草的黄牛，用棍棒打翻在地。牛是农家人的宝啊！项氏一族人闻讯，赶来了不少人，但见庞镖师手提铁棍，铁塔一般地站在那儿，随手抓起一把石子，用力一捏，手中落下纷纷扬扬的石粉来，然后向他们招手："来吧来吧，上来让我练练手脚。"只气得项氏一族人眼里冒血，向脚下吐口水，可没一人敢近前去。"哈哈，小猪看老虎，光气没脾气，想要打老虎，得等下辈子！嘿嘿……"见此情形，朱氏一族的人，得意地大笑着扬长而去。

可是，朱氏一族人没高兴上几天，就又高兴不起来了。

没过十天，项氏一族也从外地请了一位外号叫"史铁脚"的江湖游侠来了。

自"史铁脚"来到项氏族里的第一天，给众人演示的功夫，是他的外号的来历：只见史大侠赤脚飞起跃向一棵水桶粗的白杨树，双脚连环朝树干踢了七八下，树干就像被狂风刮过般，呼啦啦乱颤，树叶下雪般飘落了一地。史大侠一个鹞子翻身落下地，轻如飞鸟着陆，众人再看他的赤脚，皮肉连颜色都不变。项氏族人齐声高呼："高人！高人！真乃'史铁脚'啊！"

史铁脚听到称赞，微微一笑，大步走到一座碾盘前飞起一脚，三百斤重的石碾被他踢飞，咚的一声落到两丈开外，砸在一棵碗口粗的树上。树干断成两截！

"哇！好功夫！"众人见此情形，有的欢呼，有的则站在那儿瞪着大眼，惊呆住了。

自从史铁脚来到项氏族里住下后，也每日教项氏一族的小伙们练功夫。很快过了两个月。史铁脚为了显示自己的能耐，也为了早日替项氏族人讨回公道，就跟项氏一门的族长商议，决定由他出面，与朱氏一族请来的庞镖师当众比武。双方的教头谁比输了，谁代表的那一方就承担重新修桥梁及伤害了对方人畜的医疗费用的赔偿责任。

项氏的族长答应了这个建议，随后修书一封派人送到朱氏族长的手里。庞镖师与朱氏族长交流了一下意见，就答应了比武一事。双方都觉得自己一方胜券在握。

双方把比武的时间定在当月的三十日，地点在河边的白杨林边。

比武这天，双方两族的男女老少，都赶来为自己一方的教头助阵。史铁脚与庞镖头走进场中，双方抱了一下拳就交起手来。两人来来往往斗了十几个回合，就基本摸清了对方的拳路。史铁脚仗着自己的硬功夫，大胆进攻，可庞镖头也不是吃素的，他闯荡江湖多年，也练就了一套无形“神爪”功，见史铁脚用的是外家拳法，而且擅长腿和脚，他就用内家拳法以柔克刚，专攻其上三路。两人过了三四十招，仍然不分高下。

正在双方都急于求胜，欲使出本门绝招狠斗的时候，只听一声呼哨，一个人影从旁边树上轻飘飘落下。人影离地面有二丈高时，此人一个鹞子翻身，俯冲而下直冲向史、庞二人，手中一个竹斗笠一挥，史庞两人只觉得有一股巨大的力量，分别向他们袭去。两人竟被震得噔、噔、噔各自后退二丈开外才站住。

两人同时大吃一惊。定睛看时，原来是一位手提斗笠的中年汉子站在中间，稳如泰山，气定神闲。

史、庞二人异口同声道：“阁下是谁？为何搅扰我们二人比武？”

中年汉子说：“我是谁，并不重要，重要的是，难道二位就这样斗下去，斗到鱼死网破，你死我活，才是解决两族人恩怨的好办法吗？这难道就是江湖豪情、大丈夫的风范吗？”

“你，你想怎么样？”史、庞二人异口同声地问道。

“不怎么样！”来人面露微笑，看不出是敌是友。

“你怎么知道我们二人决斗的起因和目的呢？”史、庞二人异口同声地问道。

中年汉子一阵仰天大笑后，说：“欲要人不知，除非己莫为。我在树上已待了半天时间了，你们心里想的和手里做的，我岂能不知？”

中年汉子见史、庞二人愣怔的空儿，又是一声长笑，继续说：“倘若二位觉得今日我搅了你们的局，还觉得斗得不过瘾，就合伙上来，贫道陪二位再比画几招如何？”史、庞二人刚才已领教过中年汉子的功夫了，心中早已佩服，便彼此向道人作揖道：“大侠功夫超凡，我二人早已佩服得五体投地，哪敢冒犯尊驾？只是已受教诲，尚不知大侠尊号大名，怎样称呼？待会儿重谢阁下！”

中年汉子说：“在下闯江湖，走四方，行不更名坐不改号，人称‘斗笠散人’。如果二位觉得这样斗下去斗不出结果，二位就快去把两族族长找来，我来把这件事给你们摆平。”

史、庞两人互相看了一眼，点了一下头，转身就向人群里走去。两族族长被请来了。斗笠散人说，为了驱除两族人的“隔阂”，让他们修复旧谊，他愿意替朱、项两族人在一日之间，在河上架起一座桥。

“一日内？架起桥？”两位族长诧异地互相对望了一眼，怀疑听错了。

“是的，只需一日。”斗笠散人再次重复道。两位族长一听，十分兴奋，这是好事啊！忙询问需要什么材料，还要请多少工匠搭手。斗笠散人说，只要村人迅速抬来木料，备些铁钉即可。

木料很快运到河边，斗笠散人说："现在就是我的事了，你们只在一边观看就行了。"斗笠散人说完，双手各抓住一根五六寸粗的长木料，双脚在地上轻轻一点，腾空而起，飞跃至河心处，双手同时向下一插。眨眼间，滚滚激流中，便竖起了一对木桥柱。

斗笠散人从木柱上跃将回来，又接二连三抓起了几根房椽般的木头，飞掠过去，很快在河中立起了三对桥柱，然后又来来去去，抓起几根木头，单脚站在木柱顶上，用"爪钉"将它们联结在桥柱和两边的码头上。

斗笠散人就这样来来去去，不到半天时间，一座结结实实的木桥便搭好了。

项氏一族人拥上桥去，木桥结实又宽敞，大家在桥上又笑又跳，道谢和赞扬声不绝于耳。

当天夜晚，斗笠散人奔走于两族人之间，运用他独到的推拿接骨术，将双方一月前打斗闹事所伤的人和耕牛的跌打部位，全医好了。

次日清晨，朱氏的族长带着本族的几位长者，捧着礼品，来到项氏族长的家里，准备向斗笠散人致谢。可是，一伙人推开斗笠散人所住的房间门，只见屋子里床铺弄得整整齐齐，但没有斗笠散人的人影。

双方怔了片刻才明白，斗笠散人已不辞而别了。他们再找史、庞二位教头，也都不见了人影。众人赶紧追到村边，发现新搭的桥头立了一块简易的石碑，上面用利器刻着"连心桥"三字，两边各有一行小字，写的是：人不为己此言难信，恩怨计较何必太多。落款是：斗笠散人朱虎题。

两位族长看到题字，忽然“啊”的一声，记起一件事儿来了：三十多年前，村里有个父母双亡的孤儿叫朱虎，在村子里轮流给每家放牛，后来突然有一天，他无故失踪了，大伙儿寻找多日无果。日月如梭，一晃就是数十年，大家几乎忘了他，没想到，昨日出现的这个大侠，原来就是朱虎啊……

贫穷是个大问题

“宏图实业公司”老板陈昌兴的儿子陈志峰，近来不知哪根神经搭错了线，竟然放着好好的都市生活不过，用了半天时间，软磨硬泡，终于征得父亲的同意，要带上一笔资金，到他们的老家——马鞍镇双柳树村，那个巴掌大的小山沟里去创业了。

要说这件事，还得从一年前说起。

陈志峰硕士研究生毕业后，到父亲陈昌兴一手创办的“宏图实业公司”就业。宏图实业公司，主要是做房地产开发的。陈志峰上班后，先从基层做起，在各科室熟悉了一段时间的业务流程后便当了一名售楼员。由于他吃苦肯干，四个月后，陈志峰每个月的销售业绩在公司排第二名。

可是，一年后的一天，陈志峰跟在本市某单位工作的一个老乡，到他们的老家马鞍镇双柳树村去走了一趟，回城后，他就向父亲嚷嚷着说，他过几天回去，要正式对马鞍镇双柳树村进行全面的考察，准备寻找项目，另行创业了。弄得父亲很是惊讶。

老家马鞍镇双柳树村，离他们公司所在的南康市，约有150 公里。

那是个山区县域内的一个小镇，全镇分布在一条河三条沟组成的版图上。而马鞍镇双柳树村，则是三条沟较短一点的小山沟。整个镇的辖区，就是大山深处山圪塄里一片能看上眼的小天地，只有镇政府所在的明溪村沿河往下的地域，算是有一块平坦的小坝子。全镇共有七个行政村，六七千人口。这样的地方，除了人少外，就是山多、坡多、树多、草多、鸟多，如此封闭贫穷的地方，能考察出什么门道，另行创出什么业来呢？

父亲反对说："你可知道，我们当年为什么要离开马鞍镇双柳树村，而来南康市发展创业吗？就是因为那片土地太闭塞，太没出路了。你要创业，只要在市里瞅准行当，我会全力支持你的。何必要回过头去，跑到那个穷地方，去瞎闯乱折腾呢？"

陈志峰一听，不以为然地说："爸，您这话就不对了。一个地方穷，难道要让它继续穷下去吗？马鞍镇双柳树村这么穷，这么落后，您不觉得脸上无光吗？"

"咦，儿子，你这话是什么意思？马鞍镇双柳树村穷，这与我有责任吗？我又不是那块地方的领导干部！我管得了那方土地上的百姓吗？那儿穷，我有什么不好意思的呢？"陈昌兴有些不高兴了。

陈志峰说："爸，您不要生气。实话跟您说吧。我这次回了一趟老家，我的所见所闻，让我触动很大，不由得产生了想改变那个地方贫穷面貌的想法。"

父亲一怔："嗯？你遇见了什么事，说来听听。"

陈志峰就把缘由说了。原来，那天他在村子里走，看到一个十来岁的女孩子，脚穿破布鞋，肩上扛着一捆柴，吃力地向村里拖着走。当时他想，这是我儿时的生活呀！那还是20世纪80年代，可现在都啥时代了，一个女孩子穿这么破烂，还拖着柴。如今，城里这么大的孩子，除了上学，就是进培训班学跳舞、唱歌啥的，这里真跟城里是两重天啊！想不到，这个地方，人们还这么穷啊！后来，尽管他打听清楚了那个拖着柴的女孩子名叫何丹丹，是个孤儿，父母前几年出车祸死了，靠年迈的爷爷奶奶养活着，所以生活困苦，虽然他赶过去塞给小女孩三百元，可那拖着柴的名叫丹丹的小女孩的身影，老在他脑海里晃动。

第二天，当他们在村子西面的枣树垭“老君庙”那儿转悠的时候，碰到了一对五十多岁的夫妻，两口子一人挑着两只蛇皮袋，里面鼓鼓的，坐在路边歇息。陈志峰问他们挑的啥东西，男人说，挑的是稻谷，要到村委会那里的加工厂去碾米。陈志峰见他们两口儿累得满脸汗津津，问他们为啥不用摩托车载上粮食去碾米呢，这样挑着，多费时多累呀。男人说，这路七拐八绕的，车子不好走，而且他不会骑摩托，这样挑担儿也挑习惯了。跟在陈志峰身边陪同他的儿时伙伴，见陈志峰打破砂锅问到底的样子，就扯了一下他的衣襟，小声提示说：“你别问了，这个地方就这样，穷啊！好多人家，根本就没有摩托车。”

望着为了赶时间，又匆匆地挑上担儿，向前走去的老夫妻俩的身影，陈志峰心中沉沉的。如今城里处处是汽车，人们连路都不愿多走，出门办事一二里路，动不动就要坐车。可今日一见，方知这儿山里的乡民，日子过得太苦了！突然，他有了要设法改变这块土地贫穷面貌的想法。他觉得，放在新时代，一个地方穷，不是小事儿，其实，贫穷是个大问题！

说完，陈志峰继续说：“爸，虽然马鞍镇双柳树村穷，与我们没有责任。可是，我们有这个能力，而且那个地方是我们的根，虽然爷爷奶奶都不在了，这些年我们基本跟马鞍镇双柳树村没有什么联系了，可是，那里埋着我们的祖先，我们如果把它建设好了，改变了贫穷面貌，我们的祖先也会感到欣慰的。”

父亲听了儿子的话，半天没有吭声，他像是在思考着什么。过了一小会儿，父亲干咳了一声，说：“儿子，你说得很对，亏你能想得这么远。说起这些，不是爸没有这种思想境界，而是，这些年，爸在商界摸爬滚打，既不容易，也没有心思和时间思考这些事。”叹了一口气，父亲说，“行，如果你在马鞍镇双柳树村，能考察出什么好项目，有让那儿致富的路子和门道，爸全力支持你。毕竟，我是从马鞍镇走出来的。跟那片土地，还是有感情的。”

陈志峰没想到爸爸这么快就与他达成了一致，高兴地说：“多谢爸的支持。我一定不辜负爸的期望。不过，我这次去是考察项目，是办大事情，您总得多少给我点资金吧？”

“好吧。明天我让财务部给你准备点资金。”父亲说，“给你五六万元，这该行了吧？”

陈志峰说：“最少得十五万元。”

“嗯？你去考察个项目，就要这么多？”

“爸，准备充足点好啊！我花不了的，不是有‘馍不吃在锅里存着’那句话嘛！”

父亲听他这样说，点头答应了。

次日，陈志峰带上上回去过老家的那个同事，开着车往老家赶去。一到双柳树村，陈志峰就去跟村委会主任联系。他找到村委会主任老魏，打开皮包，把他这一年来的一些积蓄和准备的项目资金加在一起，凑足的二十万元亮了出来。他说：“老魏叔，我这次回来，是奉了我爸爸的命令，打算用这笔钱，把咱们村里的泥土路硬化一下。你看，从镇政府到村委会那一段路，虽然去年已经被硬化了，可是，咱村里这四五里路，还是泥土路，而且很窄，只能过拖拉机，这天一下雨，路上全是稀泥，实在没法走。咱村里的人经常在这一段路上活动，咱们自己动手，尽快把它铺成水泥路。”

村主任老魏听到陈志峰这样一说，真是瞌睡人遇上了枕头，一下高兴得不得了，“啪”地一拍膝盖，说了声好，倒了一杯水递给陈志峰，说：“志峰，你随便坐，我要找人去。”就赶紧向村中间跑，很快找来村里的几个委员，商量了一下，决定立马动手。

村委会的干部们，看到盼了几年的事，终于有了解决的机会，大家马上分头行动。有的赶快上门通知村民，说每家最少出一个劳动力配合村里铺路；有的赶快计算工程量、筹划配料的来源；有的则跑到村里的路上，去查看路况，研究怎样整理路基。

村民们得到村干部的通知，说村里筹到资金要硬化村里的道路，真是喜出望外，唧唧喳喳，奔走相告，就像是过年时有剧团来村里演戏一样热闹。虽然这几年留在村里的大都是五十岁往上的老年人，可大家的积极性空前得高，这三百多老年人，聚在一起商量一番后，怕事情有变，决定赶快动手，先做基础工作。随即有挑土箕的，有推着小木箱车的，有拿铁铲的，有拿洋镐的，纷纷到村边的小河里去捞砂子、捡石头，积极地准备起材料来。有一些年轻的妇女，则扛起锄头在村会计的指导下，去拓展路基。就连何丹丹和她爷爷，也来捡石头运砂子了。

只用了十天时间，村民们就把基础工作做好了。望着沿村子道路边上，间断地堆得砂石像一座座小山似的，村主任就带着人进城去购水泥了。等村主任带人把几大车水泥运回村时，几位老汉已经打电话把他们在县城里建筑工地上打工的儿子们叫回来了。接着就正式开始铺路了。一个月后，村子的泥土路全部硬化完了。由于辅助材料基本上是就地取材，节省了不少成本，原计划铺五里的，结果二十万元钱铺出了六里的水泥路。最后的一里的水泥路，虽然只能过电动三轮车，却直通到了村后的山脚下。

在村民们热火朝天地硬化村中小路的时候，陈志峰则跟着镇上农基站的技术员小李，整天背着个工具包，在村前村后跑来跑去。当村间道路硬化完毕，村委会开竣工典礼会的时候，陈志峰也宣布了一条重大消息——他跟镇农基站技术员小李经过半个月的考察研究，柳树村两边的坡地，适宜茶树生长，他决定，立即请示父亲投资，帮乡民们整修村后的山坡，开辟茶园！带领乡亲们种茶树，从事绿色农业生产，走另类创业之路！

陈志峰确定了投资项目后，立马回到市里，向父亲汇报。陈昌兴听了儿子的汇报，问儿子道："你为什么要选择在全国各地都在提倡走城镇化道路的时候，却背道而驰，而且在我们的主产业房地产开发不断取得成绩时，要离开城市发展的方向，抛开成功经验，到乡下，到偏僻的山村，去种地、开办农场，走另类创业之路呢？你走这条新路，有成功把握吗？"

陈志峰说："爸爸，我可以明确地向您保证，我将要走的这条新路，一定会成功的。您在这个行业打拼这么些年，是取得了辉煌的成绩。可是，我加入到这个行业，一年来，我是战斗在第一线的。我可以说，这一年来，我是拼着全力去工作、去战斗的。我已经体验了我该体验和以往不知道、不了解的事物。现在，房地产行业的辉煌时代，已经过去了，再往后，就将进入‘强弩之末’的时代，所以，这两个月来，我在不断地思考，上次，回到老家时，我遇到那个小女孩后，她给了我一个指引，是她给了我一个寻求新思路的契机。我已经两次在马鞍镇双柳树村的土地上走来走去，那么厚重的黄土，那么纯净的水，那么清新的空气，那是多么优越的自然资源啊！再说，我们国家有那么丰厚的文化资源，那么悠久的饮茶习惯，如果爸爸您同意我的创业之路，那么一年或两年后，在马鞍镇双柳树村，将会出现互利共赢的美好局面。”

听了陈志峰的一席话，陈昌兴没有言语，他点上一支烟，抽了一会儿，突然把烟屁股往烟灰缸里一摁，拍了一下儿子的肩膀，说：“爸爸同意你的大胆设想。想不到，你这一年来，进步竟这么大！行！你终于成长起来了。”父亲深情地看了儿子一眼，接着告诉儿子，让他组织几个人，搞一个项目的具体实施方案，等方案出来后，在公司上层领导会议上研究一下，如果没有什么异议，就与马鞍镇双柳树村正式合作。

方案很快制作完毕，并在公司上层领导会议上研究通过，公司正式任命陈志峰为“绿色产业开发项目部”的执行经理，确定投资资金为五百万元。

陈志峰带着项目方案书和三个助手来到了马鞍镇双柳树村，很快与村委会和村民代表们签订了合作合同书。合同上规定，基础设施费和规划整修工程，由陈志峰出资并负责，村民只负责配合耕作，出工不付工钱，等经济作物有收成时，由公司统一定价收购，然后向外推销。接下来，陈志峰组织村民们，整修村子两边和村后的坡地，在三面山坡上各修了一条一千米长的水泥石子的石梯路，在每面坡的半坡，修了横行通行道；还按一定的距离开挖了十几条排水渠道。然后，他买回几千斤蚕豆种，让村民们开始在坡地里种蚕豆。

当满山坡的蚕豆结出豆角的时候，村民们站在地头坡坎上，望着自家耕作的成果，心里喜滋滋的，都在内心盘算着，再过半个月，蚕豆就要收获了，到时候，只要把豆子收回家，这三个月的辛苦费就有了。谁知这时候，陈志峰却让项目部的人在广播里向村民们喊话通知，让大家赶快到坡地里，把蚕豆连秧苗一起用锄挖倒，过几天要统一安排人犁地。村民们听到广播，自然舍不得毁掉自家辛苦耕种眼看成熟的作物，没人动。

陈志峰等了两天，见没人动手，他只好与项目部的人员商量，决定出钱雇用外村人员，来挖掉那些坡地里的蚕豆秧。很快，项目部的工作人员从外村找了几个村民来了，说好挖坡地里的蚕豆苗一天，付工钱六十元。那几个雇用外村人员，觉得工钱还可以，扛上锄头就到坡地里挖起那些蚕豆秧子来了。一会儿，双柳树村子里的村民赶到地里阻拦了，他们说，辛苦耕种一番，眼看成熟的作物，坚决不能毁掉。陈志峰对大家说："这是公司的规划安排，挖了蚕豆秧后，还要赶着种别的作物呢！既然咱们签了合同，就要服从规划，不能破坏规划安排而误时误种下一季作物。否则，就要按照合同赔偿损失。"

村民们一听阻拦要赔偿损失，心想，蚕豆看来是保不住了，如果再阻拦而赔偿一笔损失，更划不来了，就坐在地边，气哼哼地看着陈志峰带人毁了这些作物而埋到土地里。大家只有摇头叹息。

不久，村民们按照陈志峰的安排，在坡地里又种上了玉米。几个月后，玉米又开始出穗挂上了玉米棒子，看来，再过半个月天气，就有收获了。

谁知，过了一星期后，陈志峰又让项目部的人在大广播里向村民们喊话通知了，让大家赶快到坡地里，把地里的玉米棒连着禾秆儿，一起用锄挖倒，过几天要统一安排人犁地了。

这一回，旧病重来，勾起了村民们的伤痛，大家不答应了。他们说，庄稼快成熟了就毁掉，这不是瞎折腾吗？有十几个人，直接去找陈志峰论理。有的人则扛上锄头，到地里守着，防止陈志峰又像上次一样，雇了外村人来挖掉他们地里的玉米秧子。就连村主任老魏这回也挺不住了，他在一些村民的簇拥下，也找到陈志峰，他说："志峰啊！记得当初你说是来帮大伙儿致富的？"

"是的，我是这么说的。"

"可是，你这连续两次，要大家把眼看成熟的作物毁掉，这可都是大家的心血啊！这种行为，可是少见呢！这像是帮咱们致富吗？"

"就是，这哪像是帮咱们致富呢？"旁边的村民随声附和。

"是啊！刚开始，出钱修路，又整修坡地，倒也是好事，可现在，不知生出啥幺蛾子了？"

陈志峰看了大伙一眼，说："乡亲们，请大家不要激动。我让大家种了两次农作物，却要大家把它毁掉，这确实有点残酷，但不是什么坏心思，也并不是瞎折腾大家。而是，你们现在种的地，这十多年来，一直都大量施用化肥，没有人施用青肥，已经坏了地的地气和土壤。我要大家把农作物埋在地里，就是改良土壤。我记得我曾给你们说过，咱们要开辟茶园，带领乡亲们种茶树，从事绿色农业生产，共同致富！可是，不先改良好土壤，不利于我们后期的开发利用啊！土壤深厚而肥沃，这是我们创业的第一步啊！”

乡亲们听了这番话，都沉默了。过了一刹那，不知谁喊了一声：“大伙儿还不赶紧改良土壤去！”

人群呼的一声散了，人们纷纷扛上锄头，朝各自坡地里走去。

半个月后，陈志峰调回来了几批茶树苗，在邀请的茶农专家的指导下，人们忙碌地在坡地里种植茶树。由于地肥充足，加上管理得当，两年后，茶树长得很快，终于有了收成。马鞍镇双柳树村的村民们，将采回的茶卖给陈志峰，陈志峰将茶叶就地加工，然后运到外地销售。这批绿茶，被人们称作巴山毛尖，每斤可以卖到八十元。

三年过去，陈志峰带领的马鞍镇双柳树村，成了万亩茶园。每户茶农每年收入四五万元。许多外出打工的村人，都纷纷回来了。他们放下行囊，摇身一变，成了茶农，守着他们的绿色产业，过着日新月异的好日子，心里舒畅极了。马鞍镇双柳树村“万亩茶园”一出名，不少城里人周末结伴赶来这里，旅游观光了。村里几个聪明的年轻人，还趁机在茶园附近撑起太阳伞，摆开茶摊，做起了服务游客的小生意。

闲时，村人聚在一起议论说：“过去人们常说，朝里有人好做官。现在咱是，村里有能人，家家都致富哟！”

当陈志峰听到村民们这样的赞叹，又看到那个放学后，也在茶园旁边摆了个茶摊，正在欢快地向游客递茶水、出售当地小吃食的何丹丹小姑娘时，陈志峰更是舒心地出了一口气，心想，经过几年的折腾，我总算是没有白费心血。现在，在双柳树村，贫穷已经不是问题了。

最后的秘密

乡下小伙子崔明和女朋友文芳一同到省城打工。女友在一家饭店当了服务员，崔明进了金星电子厂当了货车司机。

那天，崔明给一家工厂送完货物，已经快下午五点了。回电子厂的路上，一个三十多岁的陌生男人拦住了他的车。崔明问对方要干啥。男人不说话，崔明想开车走开，可这男人站在车前不让路，崔明只好下车问他有什么事。这男人摇摆了几下手，还不说话，把一张纸条塞到他手里。

崔明展开纸条，纸上写着："我是个哑巴，因交流不便，别人不愿意理我，麻烦你帮我把这个电视机送到我朋友家里。因为上次我喝醉了酒，把朋友家的电视机砸坏了，现在要赔偿他一个。地址是：长宁路北镇巷125 号201 室。"

哑巴男人见崔明看了纸条有点犹豫，便掏出五十元钱，塞到崔明手里。崔明看了看时间，已经五点半了，他想起昨晚女朋友文芳说过，要他下班后，跟她一同去看望她一位生病的好友的事，就想拒绝对方。哑巴男人以为他嫌钱少，赶紧又掏出二十元钞票，塞在崔明手里，并掏出一个小本子，急忙在上面用笔写道：“兄弟，帮个忙吧，别让我再失望了。”

崔明看到哑巴一双眼睛里满怀期待，只好点头了。哑巴见崔明答应了，就去搬放在路边的一个大纸箱。崔明也上前来帮忙，纸箱很快搬到了车上，哑巴上了车，崔明开了车就走。

刚走了几分钟，崔明的手机响了，他接听后，是文芳打来的，说她把礼品都买好了，等他快点过去呢。崔明挂了电话，就想给哑巴说让他重找一辆车，可又不好开口。恰巧这时，旁边有一辆出租车驶过，是空车，崔明赶紧拦住出租车，说了意图，掏出哑巴给他的七十元钱和那张纸条，一并给了出租车司机。于是，这差事就转给出租车了。

次日下午，崔明出车后刚回到厂里，两个警察走上来问清他的姓名，二话不说就把他带走了。到了派出所，崔明问警察，自己犯了什么法。警察说：“你跟那个哑巴是啥关系？为何要跟哑巴合谋让赵凡给别人送物品，结果东西送不出去，还弄伤了人？”

崔明蒙了：“我跟他人合谋搞鬼？结果弄伤了人？我有这闲心吗？这到底是怎么回事？”

警察瞪大眼睛：“嗯？你不知道此事？”崔明说：“你看我够忙的了，我真不知道是怎么回事呀。”警察说：“昨天下午，你拦住出租车司机赵凡，让他送电视机给长宁路北镇巷125 号的韩某，对不对？”崔明点头：“对呀。我是帮哑巴拦的出租车。”

“可到了125 号楼下，哑巴李某称自己身体不好，让赵凡帮他把货物拿上楼交给收货的主人，自己在楼下等。当赵凡按吩咐将电视机送到韩家时，韩某却说根本就不认识哑巴李某，坚决不收。无奈，赵凡只好将电视机搬下楼，却发现哑巴李某已经走了，赵凡无法交货，只好将电视拉回自己的家里。今天早晨，赵凡出车了。不久，他十岁的外甥王明和十二岁的外甥王华从乡下到赵凡家玩，两个孩子看了一会儿电视，赵凡的妻子也上班去了。后来，还在看电视的王明和王华，忽然发现旁边的地上有一台纯屏的大电视机，以为是舅舅买的呢，想过过看新电视机的瘾，两人一商量，决定换上新机子。兄弟俩一起动手把旧电视机搬到一边，准备把大彩电换到放电视机的柜子上。谁知，王明和王华抬起大彩电正往电视柜子上放时，力气有点弱，又因电视机底座在柜子沿上一碰，王明一个趔趄倒在地上，没放上去的电视机倒过去，砰的一声掉到地上，正砸在王明的左小腿上……”

崔明听到这里，眼睛睁大了，好像听书一样，双眼盯住警察，不由得张大了嘴。

警察稍停了一下，继续说：“赵凡得讯赶回家来，将受伤的外甥送进医院。因为王明左小腿破裂性骨折，要交两万元治疗费。赵凡交了钱，安顿好外甥，越想越冤枉，越想越气愤。决定找哑巴索赔经济损失。因为他不认识哑巴，所以报警了，我们根据他提供的你的车牌号，才找到了你。你跟哑巴一同拦的出租车，你和他还不是同伙吗？”

“啊？原来如此。这……咋会出这样的事啊？可我冤枉呀！我也不认识哑巴，我是半路上碰上他拦车，才帮他的。因为我突然有事，才帮他另找车的。”崔明叫苦道。

警察说：“如果你真的不知道哑巴是谁，那就配合我们去调查，早点弄清哑巴的身份和动机。你说他既然要给别人送东西，为啥当时要跑掉呢？我们必须要找到那个哑巴。”

“这个哑巴，葫芦里到底卖的啥药嘛？！”崔明虽然心里很烦恼，但是，自己被这事牵涉进去了，不弄清楚，一天也不得安宁，就答应听从警察的安排。

警察们接下来和崔明去调查哑巴要送给东西的对象——拒收物品的韩某。

他们到了长宁路北镇巷125号的韩家。这是一对年近六十岁的老夫妻，韩某说他们夫妇早年从同一家小企业下了岗，如今靠国家每月发的一千多元生活费生活。他们只有一个儿子，因为和他们脾气合不来，在外地打工，一直没联系。老两口为人本分，没啥交际，与世无争，所以突然有个哑巴托人送东西来，根本认不得，就拒绝了。

这时，崔明看到老人家的电视机还是个17英寸的旧机子，肯定是在旧货市场买的，就说：“老人家，假如你的哪个亲戚或朋友，经常来你家，见你的电视机很小很旧，想给你换个电视机，又怕你拒绝，就以匿名的方式相送，你觉得会是谁呢？”

老韩听到这里，忽然说：“会不会是冯王存？”

“冯王存？他是干什么的？”警察异口同声地问。

老人说：“我爱下象棋，有一次在街头一个棋摊碰上他，和他下了三局，我胜两局，他佩服我的棋技，说要拜师。后来他常到我家来跟我下棋，长进很大。有一次，他在我家下棋，他问我，啥时把我的电视机换个大的嘛，我说以后有条件再说。上个月，他在全市象棋比赛上得了银奖。会不会是他想送我电视机呢？”

警察一听很兴奋，又询问老人，得知冯王存是聚缘饭店的保安，马上就去调查冯王存。可饭店经理说，冯王存请假一个月，半个月前回几百里外的老家结婚去了，还未回来。看来，可以排除冯王存送电视机的可能性了。

接着，警察们分析，只有从哑巴这一特征上进行排查了。警察们调查了两天，查了相关资料，有相关特征的男人一共有五个，可根据崔明的印象，核对这几个人的资料，均不符合送彩电那个哑巴男子的年龄和特征。那么，这个人，究竟是谁呢？他为什么要给老韩匿名送东西呢？

“送货的那个哑巴，你到底躲在哪儿啊？”找不到事主，崔明很着急。

这天下午，警察们准备让崔明带路去他那天见到哑巴的地方，去碰碰运气，想不到，他们一伙刚出门，一个人迎面走了进来。崔明一看来人，大叫道：“来了！来了！”

警察们不明白，忙问：“什么来了？”崔明说：“就是他，正是肇事的那个哑巴。”

警察们喜出望外，赶紧将来人带到室内进行审问。可是，来人不是哑巴，他会说话，他说自己不姓李，他的真名叫韩阳春，现在是来自首的。他说，那天他是故意装成哑巴的。

警察说：“韩阳春，为啥你要隐瞒姓名折腾人呢？你可知道，你要人家帮你送的那个电视机，后来造成的后果是多么严重吗？”

“唉！这正是我前来坦白的原因。我这是弄巧成拙了。这两天，我总以为弥补了一点愧疚，心里多少欣慰了一点；可是，昨日傍晚，我才从报纸上的新闻报道中得知，因为我这个电视机该收的人没收，却伤了无辜之人，我是‘损人不利己’，我心里有愧，这才一大早从邻市赶回来……”韩阳春无奈地说。

崔明也禁不住说：“弥补一点愧疚？为啥你不当面去呢？你这样害得我好苦啊！”

韩阳春脸红了，小声说：“因为，老韩是我爸爸，我、我、我没脸见他……”

“为什么没脸见他老人家？”警察追问，心里更疑惑了。

韩阳春嘴动了动，没说出话来，怔了一下，他脸涨得通红。他颤抖着手拉开衣服的拉链，从衣袋里掏出一个证件一样的小东西，放在警察面前，“因为我、我刚刚出来……”

其实，韩阳春是一名刚刚刑满后被监狱释放出来的劳教人员。

六年前，在一家白酒厂上班的他，不幸下岗了，正在为工作发愁，偏在此时，热恋了三年的女朋友变心后跟香港的一个男人跑了，心灰意冷的他，整天和一帮青年吃喝赌博。有一天，他赌输了想翻本，可弄不到赌资，就跑回家里，略施小计，将正在看电视的母亲骗进房间，反锁在了屋子里，然后他关掉电视，飞快地扛起那台25寸的彩色电视机，扛到旧货市场卖了六百元。结果，他将钱拿到赌桌上，没半天时间，又输了个精光，还欠了三百元。

当天晚上，他沮丧无比，一个人在街头走来走去，寻思翻本的门路。十一点多，毫无办法的他，一急之下，在街上抢劫了一个女人的八百多元现金和一枚金戒指。不久，他就落入法网，被判刑十一年。入狱后，在狱警的耐心教导下，他思想转变了，他发誓，不混出点名堂，不见父母。从此他积极改造，不断地争取奖励，先后获得了两次减刑的机会，共减刑四年。本月十号，他提前劳教期满出狱了。出来后，他没脸见父母，决定找到工作或干出一番事业，找个对象，结婚后带上妻子来见父母。可是，站在暗处看着家的位置，当初卖了家里的电视机的一幕，又涌现眼前，心里愧疚得很。

这时，他产生了先送给父母一台大彩电，减少愧疚的想法。于是，他用几年来在狱中积攒的补贴费，买了一台大彩电。他明白父亲的脾气，就写了一封二百字的短信，放入纸箱里，然后，寻思送礼物的方法。后来，他决定装成哑巴去送，既不会被人问来问去，也不会被父母认出。可是，没想到最后事情却没按他的设想进行下去，而是发生了变化，出了意外，竟然害了别人。

事情终于水落石出了，在场的人心里都是五味杂陈。不过，耽搁了三天，崔明现在总算清白了，终于可以回厂上班了。

次日下午，在民警的安排下，赵凡与韩阳春见面了。赵凡得知原委，放弃追究韩阳春的责任。这时，派出所的李所长走来，递给赵凡一万元，说："这是我们全所民警捐的，一点心意，请收下。"

李所长话音刚落，这时放不下这事的崔明，也刚好赶来了。他把一沓钞票递给赵凡，诚挚地说："这是我这半年打工攒的一点钱，仅有六千元，希望能给你外甥弥补一点医药费，你别嫌少。放心，往后我还会做好人的。"崔明话音一落，屋子里掌声雷动。

赌马济贫

秀才陈浩住在离洋州城十多里远的杜家村。

这天，陈秀才吃过早饭后，又准备到县城西北角的文昌书院听课。走到半路上，忽然听到一个老太太的呼救声："快来人呀！救命啊……"

陈秀才吃了一惊，仔细辨听，求救声是从路旁边的树林里传来的。他赶紧跑到树林里一看，树林那边是一条小河，一个老太太栽倒在小河里。陈秀才紧跑了几步，扑通一声跳进水中，把老太太拦腰抱住，拼命拖到了岸上。

陈秀才问："大娘，你咋掉到河里了？"

"唉，都怪我人老了，没用了，儿子出远门没回来，老身自己来提水，站在过河的垫脚石上打水，不小心一闪，就跌到了河里爬不起来了。"老太太喘着气说。

陈秀才想起刚才的险情，说："大娘，你们这小河上要是有个桥，或者村里有个井就好了。"

“唉！那样当然好，可我们林西村人少力薄，也没有这个钱啊！”老人又叹息一声，接着说，“哎呀！年轻人，我还得求你把我的水桶弄上来。”

陈秀才又跳进水中，把那只正在树枝下一荡一荡的水桶捞了上来。陈秀才见老人快七十岁了，行动艰难，就把水桶伸进水里打上水说：“大娘，我帮你把水提到你们家吧。”老太太一听，感激不尽：“那真是太好了。”

陈秀才把水送到距小河不远的河对面的老人家里。老太太说她家姓郑，只有母子两人，儿子在外做小买卖。老太太见陈秀才的鞋子湿了，就找来儿子的一双新鞋让陈秀才换上，又给他冲了一碗鸡蛋茶喝了，陈秀才赶紧告辞而去。

陈秀才匆匆赶到学堂，正巧这天讲课的先生临时有事，没来学堂讲课，陈秀才才不算迟到。十几个秀才，见比往日迟来好久的陈秀才匆匆走进来，张秀才就挖苦他：“陈浩兄，是不是贪恋你新婚不久的妻子，不想起床才来迟的？”另一秀才接腔：“肯定是啊！这叫英雄难过美人关。”

有一个人说：“陈秀才，你真有福，娶了那么漂亮的娘子，羡慕死我了！”

陈秀才听大伙这样说，拍拍桌子说：“你们就知道这些，就没发现我今天没骑马吗？”

大伙儿一听，齐声问：“对呀，你为啥没骑马？”

陈秀才说：“因为，我叔叔要到邻县去办事，我借给他骑去了。”

这一来，大家又把话题扯到马上去了。张秀才说：“陈秀才真有福，美人宝马双齐全。我要是有一匹陈秀才这样的高头大马，明年春天参加乡试时，骑上去多威风！”

陈秀才听大伙儿赞他家娘子又夸他的马，被大家说得高兴的同时，脑子里又闪现出了路上碰见的那位跌进河里的老大娘。生活多艰难，多危险啊！陈秀才突然心里一动，冒出个念头，就说：“你们都说我的马好，那好吧，我出个谜语，你们谁猜对了，我就把我那匹马牵来送给谁。”

大家一听，都一齐睁大眼睛看着陈秀才。他们都知道，陈秀才的马是他结婚时，岳父送给女儿的陪嫁物，是一匹良驹，所以众人认为陈秀才说的是玩笑话。

“你说的这话，可是当真的？”有人马上接腔。陈秀才一看，是张秀才在问。

“真的你想怎样，假的你又想怎样？你敢跟我赌吗？赌赢得马，赌输得掏钱呢。”陈秀才欲擒故纵道。

“如果你说的话是真的，你这谜语我包了，我若猜不出来，我给你二十两银子；我若猜出了，就兑现你的诺言，把你那匹马给我。”张秀才一副不达目的不罢休的样子。说实话，陈秀才的马他见过多次了，个头又大，跑得又快，而且听说是陈秀才的岳父做马贩时，专门挑选留下给女儿作陪嫁的。面对这样的良马，谁不心动呢？

陈秀才听说此话，好像突然害怕了，不出声了。张秀才见陈秀才不出声，以为对方嫌赌码太低了，就说：“陈兄，别犹豫了，我若猜不中，就出三十两银子给你，若猜中了你的谜语，你把马送给我。”陈秀才说：“你也知道，我的马可是顶尖的良驹，而且是妻子的陪嫁物，要猜，你就准备出五十两银子。”

“张兄，加点吧，人家陈秀才的马可是一匹良驹啊。别错过了这个得到良驹的机会。”

“对呀，舍不得金弹子，打不中凤凰鸟嘛！”别的秀才鼓励张秀才。

张秀才把桌子一拍说：“行，若我猜不中，就给你五十两银子；若我猜中了，你的马就归我了。”陈秀才也拍了一下桌子，说：“好，赌就赌。我若输了，大不了我被娘子痛骂一顿，以后出行就靠双腿走路。”

“好！痛快人！那你就赶快说出你的那个谜语吧。”张秀才听陈秀才说“输了我大不了被娘子痛骂一顿，以后出行就靠双腿走路”时，他似乎看到陈秀才正抹着泪水牵着宝马向他走来。

陈秀才说：“你听清了，谜语是：两头尖尖，两头白白，两头流动，稀稀撒撒，折折叠叠。猜五样物件或东西。谁执笔给我们写个合约？”很快便有人帮忙写出字据，陈秀才和张秀才分别签上了自己的名字。并约定地点，说三天后兑现。随后陈秀才离开大家先走了。

陈秀才回到家里，妻子端出饭菜给他吃，陈秀才说：“一块儿吃饭吧，我有话要说。”妻子坐下，陈秀才说：“也许再过几天，你我就要少一样东西了。”妻子一听，忙问这话是什么意思。陈秀才就把他跟张秀才打赌这事，从头至尾说了一遍，娘子没有心思吃饭了，哭泣起来：“那是我的陪嫁，你若把马输给别人了，我可怎么面对我爹妈？”

陈秀才就安慰她说：“别伤心，此事还没有定论呢，也许我的命好，输不了呢。再说张秀才的水平我心里有数，也许我的题目他答不出来呢。”“人家不会找别人帮忙？”“帮忙的事，未必能帮的尽善尽美呢。”“那谁说得准呢……”无论陈秀才怎么劝说安慰，妻子心里总是不踏实，哭哭啼啼的。

此时，张秀才也回到了家里，正绞尽脑汁地在想陈秀才给他出的那个谜语。想来想去，也没想出是什么。恰在这时，一个小货郎摇晃着拨浪鼓，在外面大声叫卖。张秀才正心烦着呢，就出门呵斥道：“臭小子！你叫嚷个啥呀？滚蛋！别在这儿瞎嚷嚷，你不知道我正在绞尽脑汁想学问上的事吗？”

货郎被训斥，不但不生气，还笑容可掬地说：“哎呀，大少爷，你别骂我，也许好好跟我说说，我会替你分忧呢！”张秀才说：“别废话了，你快走开，我一个秀才都想不出，你能行的话你就不当货郎了。”

货郎却不走：“少爷，你别以相貌取人，常言道，人不可貌相，海水不可斗量……再说了，秀才脑子也有不好使的时候呢……”

“好，你听着。”张秀才被货郎说得来了气，就暗想，也好，说出来难他一难，把货郎吓走。于是把这个谜语说出来。货郎一听，就笑道：“容易，我最喜欢猜谜语了。你记住这五个谜底……”于是把谜底告诉张秀才，张秀才听了，十分高兴，想到陈秀才的那匹良驹快成为自己的坐骑了，就给了货郎一两银子作酬谢。

第三天，是约定日子。陈秀才一大早就赶到约定的地方，见张秀才早到了，身边还带着一个童子，背着新买的一架绣花鞍鞯，他是准备随时将陈秀才的马牵走哩。周围既有几位作证的秀才，还有一些男男女女看热闹的人。

张秀才看见陈秀才来了，就抱拳说：“陈兄，欢迎欢迎，我等你的良驹好久了。”

陈秀才说："开始吧。"张秀才就从胸前衣襟里取出字据，抖了一下，仰起头说，"各位乡亲，三天前我跟陈秀才打赌，他出谜语让我猜。若我猜出了，他把良驹送给我；若我猜不出，我给他五十两银子。"张秀才又扬了一下字据，说，"三天期限到了，下面我就当着众人的面把谜底亮出来，请大家主持公道了。"

一阵鼓掌声响起。张秀才清了一下嗓子说："两头尖尖，是蛔虫；两头白白，是蛆虫；两头流动，是马尿；稀稀撒撒，是羊粪；折折叠叠，是牛粪。"

"不对，张秀才猜得不对！"陈秀才大声说，"大家先说，我跟张秀才是什么人？"

"是秀才，读书人！"周围的人应声而答。

"对，我跟张秀才每天身穿干净的衣服，读干净且散发着墨香的诗书，说出来的话，应当是能写入书本的，让人听了舒服，懂得人生道理，容纳仁义道德，含有生活情趣，懂得世故人情，包括天文地理等内容的字句，可你张秀才猜的是什么呀？"

"陈浩，见我猜出来了，你别耍赖！你说我猜得不对，那你说正确的谜底是什么？"张秀才马上反驳道，不肯认输。

陈秀才清了清嗓子说："两头尖尖，是织梭；两头白白，是答卷；两头流动，是岁月；稀稀撒撒，是星星；折折叠叠，是书经。"

"对呀！这才是真正的谜底哩。""就是，读书之人，不说脏话，怎么能像走村出户的农夫一样张嘴闭嘴都是粪呢？"围观者随声附和着。

张秀才见众人都不肯认同他的谜底是正确的，只好认输，他拿出来五十两银子，给了陈秀才，挥手带着童子和那副用不上的马鞍子，灰溜溜地走了。

陈秀才拿上五十两银子，解下拴在河边的马骑上，来到林西村，把五十两银子全部交给郑大妈。郑大妈和儿子坚决不要，说他们生活虽然平淡，但用不着这些银子。陈秀才说："这五十两银子意义非同小可，你们无论如何都要收下。这是我花费心计，冒着失去良驹的危险与人打赌筹来的，我想让你们在小河上架个木桥，在村子里打口井。我想这些钱办这两件事儿足够了。"

郑大妈的儿子郑小春听陈秀才这样说，紧紧握住陈秀才的手，说："陈兄，哎呀！您真是个好人啊！现在我才明白，两天前您找我办的那件小事儿，全是为了我们呀！我们如果不要这五十两银子，真的对不住您的这份心意和恩情……"

大家知道郑小春说的陈秀才托他办的事情，是什么吗？其实，他就是那个曾到张秀才家门外叫卖的小货郎。因为，当时陈秀才为了迷惑张秀才，防止他去找有能耐的人帮忙，就特意安排郑小春到张秀才的村里去，趁卖货，给张秀才送了一份低俗的谜底，让他放心大胆地沾沾自喜，不再琢磨谜底了。

跛子不是好欺的

这天，胡县令正在后院与三个衙役种菜，忽然一阵堂鼓急促地响了起来。一个衙役边跑边说："大人，大人，来了一伙喊冤的。"

"快走！快走！"胡大人把浇水的长柄木勺一扔，急急忙忙向前院跑去。胡大人穿戴整齐走上大堂，三班衙役各司其职，把喊冤人带上堂来。这是一伙农夫，一共六人，其中有三个人头上和胳膊上分别缠着布条，看来是受了伤，他们一见胡县令，就跪地叫喊："大人啦，您可要为我们做主啊！不然我们往后就没法活啦！"

胡县令吃惊道："你们这是怎么啦？要状告何人？"一个年老的姓周的农夫说："我们是被人打的，我们要状告城固县凶手王同春和刘三贵等七个恶人。"

县令又吃了一惊："啊？状告邻县辖民，这，这……你们因何事情竟与邻县的百姓闹起来了？"

"大人，这都怪邻县刘三贵等人太凶恶了……"还是那个姓周的老年农夫说，并愤怒地叙说了事情的经过。

原来，这几个农夫住在汉江边上的六陵村，与湑水交叉的汉江河中心有一块三角形的岛。岛上长着旺盛的芦苇。每到秋季芦苇成熟，附近的村民们则前去采割回家当柴烧，虽然芦苇不如干柴火旺耐烧，但是收回去放在家里，可以当一年的燃料，能省好多买柴的钱呢。所以，附近的村民们都乐意去采割。昨日，周老汉和邻居五个青年一起去三角岛收割芦苇，当他们一人割好了两担，正要插上尖担起肩往回挑时，忽听一声大喊："慢着，乖乖地把东西给放下！"一下来了十六七个男人，为首的是邻县汉王城村的保正王同春，他手一挥，带来的人立马把周老汉等五人团团围住。王同春说："把捆好的东西放下走人，什么事也没有了，再来割芦苇，小心打折你们的手！"六陵村的一个青年反抗了一句，王同春手一挥："修理他！"话音一落，对方两个小伙子扑上去把这青年打倒在地，边打边说："这个三角岛是从我们这边冲离下去的泥沙堆集而成的，这岛就是我们境内的，你们敢来割芦苇？真是找打！"

周老汉和同伴反驳说，自古以来，河心岛上的芦苇就是无主的，谁动手就是谁的，怎么今年突然就变成了你们上游县境的私有物了。他明白，是汉王城村换了个心术不正的新保正才这样的。周老汉话一出口，王同春又说周老汉胡扯淡，指挥身边的人抓住周老汉就打了三个嘴巴。周老汉气坏了，手一挥说："跟这些狗×的拼了！"身边的后生气得嘴脸发紫，什么也顾不得了，抓起扁担，向对方扑去。

可王同春带来的人多，一拥而上，三个打一个，把周老汉这一帮人打得是鼻青脸肿，其中三个还被打伤了胳膊和额头。后来，王同春带着那一伙如狼似虎的人，把周老汉他们的扁担和镰刀全砸烂了，把割好的芦苇全搬走了。周老汉一伙人回到了村里，气愤不过，就请人写了状子，今天一早就赶来县衙告状了。

胡县令听了案情，虽然十分气愤，可这样跨县闹纠纷的民事案子，办起来却很棘手，如果要审理，得到邻县去传人，要传人，得通过邻县的批准，否则，就有越俎代庖之嫌了。再说，县令大都偏向自己境内的百姓，如果不找到恰当的证人，对方也未必相信他的辖民有错，让你去抓。

略作思索，胡县令对周老汉这一帮人说："这个状子，本官先接了，可这种跨境的案子，要审理，得履行一些手续。大家的身体最重要，先去找个郎中治伤，一有情况，本官派人通知大家。"说完，他让一衙役去内院，从夫人那里拿了五两银子来赠给周老汉一伙，让他们先去"望江客栈"住下来。

周老汉一伙十分感激，拿了银子互相搀扶着走出了县衙。

打发走周老汉一帮人，胡县令提起笔，正想向城固县令写一份通报公函。忽然"咚咚咚"，堂鼓又响起来了。

胡县令放下笔，忙让公人带来了击鼓人。

胡县令一看，又是一个老汉和两个小伙，都受伤了。三个人跪在大堂上说："老爷，您要为小民做主呀！"

胡县令一怔，问老汉又出什么事了。老汉说，他们姓杜，住在马畅镇的杜家村，昨天犁田时，他家的牛把隔壁田里的庄稼吃了晒席大的一片。老汉心想犁毕田后，晚上回去再上门去向那块地的主人刘黑仔赔礼道歉。可是，天黑时他把牛拉回家，刚拴在圈门外，忽然一个人跑过来告诉老汉，刘黑仔赶着自家的牛，到老汉的油菜苗地里把二分地的菜苗快吃完了。杜老汉大惊，眼看着快要移栽油菜了，菜苗在这节骨眼上被祸害了，这不是专与我作对，耽搁我一季庄稼吗？

杜老汉立即赶到菜苗地里，拉住刘黑仔说："我家的牛是无意中吃了你家的几口庄稼，还没来得及给你赔罪呢！你咋来这一手呢？"刘黑仔说："你还好意思说，别假惺惺地说赔罪了，如果我的牛不来你的菜苗地里，恐怕你就浑水摸鱼不吭声了。对你这种人，我就要让你尝尝庄稼被糟蹋的滋味。"

刘黑仔说完，继续让牛吃菜苗，杜老汉就上去拉他的牛，刘黑仔说："咦，你还想把我的牛尾巴扯断呀？"于是，他伸手把杜老汉推倒在地。这时，杜老汉的两个儿子从另一块地里闻声赶来，刘黑仔见杜老汉的两个儿子朝他跑来，就扯起嗓子喊："来人，不得了啦！一家三口人打死我了。"

这样一喊，刘黑仔的两个哥哥和两个堂兄弟，也闻声都赶来了，于是大家厮打在一起。刘黑仔的人多，杜老汉父子三人不是对手，被打伤了脸和胳膊。杜老汉的菜苗全完了，又挨了打，于是气不过，就来县衙告状了。

胡知县仔细问了一下刘黑仔的情况，又为难了，为啥？因为杜老汉状告的刘黑仔，又是城固县百姓，之所以他们的牛吃了庄稼一事就发生那么大的矛盾，是因为那条田坎，就是两个县境的分界线，一条田坎两个县，百姓们平时交往不多，互不忍让，自然容易闹事了。

胡知县略作思考，又叫衙役从夫人那里取了二两银子送给杜老汉三人，让他们先去"望江客栈"住下，一边找郎中医伤，一边等待县令审理的消息。

告状人一走，胡知县想了许久，又拿起笔，很快写好一份邀请函。他让一个衙役马上送去城固县交给赵县令，请他最近一定来本县观看城北新开辟的一处优美景点。

第三日中午，赵大人带着一个随从兴冲冲来到洋县。胡县令请赵大人到客厅饮过茶，然后陪赵大人去看景色。当路过望江客栈时，胡知县说此客栈的点心味美，请他进去尝尝，赵大人只好进了客栈。两人落座刚叫了一盘点心才咬了一口，只听一阵吵嚷，一伙攀着胳膊头缠纱布的农夫忽然拥进来，扑通一声，一齐跪在两位知县大人面前大喊大叫：“老爷，请给小民伸张正义，主持个公道吧？”

“这到底是怎么了？”赵县令吃惊地望着胡县令。

“快说，你们这是怎么了？”胡县令也显出吃惊的神态对这伙农夫说。其实，这些农夫不是别人，正是前两天向胡县令告状的那两帮受伤的农夫，今天的这场面，都是胡县令提前暗中安排好的。这时，跪在地上的十几个农夫听到胡县令这么一问，叽里咕噜地把各自的委屈和受害经过，仔细地又复述了一遍。

胡县令听了，显出吃惊的样子道：“啊？果真如此吗？”

一农夫说：“如果我们有半句假话，甘愿受法律处罚。”

“真是想不到，邻县的百姓，咋这么凶啊！”胡县令叹道，他转头望着赵县令又故意说，“赵大人，你一向为官正直，执法严谨，辖地百姓应该不会……要不是本官今天目睹了这些农夫的受伤情况，还真不相信大人辖地会……唉！赵大人，既然你我都知悉了这桩官司案情，您看这事……不知您那边的行凶者，您该如何对待？伤者的医疗费……”

赵县令此时真是既尴尬又生气，他呼地站起来，说：“胡兄，放心，我回去后，立即着手调查这事，如果属实，我绝不会姑息养奸！”说罢手一拱，转身就走了。

胡县令叫道："赵兄，城北的风景还没看呢！"赵县令早已明白胡县令邀他来的目的了，头也不回说："以后再说吧。"

果然，第三天下午，赵县令就派人来了，说王同春、刘黑仔等打人闹事者已被赵县令收押处治，并送来周老汉一帮六人受伤应得的赔偿医药费、误工费等十两银子，刘黑仔打伤杜老汉父子应赔的医药费和故意损坏其油菜苗的损失共计八两银子。胡县令当着赵县令使者的面，传来了两伙告状人，把处理结果告知他们，把对方赔付的医药费发给他们，然后让他们回去安心养伤。

送走了赵县令的使者，胡县令暗想，这两桩官司虽然被我用妙计解决了，可是保不准以后不再发生此类事件，要想杜绝此类事件不再发生，只有将边界二次划分，搞得明显清楚一点。可赵县令会同意吗？管他同不同意，胡县令先提起笔向赵县令写了一封提议欲重划分两县边界的信函。次日早晨，胡县令正准备让一差役给赵县令送去，忽然又改变了主意。他让人备了马，带了一个随从，亲自去见赵县令。

胡县令见了赵县令，落座就说："赵兄，我反复思虑，觉得还是赵兄你治理百姓有方，能力强，所以，我想建议并申报上司，将我们两县的县界重新划分。我的内心希望是，最好能将马畅镇划在贵县界内，以溢水河为界，这样，百姓们就少些摩擦，贵县也多些税收；我呢，也少些麻烦，你看我的腿有时办事很不方便嘛。"胡县令腿不方便是实情，因为他一年前外出视察民情时，遇上大雨，因路滑跌了一跤摔坏了腿，落下了右腿走路有些拐的毛病。

赵县令听了胡县令的话，虽然嘴上推辞将马畅镇划归他们境内的提议，但内心十分高兴，作为地方官，谁不想自己的辖地地域宽广呢？他马上答应申报上司重新划分县界的提议。

于是，两位县令各自写了一份要求重新划分县界的申报文书，递上梁州府，府里又报告给省里的巡抚。半个月后，两级上司批复下来了，同意重分县界。为了顺利划分县界，两级上司各派了一名特派员下来督办这件事，定好了分界时间为农历十月初十。省里的周特派住在城固县，府里的王特派员住在洋县。平心而论，谁不想自己的地盘大呢？如何划分界限呢？也不可能用尺子量吧？两位特派员商量了好久，最后决定让赵、胡两个县令十月初十早晨从各自的县城步行走路，沿官道相对而行，两人相遇在哪儿，就以哪儿为界。没想到两个县令都同意这一办法。

十月初九这天傍晚，城固县令赵大人十分高兴，想到明天就是扩大县界的日子，他不由得让夫人拿出那坛好酒连饮了三大杯，边饮边嘟囔：“哈哈，你胡县令一个跛子，怎么比得过我两条好腿走路呢？哈哈，走路定县界，真是天助我也，看我明天不走到你胡县令城门口，不以你县城门为界才怪呢！”夫人怕他喝醉误事，夺了他的酒，赵大人才上床去休息。

次日早晨，天刚麻麻亮，还躺在床上的赵县令忽听一阵急促的堂鼓声响。他一骨碌爬起来，胡乱穿好衣服，边跑边戴官帽。一口气跑上大堂，只见一个人站在大堂上哈哈大笑：“赵大人，惊了你的好梦了吧？”

赵县令闻声揉了揉眼睛，仔细一看，失色道：“啊！胡大人，是你？”

“哈哈，今天可是你我步行定县界的日子啊！怎么样？赵大人，你的大堂，从现在起，可有我胡县令的一半呢？！”

赵县令道："你、你、你是怎么来的？"

"我带了两个随从步行走来的，想不到吧？我一更起床洗漱，二更出发走路，现在六更不就到了吗？别忘了，一更一过，就是次日凌晨了，我是遵章行事，笨鸟先飞。"胡县令说。

赵大人一听，一下跌坐在椅子上。

正在这时，只听一声："出人意料，高人一筹！胡大人就是高呀！"原来周特派员也被惊醒过来了。周特派员什么都听见了。他话音刚落，只见一个人从外面匆匆奔来。

大家细看，是驻扎在洋县的王特派员赶来了。原来，王特派员五更时去叫胡大人，才知他已出发了，就骑上快马追赶而来。

这时，胡县令又说："赵大人，别难过，虽然你的县城还有我的一半呢，可我不想要了，退回给你，我还让步退你十里地界，我们就以湑水河为界，湑水河以西是你的县域，湑水河以南包括溢水、马畅是我的县域，从此两县比邻为安，不得越界闹事，至于边界附近的汉江河上的芦苇，水中鱼类水产，则视为无主之物，两县百姓不得独霸贪占，如何？"

"好，好！胡大人之言极是！"两位特派员鼓掌表示赞同。"我俩为证，就如此分界，永远不得再争执。"从此，胡县令就管辖到离赵县令县衙十里的地方去了。

知足者常乐

有个叫常乐的书生，父亲死得早，与母亲相依为命。有一年，他到县城去考试，晚上住在了朋友家里。谁知年迈的母亲在家做晚饭时，不慎把火种撒落在灶门外，厨房失火很快引燃了住房，等左右邻舍赶来帮忙救火时，已经晚了，常乐的家已经毁了，娘也烧死了。

常乐家门不幸，二十九岁的他，一下成了个孤家寡人，只好在原地基上搭了个茅屋草庵，靠卖字卖画勉强糊口度日。

这一年腊月，风雪漫天，寒气逼人，常乐的字画卖不出去，只得挨饥受饿，沿街乞食。后来觉得这样不是办法，想来想去，想起邻县有个舅舅叫张琼，虽然多年未见，但记得以前他们好像日子过得不错，还在县城做什么生意。现在自己如此艰难困苦，何不去投靠他，等度过寒冷的冬季再另做打算。

常乐一路找了过去，但是，在邻县县城找了几天，也没找到舅舅张琼。有人告诉他张琼已经搬到别处去了。可具体去了哪里，也没人说得清楚。投亲不着，常乐只好暂宿城郊的破庙。等了几天，最后实在没有指望了，他准备沿原路返回。

这一天傍晚，他走到一个村子边上，天已经黑了，由于中午只吃了一个好心的卖烧饼的老汉送他的两个烧饼，到这时辰已经多半天了，他又饥又冷，身上衣服又单薄，冻得浑身直哆嗦。他见旁边有个石桥，就走过去，钻到桥下躲避风寒。算他走运，桥下正好有个中年乞丐，还折了些树枝拢了一堆火，正歪在一拢稻草上烤火歇息。火虽然着完了柴，可火劲还在，常乐赶紧凑近，伸开双手取暖。

中年乞丐见又来了一个人，觉得不寂寞了，便跟他打起了招呼。常乐有火烤了，觉得舒服不少，便搓了搓手，张口吟道："朔风无刀剔人骨，炉火有情饱吾肠。"

中年乞丐望了望常乐，听见他吟出这样的句子，好像还听到他肚子咕噜咕噜叫的声音，便说："小兄弟，你是读书人吧，咋也落魄成这样了？"常乐笑笑，没有回答。中年乞丐接着问他："还没吃到东西吧？"常乐摇了摇头。中年乞丐从身边扯过一个破布袋，摸索出一个黑面馍馍，递给常乐："吃吧，还有一个。"常乐也顾不得礼节，一把接过去，馍馍还是软的，说明是当天要来的。他赶紧将馍往嘴里塞。在常乐吃馍的当儿，中年乞丐用小木棍，从火堆中拨出来两个烧熟的大土豆，递给了常乐一个。

常乐吃完了馍和热土豆，又烤着火，顿感暖和了，他舒心地说："满足了，今日我已满足了。落魄江湖无酒行，漠漠风寒宿桥洞，黑灯孤火相巧遇，百年修得一丐兄。"随后，他与中年乞丐商议，今晚吃了丐兄的食粮，明天他一定多讨些东西回来回敬丐兄。

中年乞丐听常乐能吟诗作对，便对他说："你是读书人，明天最好到大户人家门前去讨，也好显露一下你的文才，说不定能得到赏识，获得人家资助呢！”

第二天，常乐依照丐兄的提议，准备到大户人家门前去讨饭。常乐来到附近叫棠城的村里，忽听一阵鞭炮声响，便朝着放炮的人家走去。

到了门前一看，这家人楼门高大，院墙又长又高，前口还站着两个家丁模样的人，院内嘈杂连声，肯定是有钱的望族人家过喜事呢。常乐上前打听这家人姓啥，为何要放炮？家丁说，我家老爷姓尹，在朝做官多年，前两天刚刚告老还乡与家人团聚，今天又逢老夫人六十大寿，所以放炮庆贺。

常乐弄清原委，便在门前大声吟唱道：“十年寒窗苦读书，一夜火灾亲友无。倾家学生无奢望，一壶淡酒即满足。”常乐的吟诗声，被院内的尹老爷听到，便问家丁门外谁在吵嚷，家丁就把常乐吟诗的事说了，尹老爷心想，自己为官多年，见过不少官吏贤达人士，其中贪得无厌的人不计其数，只是如此以一壶淡酒就满足的人，实在不多。于是让家丁叫常乐进去相见，问了一下身世，有了一个想法，但尹老爷想试一下书生的水平，便说：“先生，巧了，我前日遇到个上联，难觅下联，今逢先生请赐教。”说完便吟道：“江南古镇，古色古香古遗风，绵延万古。”常乐略一思索，便对道：“秦中汉台，汉中汉水汉民族，奠基大汉！”尹老爷听了，说：“对得好！我想请你到府上做个教书先生，你可愿意？”常乐说：“大人，常乐我得一温饱而足矣，如蒙不弃，愿为大人教诲子女。”

尹大人感慨地说：“很好！易知足者，常乐也！”常乐随从尹大人的安排，去后园沐浴更衣，酒足饭饱后，尹大人便叫出一双儿女，拜见了先生。当夜，常乐便住在温暖的书房内。他想起这一段时间的遭遇，听得丐兄一句提醒，就得到了不错的机遇，改变了生活，便感慨地吟诗道："昨日风寒紧，今夜书房暖，当惜尹府恩，度日胜过年！"第三日一早，他想起了和他共处寒夜的丐兄，常乐便包了些食物，赶到了石桥下。可是丐兄已经不见了，破布袋和稻草垫子也不见了，想必是丐兄离开这个地方了。

常乐回到尹府，安心地教尹家的子女读书。尹老爷有二子一女，大儿子五年前入仕为官，现任北方一个县的县尉。下面还有一女排行老二，名叫腊梅，现年十五岁，小儿子年纪尚幼，刚满十岁，名叫尹相如。常乐每日教腊梅姐弟二人读书习课，教得认真，两位学生学习上进，尹老爷夫妻很是欢喜。

日月如梭，转眼已是一年后。常乐生活规律了，身体壮实人更精神了。常言说，心宽体渐胖，饭饱生余事。常乐日子顺溜了，便有了心思了。为啥事？因为常乐天天面对越来越俊俏秀美的腊梅，心里便有了一种说不出的感觉。每当他教腊梅功课后，让她复述所讲内容时，常乐禁不住盯住腊梅妩媚俊美的脸蛋看个不停。往后，随着日子的推移，常乐对每天只能看看腊梅也不满足了。

有一天，常乐趁尹家二公子尹相如没来上课的机会，忘记自己是先生的身份，竟然心生邪念，动手动脚地靠近腊梅，先是试探性地抚摸腊梅的手，腊梅以为先生喝醉了，就起身扶他。常乐见腊梅不反抗，反而靠近了自己，以为腊梅也对他有意思，就大胆地一下把腊梅搂抱在怀中。腊梅一下清醒过来，知道先生没存好心，就用力把常乐推开，红着脸跑出了学堂，还把这事告诉了她的父母。

吃过午饭，腊梅的父亲把常乐叫去说：“常先生，下午你就不用上课了，我这里有一封很重要的书信，烦劳你送到村东头的石桥上，有个叫乔尚观的人，会在那里等你。”

常乐拿着书信出了尹府，快步来到村东的小石桥旁，左等右等不见人来取信。这儿前不着村，后不见户，只有一年前他避过风寒的石桥，心想，莫非尹老爷弄错了。突然他又想，该不是我听错地点了吧？于是掏出书信来看，信封上写道：“乔尚观”三字，常乐是个读书人，马上明白是让他在桥上看的。常乐取出信纸，上面写了四句诗：“满足先生戏腊梅，忘却门前讨机会；一壶淡酒即满足，食言贪心子自归。”

常乐明白了，尹老爷是指责他变了性情而把他辞退了，只是没当面说清，是给他留了个面子。这时常乐追悔莫及，昔日往事一下涌上心头。他不由得走下桥钻进了桥洞坐下想心事。突然他发现，桥洞里又有几拢稻草，莫非丐兄又回来了。过了一会儿，天快黑了，一个人一瘸一拐地走进了桥洞，果然是当年的丐兄。

常乐见到丐兄很高兴，可丐兄见到常乐十分奇怪。他问道：“兄弟，听说你做了尹家的教书先生，日子想必过得不错，今天咋又到这儿来了？”

常乐惭愧地把他犯错误的事说了出来，说现在很是后悔。丐兄一听哈哈大笑，说：“哎呀！人的劣根性，暴露出来了不是？俗话说饱暖思淫欲！常乐兄弟，这就怪你了，人家请你去当先生，你只管好好教书就行了，你千不该万不该去打人家小姐的主意。人家不揍扁你就不错了！事已至此，你若是真的有悔意，还想依靠人家的帮助，你就下决心痛改前非，最好是能用惊人的行动，求得人家的原谅。”

次日，在丐兄的提议下，常乐割掉了自己一绺头发，用一张纸包上，还附了一首诗，作为忏悔信，让丐兄给尹老爷送去。常乐的诗写道：“廉颇负荆昔请罪，常乐斩发今悔蠢；纵使发配垦边去，难赎尹府救助恩！”

尹老爷接到常乐的斩发和忏悔信，初时不以为然，稍后想了想，古人云：士人斩发如割头！这常乐以割头的决心来忏悔他对腊梅的非礼之举，也算是知错能改，倘若他真能知错而改，自己若对他赶尽杀绝弃而远之，也于心不忍。于是又发了善心，还想帮他，便以对联的形式回了一联，写道：“村童呀呀，庙中可否设堂教书育乡邻？高见？”让丐兄捎回去交与常乐，看他有何想法。

常乐看了尹老爷的回信，知道他原谅了自己，是有意让他回去在村里的庙中设个学堂请他教村里的孩子读书，心想，这样也很不错。于是提笔回应道：“乡情拳拳，棠城能容落魄秀才献薄艺，妙哉！”写完，又烦丐兄送了过去。尹老爷看了常乐的对联，说声：“罢了！”让丐兄去告诉常乐，让他尽快回来。

常乐又成了尹老爷设在村里学堂的先生，吃住都在庙里，一切供需都由尹老爷出资。学堂开课后，共有九个孩子来求学，常乐教书教得十分尽心。过了几天，经常乐提议，尹老爷让腿有小疾的丐兄当了学堂的伙夫，帮助常乐做饭。尹老爷还把庙前的一块地买了下来，分给学堂，让丐兄种些菜供学堂食用。好心的丐兄，终于结束了食不果腹的乞丐生涯。从此，常乐一边教书，一边自修功课，因为他原来已是秀才出身，一年后，在尹老爷的鼓励和支助下，他到省城参加了乡试，还考中了举人。

常乐中举这年，在尹老爷的帮助下，还把村里尹家本门家族一个名叫菊花的十八岁漂亮姑娘嫁给了他。常乐婚后继续在学堂教书授徒，随着他中举后名声远扬，来学堂求学的青年越来越多，尹老爷又资助了他一些银子，又盖了几间房子，把学堂扩大了一些，起了个好名字，成了“常乐书院”。

婚后第二年，常乐妻子生了双胞胎，儿女双全，常乐欢喜不已。每当别人把常乐“举人老爷”“举人老爷”地叫着时，妻子心想，丈夫都是举人了，为啥不赴京应试中个进士呢？若能那样，岂不更好，就劝常乐哪年上京去，考个进士也做个官吧。常乐说：“没必要了，考个举人都不容易，上京考进士，更是万里挑一。再说，如今的官场，污秽处处，咱不蹚那浑水。再说，我从一个穷书生，到教书先生，再到成了开了书院的举人老爷，混得也算不错了，如今，妻儿天天相伴在堂，朝晚家有琅琅书声，我已知足了。”

常乐为了警示自己要知足常乐，便撰写了一幅字挂在书房内。那条幅写道：“知足常乐应知足，福到极时祸从来。”

后来，他的学生把“知足常乐”一句话当作座右铭，传之后世。知足常乐就传到了今天，千百年来，警示了不知多少不安分的人。

龙舟宴

朱元璋出生于安徽濠州钟离一家朱姓贫农家庭。因为他生于八月初八，故而幼名朱重八。朱元璋出身贫苦，从小饱受元朝贪官污吏的敲诈勒索，他的父母及长兄就是死于残酷的剥削和瘟疫中，自己被迫从小出家当和尚。所以，在他参加起义队伍后就发誓：一旦自己当上皇帝，先杀尽天下贪官。

后来，朱元璋登上皇位，果然不食言，对贪污六十两银子以上的官员，不论职位高低，格杀勿论。一时间几万贪官人头落地。后来，朱元璋为了狠狠打击那些贪官，又创造了断指、断手、削膝盖和“剥皮楦草”等酷刑法，把那些贪官拉到每个府、州、县都设有的“皮场庙”剥皮，然后在皮囊内填充稻草和石灰，将其置于后任官员的桌案旁边，作为警示。朱元璋治了贪官接着治权臣。不管你职位多高、功劳多大，只要作奸犯科，一律惩处。前后共杀数万人。最后太师韩国公李善长也受牵连全家被杀。

对于朱元璋的重典治国之策，皇太子朱标和一部分大臣怕树敌太多，极力反对。但是，朱元璋仍旧坚持自己的主张，认为谁对国家有危害，就要排除万难，寻找机会除去他们。

由于朱元璋这一阵子操劳国事，冷落了后宫的妃子们。妃子们都想找个机会亲近皇上。一天，宁妃郭氏给朱元璋送来参汤，并邀请朱元璋去她宫里下棋，朱元璋一口答应了。

这天晚上，朱元璋就歇宿在郭宁妃宫里。夜里，朱元璋做了个梦，他梦见南边突然烧起了一片大火，那火势好大，并且刮起了大风，火借风势，很快就烧到了皇宫，当时他正在处理公文，那火就像是被人用扇子扇着似的，很快烧到了大殿，他发现大火烧起了大殿，急忙呼叫救命，可是，叫了半会儿也没有人来救他，他只好一把撕下桌案上的台布，往头上一裹就往殿门外跑。刚跑出殿门，只见从空中跳过来几个人，他也没看清是几个人，好像有七八个，那些人相貌凶狠，将他团团围住，其中一人手中举着个葫芦，对着他把葫芦一摆，葫芦里就喷出来一股火苗，接着，火苗就变成了一个大火圈，把他罩在了中间，任凭他怎么奔跑，都挣脱不了火圈的焚烧，朱元璋绝望地大叫一声，惊醒了过来。这时天已经麻麻亮了。

朱元璋睡意全无，就把梦中的情景向郭宁妃说了，郭宁妃说：“哟！皇上，这可不像吉祥的梦啊。我爹郭山甫既会相面又会占卜，何不找他来给皇上算算有什么凶兆没有。”朱元璋同意了。

郭山甫很快被请进皇宫，他听了朱元璋复述的梦境，说：“皇上，辰时梦到火烧皇宫，而且有大火攻击陛下，辰乃一天之首，乃十二时辰之主宰者，也就代表着您，这是有人要危害皇上的江山呀。”

朱元璋听郭山甫这样说，吃惊地说：“真有这事？”郭山甫掐指算了一会儿说："皇上，您说梦中有一伙人从空中跳过来，围攻你，依照臣的推算，这几个人可能是你的对手。我认为，皇上您生于戊辰年八月初八日丁未时，那民间一定还有一些也生于戊辰年八月初八日丁未时的人。这些人，肯定是梦中围攻您的人，他们跟你一样福大命大，不甘心臣服于您，也许，这些人正在某个地方准备着、筹划着，就要夺您的江山。只是皇上您乃大圣之人，有超人的特异功能，所以，在神灵的昭示下，您已经梦到这种潜伏的危险了。往后，如何解除这种危险，就看皇上的了，臣不便参与。"

朱元璋听郭山甫这样一说，点头说："郭大人言之有理。"

郭山甫走后，朱元璋第一反应就是要设法把天下跟他同一生辰的人找到，把这些危险人物全部除掉。但是，如何去"除掉"呢？朱元璋想了半天也没想好。

这时，贴身太监王云给朱元璋送来了一小碗参汤，碗中还漂浮着两枚红枣，他用汤匙慢慢喝着，两只枣子在汤匙的碰撞下在碗中一荡一荡的，有了！朱元璋顿时灵光一闪，有了好主意：何不悄悄准备两艘大龙船，在船上设"龙舟宴"，其中一艘龙船船底设好机关，到朕生日的时候，找到这些人，请他们泛舟莫愁湖，见机沉没龙船，将他们巧妙地除去，以绝后患！朱元璋觉得这主意很好。于是，命令太监王云秘密地制作龙船。

不久，朱元璋的生日快到了。朱元璋便下令说今年生日他要请一批重要的客人，要把全国生于戊辰年八月初八日丁未时的人都找到，召来京城，欢聚一堂，共同庆贺生日。

诏令一下，全国各地的官员到处张贴文告，并四处查找符合这样条件的人。很快，全国各地征召到了七个“老庚”。这些人被各地的官员送到京城后，朱元璋便派人把他们安排到一家大客栈里住下来，让人伺候着。其名为伺候，实是监控，让其等候皇帝的生日来临后召见。

朱元璋的生日这天，上午他先在宫中大宴群臣。下午，他将七个老庚召到位于莫愁湖的大龙船上。当时两艘龙船用绳子系在一起，并排停靠，一艘皇帝专用，一艘专为客人设置。放眼望去，这上船来的七个人，高的高，矮的矮，胖的胖，瘦的瘦；有的人绫罗绸缎，镶金戴银，颇露富贵之相，走起路来，大摇大摆，一看就见惯了世面；有的人竟然身穿粗布葛袍，青衣小帽，走起路来，小心翼翼，只怕得罪了旁边人。仔细打量这七个人，真是形态各异，品相相差较大。见过礼，朱元璋赐各位老庚入座后，摆上酒宴，边泛舟边饮酒。

酒过一巡，伺候在朱元璋旁边的贴身太监王云，按照计划，就示意小太监们解开了系在两艘龙船之间的绳子，并让两个识水性的护卫，进入那艘专为客人设置的龙船的船舱里待命。行动暗号是，一旦听到皇帝专用的龙船上响起三声鼓响后，护卫就立即启动客人乘坐龙船的机关，很快沉没龙船。

计划在紧张氛围中进行着。朱元璋为了转移老庚们的注意力，就与他们分别攀谈起来。

他问第一位高个子名叫王荣生的老庚，是做何营生的，日子过得如何。王荣生说：“禀报万岁爷，小民以放蜂为生，日子过得还好。”朱元璋听说是放蜂的，就问他日子过得好在哪里。王荣生说：“小民是个蜂箱主，我拥有十五个蜂箱，每个蜂箱有上万只蜜蜂，每年春、夏、秋三季，数十万只蜂为我辛勤劳作，广产蜂蜜，一箱蜂一年产三桶蜂蜜，我用蜂蜜换钱，日子能不好吗？”朱元璋说：“原来你是个蜂王。好！好！”

接下来，朱元璋又问第二个人日子过得如何。这人叫刘志贤，清清瘦瘦的，他站起来向前走了两步，对朱元璋拜了三拜，回答道：“小民是个私塾先生，执教多年，在十五个地方办过私学，每次都是收十五个学生，开馆教学多年来，依赖学生的束脩过活，日子过得还可以。”

朱元璋点点头，让他落座后，又问第三个人以何为生。这人叫韩德寿，穿戴较好，脸皮也白，一脸的福相。他回答说：“小民是手艺人出身，凭着祖上的一门手艺，日子过得还好。”

这时，酒过二巡，伺候在朱元璋旁边的太监王云，见皇上跟这些人有一句没一句地聊，怕影响既定计划，急得是东张西望，搔头摸腮，他鼓起勇气上前附耳对朱元璋说：“皇上，别说了，该按计划行动了吧？奴才们都等您下命令呢！”

朱元璋听韩德寿有祖传手艺，正在兴趣头上，便对王云挥手说：“别打岔，快走开。”接着问道，“韩老庚，快说说，你家的祖传手艺是什么？”韩德寿说：“回禀万岁，我家是祖辈制作毛笔的。传到我这一代，我在练好手艺的同时，请人来帮忙做工，然后派人到较远的地方去销售，渐渐生意好起来，我就开了分店，后来，我在本省三四个州县先后开了十五家笔行，生意还不错，什么也不愁了。”

朱元璋点头说：“不错，你很能干。”又问下一个男的。这个人叫汪成，是个打鱼的，他说他家共有十五只船，有七个儿子，平时儿子们分别驾着这些船在海上捕鱼，日子还过得去。哦，原来这个汪成是个船老板。他又问一个胖子。这个胖子叫薛建德，他说他家开了十五个当铺，他勤恳经营，日子过得富足。

朱元璋又问下一个。这人叫蒋香儿，是个农夫，他说他家有十五亩田地，他与三个儿子一年四季辛苦地耕作，一家人的日子还可以。朱元璋又问第六个人。这人叫刘季度，有点驼背，是个木匠。老汉说他带了十三个徒弟，加上自己的两个儿子，一共是十五个。他家原有十二间房子，为了徒弟方便跟自己一起去外面揽活做事，就让徒弟住在自己家里，后来徒弟们成家了，为了和媳妇们住起来方便，他就带上徒弟们续修房子，巧了，如今他家共有十五间房子，其中有两间是两层的，上一层由他和老伴居住。

最后一个是老太太，她叫王吴氏，她说她家是猎户，有六个儿子，平时儿子们上山打猎，她就与老伴在家哄着孙子和孙女，她的孙子、孙女共有十五个，人丁兴旺，儿孙满堂，虽然日子过得清贫，但她感到心里很踏实很幸福。她认为人生一世，不就图个自由自在，安安乐乐吗？

不知不觉，酒过四巡了，朱元璋旁边的太监王云见皇上还没下令沉船，又上前催促说："皇上，酒过四巡了，别跟他们废话了，快下令吧。"

朱元璋说："慢着！"因为他听了大家的汇报，见他们行业不同，职业也不一样，但为啥每个人的身份下都有'十五'这个数字呢？正疑惑着呢，便支开王云，向大伙儿说："各位老庚，你们的职业身份不同，但为啥每个人的名下都有'十五'这个数字呢？"

"这个……这个，就是命吧……"蜂箱主王荣生抢着说。

教书先生刘志贤早已发现今天气氛不对，便趁机献言说："皇上！所谓世间万物，都有生息定律和天命根由，我等小民，虽然有幸与万岁爷同一生辰，但同庚不同命，你贵为皇帝，拥有十五个行省，统领天下黎民百姓，对十五个省域的百姓发号施令；而我等小民，也生在戊辰年八月初八日，天命不可违，老天也给我们安排了‘十五个’自由支配的对象让我们拥有十五份家当，使各命相安，让天下永远安宁泰平，使我主大明江山万世永固啊。容小民斗胆攀个辈分，其实，我等这些老庚，就像是皇上的兄弟姐妹一样，早晚心里想的都是天下太平哟！”

“好！说得好！！”朱元璋高兴地鼓起掌来。他想，看来同庚不同命的道理是真的。人生在这个世界上，每个人都有一个最适合自己的位置。这些人不是抢我江山的人。原来，是一场误会。险哉！我原来打算用龙舟宴沉船除掉这些老庚的想法，真的错了。幸亏刚才多与他们攀谈了一会儿，这个计划我没有草草启动！不然，岂不枉杀了良民，留下一个话柄。看来梦中之事不可当真。于是命令随从取消原定计划，命太监王云传令下去，再上三道菜肴三坛美酒，开怀畅饮。

第二天，朱元璋就令太子朱标把这些人带到后花园好好逛了一番，然后把他们打发走了。这些人走时，他令太子赏赐给每个老庚十五两银子，作为他们回乡的路费。

第二辑

◎ 不速之客

硬腰杆

受金融危机的影响，在南方一家工厂当了几年搬运工的万和平，因为好一阵儿老是上不够满班，工资是越来越低。眼看实在是没多少挣钱指望了，他就有了回家帮妻子赶秋、收庄稼的想法。

他把辞职的想法跟班长一说，班长说："你去向'啤酒瓶底'说去。"啤酒瓶底是人事部的汪主管，因为他高度近视，一副眼镜活像一对啤酒瓶底。汪主管听万和平一说来意，眼睛在镜片后眨了眨，嘴角露出一丝笑意，厂里正巴不得少背个"裁员扔包袱"的坏名声呢，人事汪主管就笑着说："好，好，我们遵从你的意愿。一切为同志们着想，你有事，尽管去办，尽管去办。"他取出一张纸，让万和平写了一份辞职书，立马签了"同意"两个字，让他到财务部去领工资。

"好，好。谢谢汪主管。再见。"万和平点头哈腰地告辞出来。

办完离厂手续，说走就走，万和平一口气跑到火车站，买了票当天就上了火车，第二天回到家乡的城里，已是下午了。走出车站，万和平只觉双腿发软，因为一路上只吃了随身带的三个面包，感觉肚子早饿了，便就近找了个饭馆坐下，要了一碗拉面，一碟咸菜，慢慢吃起来。放眼望去，饭馆里人稀稀落落的，有一对小男女在那儿吃饭，五盘菜两碗饭，一瓶红酒，中间还有一个鲜艳的蛋糕。

万和平平素将就惯了，肚子里缺少油水，邻桌的好饭菜，像是一条无形的钩子，劈头盖脸地直向他脑子里伸，勾醒了他肚子内的馋虫。万和平不禁咽了口唾沫。女的正对着他，望了他和他的大背包一眼，低低地笑着说："民工。"小伙子听了就回头张望，四目相对，大水冲了龙王庙，父子俩饭馆相逢。

万和平心想，儿子真牛啊，眼一瞪，啪地放下筷子，火气直往脑门上涌；他抓起身旁一个板凳就要扔过去，可儿子机灵，一把拉上女孩子转身就跑出了饭馆。

面也不吃了，万和平紫涨着脸，付过面钱就想离开。但服务员叫住了他，他一怔，服务员说："刚才你作势行凶，吓走了旁边那对小青年，他们账还没结，饭钱你得掏。"

万和平嘴张了张，问多少钱，服务员说一共是二百八十五元。万和平心想，儿子出老子出，还不是一家子的钱，只是这小子一桌子，就吃了我在外打工一个月的伙食费！真牛啊！

万和平付了钱，气冲冲走出饭馆就想搭车回家。可转而一想，这多半年来我虽然工资不高，可每月都把工资和工余时间捡破烂挣的钱寄回家里，少说也有九千元，平时我连夜宵都舍不得吃，一心省钱，供娃读书，可他背后到底在干些什么？

于是，他决定先不回家，要把这事弄清楚。万和平找到儿子读书的第一中学。门卫问他找谁，他说找儿子，高三（2）班的万锟。门卫说，由于明天是国庆节，学校放假了，学生们都出去了。万和平不想走，跟门卫说了一通好话，请他进去帮忙找一找，门卫派了一个人进去叫了半天，叫的人出来说万锟真的不在里面。

万和平只好离开学校。可他不死心，打算到碰见儿子的那片街区再四处走走，想凭运气找到儿子。可他一直转到天黑，也没碰到儿子，只好到一家小旅店住了下来。

次日一早，万和平搭车往家赶去，心里怨女人管孩子懈怠，老子的辛苦钱是想供出个有出息的儿子。女人家眼光近，总是惯孩子，回去得问问老婆是咋回事！

万和平进了家门，东屋西屋都不见人，又坐不住，到东岭红薯地里寻找，也不在。不过，他见红薯长势挺好，看来自己不在家，妻子侍弄庄稼还挺上心的，他满意地笑了。万和平莫名其妙地叹息一声，又找到西原的坡地，远远地望见妻子，正跟邻居刘婶在那儿采摘早熟的绿豆呢。万和平悄悄走过去，两个女人正在议论万锟，刘婶说，真羡慕你啊，明年夏天，你家万锟就要读大学了，再过几年，你们就该当老太享清福了。妻子说，总的来说，这娃儿自小性子软，胆量小，比起村子里的其他家小子，还行吧，这娃知道我们辛苦，读书蛮卖力的。所以，我们虽然苦点累点，心里挺有盼望的。

万和平走近妻子，瞪眼吼道："你儿快上天了，还有脸显摆！"

女人猛然见到自家男人，怔了一下，接着脸一下子白了："儿犯事了？"

万和平不回言，转身就往回走，妻子挎着竹篮子急忙跟上来。两口子一前一后回了家。妻子几次想问儿子的事，可见万和平黑着脸就没开腔，她赶快给万和平做了一大碗鸡蛋面。趁万和平吃饭，妻子又小心地问：“你这会子回来干吗，儿子犯啥事了？快说说，别吓着我了。”

万和平说：“啥事？你儿成阔大爷了！你给他钱恁多，嫩秧子你施重肥，烧死他？”

妻子说：“冤枉死人，一个月给他六十元，多给儿也不要。”

万和平一愣，冲口而出：“莫非，小犊子吃上软饭了？”

女人骂道：“你不用一回来就歪鼻子斜眼，出外混野性了，软饭香吗？黏黏糊糊的谁喜欢？咱儿吃面条都要面下锅里一煮开就捞，最爱吃邦邦硬的，哪回吃软的了？”

万和平瞪着眼问女人：“你当真没多给儿子钱？”

妻子手往房间一指，说：“真没多给，你寄的钱，我都存在信用社了。你今年寄回来九千块，我们家里家外开支用了三千多，我卖地里的出产物，卖了一千元，还有你的五千多元都在银行存着，你要不相信，我拿折子来给你看。”

万和平不吱声了，他边吃饭边把昨天的情形回想了一遍，原以为是儿子在拿家里的血汗钱挥霍了，现在听妻子说每月只给六十元，按理说，他没钱就挥霍不起来。可是，昨天那桌饭菜，掏了他二百八十多元，既然他没钱，竟然敢点这些酒菜？那儿子的钱是咋来的呢？记得那女孩子，穿得挺时髦，看起来挺有钱的样子，难道……他想起了在南方，许多长得帅的小伙子，不好好干事儿，专职给有钱的女人当情人，难道，上高三的儿子没读书了，真的在……

想到这里，万和平心里一阵发毛，他把自己的推测说给妻子，妻子听了也担心起来。但她还说：“俗话说，啥树下出啥秧，你我都不是张狂人，咱儿子我们从小看着长大，按说，咱儿子咋说都不是那样的人呀。”

万和平说：“人是会变的，再说，儿子进城两三年了，你又没天天跟着他，我也亲眼看见一点事实了，如果没有事儿，他见我跑什么？这叫心虚。”

万和平几口扒完碗里的饭，碗筷往小桌子上一丢，起身就往门外走：“我得进城去找到他，挽回儿子。”妻子说：“等等，我也跟你去城里。”万和平不答应，眼一瞪说：“女人家啰里啰唆的，遇事哭哭啼啼的，只怕张扬不出去别人不知晓吗？我一个人去就行了。”

妻子追出门，在后面喊：“他爹，找到他你可温柔点儿，别吓跑儿子了。”

万和平到了城里，又到第一中学去找儿子，把儿子的相貌描述了一遍，门卫认出了他，对他说这两天没发现他说的这个学生回来。

学校放了假，不上课也不见他回家去，他也不在学校，看来儿子真的没读书了！万和平心里很悲哀，就到处乱走，想碰到儿子。跑了半天，没见到儿子影子。他想起在南方时，听人说没骨头的男人都是在一些娱乐场所出现，于是他就往一家又一家娱乐城钻，一连跑了近十家娱乐城，遭遇了不少白眼和讥讽，万和平还是没找到儿子。

天快黑了，跑了一天的万和平，又饥又渴，他又来到昨天吃过面的这家“吉祥饭馆”吃拉面。服务员送上面来，看清是他，说：“咦？又是你。半点钟前，昨天被你吓跑了的那个男青年来付昨天的饭钱，听说你替他付过钱了，他怔了一会儿，又走了。唉！你要是早来半点钟，二百八十五元钱就讨回来了。”万和平问服务员：“你知道那男青年是干什么的，住在哪里吗？”服务员说：“这些，不太清楚。”

万和平有点失望，他吃过饭，又到了上次住过的小旅馆“顺意旅馆”住下，决定明天继续找，一定要找到儿子收拾他一顿。躺在床铺上，万和平想来想去，虽然人很累，可一直睡不着，前后找了两天，都没找到儿子，这小子到底在干什么？为啥躲着不见我？不过，既然儿子下午又在“吉祥饭馆”出现了，这说明，儿子就在这一带活动呢。这些日子，儿子究竟干的是好事，还是坏事？万和平就这样想来想去，想得头皮发疼，也没有定论。

他忽然想到在广东打工时，一些工友遇到难断的事情时，就用硬币打卦的事，我也打个卦吧。万和平掏了掏口袋，掏出一个一元的硬币，他撕了一点儿纸片，分作两小块，分别在纸块上写了一个“好”字，又写了一个“坏”字，用口水粘在硬币的两面，然后，捏住硬币在桌子上用手一旋，硬币旋转了起来，当硬币旋转到没有力气的时候，硬币咣当一声，倒在桌子上，是“坏”字这一面。万和平心里一沉，不过他不甘心，他捏住硬币，又来了第二次，这次硬币旋转完，停下来时，倒在桌子上，是“好”字这一面。万和平还不放心，又捏住硬币来了第三次，这次，硬币停下来时，倒在桌子上，上面是“好”字这一面。

万和平心里好受了一点。不过，他终于累了，他倒在床铺上，一会儿就睡着了。蒙眬中，他看见儿子从他面前走过，他大声叫喊儿子，可儿子看了他一眼，理都不理，直朝前走去。万和平急了，他想跑上去拉住儿子，可儿子走得很快，他无论如何追不上儿子。他死命地跑啊跑，可儿子还是离他有一丈多远，最后他用尽平生之力猛往前一蹦，终于抓住了儿子的手，儿子才转过身来，可万和平吃了一惊，儿子的脸却变了，因为他脸上尽是“串脸胡子”，就像电影里的李逵一样。这哪是儿子啊？就在万和平发怔的时候，“串脸胡子”忽然眼一瞪，用手向他猛一推，万和平一下向后倒去，后面是一个很陡的坡坎。他啊的一声惊叫，猛然醒了。原来是一个梦。这时他发现，天已经亮了。已是次日早晨了。

万和平早早起了床，洗了把脸，走出旅馆大门时，值班室的一个男人打量了他一番，问他是不是叫万和平，他说是的。值班男人忙叫住他，对他说：“为了感谢顾客对本店的惠顾，请你过来抽个奖。”万和平怔了一下，就过去，在男人的指导下，从他手中的茶杯中随便抽了一张纸牌，男人说你中了一等奖，马上给了他三百元奖金。

由于万和平心中有事，中了奖也没高兴劲儿。他把钱往口袋里一装，就出了旅馆门。他在街上走了一通，然后就往小巷子里溜达，他想，在街上找过了，小巷子没寻过呢，也得撒网一样过一遍。于是就在吉祥饭馆附近的小巷子里慢慢走。

当他从北往南走到第三条小巷子中间时，忽然一辆快速行驶的自行车迎面驶来，正东张西望的万和平，躲闪不及，被自行车撞倒在地上。骑车人是个中年男人，他赶忙扶起万和平说：“大哥，对不起，看看跌伤了没有？”万和平撸起裤子，膝盖处正在流血，刚才跌倒在水泥地上，磕伤了他的腿。骑车人说：“快随我到诊所去上点药，包扎一下吧。”万和平说：“不用了，你随便给几块药费钱，先走人吧。”骑车人见万和平固执不去，掏出五十元递过来，万和平说行了，往衣袋里一塞，向骑车人挥了挥手。

骑车人摇摇头走了，万和平则坐在地上，把碰伤的腿用手使劲捂住，压了一会儿，见不出血了，他站起来往前走去。因为，刚才他听到巷子左边一个院子的二楼平台上，有个小伙子叽里咕噜地读书，尽管小伙子读的是外语。万和平还是听出了那声音，是儿子的，就什么也顾不得了。

恰在这时，他听到院内一女声说："万锟，别读了，下来吃早餐。"果然是儿子！万和平走上去使劲拍打院子门："万锟，你给老子滚出来。万锟，万锟……"

门咣当一声开了。万锟跑了出来："爸，您咋找这儿来了？"万和平拉住儿子衣袖，生怕他跑了："你给老子说清楚，我们省吃俭用供你上学，你都在外面干了些什么？给人当、当……"他一急，嗓子一粗就明说了，"你这是吃软饭吗？"

万锟说："爸，你小声点！什么吃软饭，多难听。咱们进去说话。"

"不，你都不怕丢人，我怕什么？说，你在这里干什么？那天跟你在一起的人，是谁？"万和平绷着脸说。

"爸爸，我在老老实实读书。你错怪我们了……"

"错怪？你见了我心虚就跑，还说错怪？"

"跑为上策嘛。有时，跑也有理呢……"

"有理还用跑吗？"

"爸，我真的是没干坏事。"

"有啥事，就直说吧，别藏藏掖掖、拐弯抹角的。我可等不及了。"

万锟看了爹一眼，眨了一下眼睛，就说了事情的原委。

其实，那天跟万锟吃饭的女孩子，叫钟灵，是万锟的同学，确切点说是他的同桌。她爸叫钟旭，是个企业家，开了两个铝合金门窗厂。三个月前的一天，钟灵的爸妈开着私家车去外地旅行，回来的路上，不幸与一辆货车相撞。钟灵的爸妈当场死亡。钟灵因此受了打击，差点精神失常，好在万锟请了一星期假，陪她处理后事，又开导安慰她，才让钟灵走出精神的磨难，脱离痛苦的深渊。可面对空荡荡的一个家，钟灵说她很害怕又孤单，提出免费让万锟租住在她家，陪她学习和生活，互相促进学习，并许诺说，如果他答应这个条件，不但他日常的学习及生活开支由她支付，如果他明年考上大学，前两年的学费也由她承担。万锟想，这个条件太优越了，自己的家庭条件那么差，爸爸常年在外做体力工，至今连个手机都舍不得买。如果答应这个条件，不是为家庭减少不小的负担吗？何况又不是什么丢人的事。于是他就答应了。钟灵住一楼，他住二楼。那天是钟灵的生日，往年都是由她爸妈陪她过，今年她成了孤儿，万锟不想让她伤感，就提出到饭馆给她庆生日。不想让爸爸碰见误会了。

万和平听完，态度和蔼了很多，他问："可是当时你不说清楚，跑什么？"万锟说："我看你抓起板凳要砸我，我不是怕砸，而是钟灵的爸妈出车祸后，她一看见流血就精神紧张，会晕倒，所以我拉上她就跑了。"

"可我找了你三天，你为啥老躲着不见我？连家也不回？"

"爸爸，那天从饭馆跑了，我躲你是怕你；之后我不敢见你是心里乱，不知如何面对你；三天了还不敢见你，是心里有愧。因为那天的饭菜钱不要我出，可那蛋糕，是我花了三十五元钱买给钟灵的。我长这么大，第一次买了蛋糕，不是给爸爸庆生日，而是我给女同学过生日，而这个蛋糕却让爸爸看见了，所以，我心里很愧疚。”

万和平听了儿子的话，眼睛有些湿润：“孩子，原来你这么懂事，我真是错怪你了……快回家去，你妈还在担心你呢。”

这时，站在门口的钟灵说：“万伯伯，这下放心万锟了吧，他可是个优秀的学生。快进屋吃饭，饭后，让万锟跟您回家。万锟说过，说您在外面打工，很辛苦。您回来一趟，也不容易哩。”

万和平爽快地答应一声，拉着儿子向院子里走，进门后，他对钟灵说：“往后希望你多看着点万锟，我和你大婶，心里会敬着你的。”

钟灵说：“不用，万锟是我的小老师，我哪敢呀。都因为您教子严厉，育出了好苗。”说到这里，她笑了一下，又说，“就因为这一点，让旅馆奖你三百元是应当的。其实也算不上奖，那天我们吃了饭，哪能让你给掏钱啊，所以，我和万锟想了个办法，让旅馆代还给你的。”

“啊？原来是这样！”万和平听了一怔，不过，想到儿子这样孝敬，这样受人看重，他脸上露出了满意的笑容，顿觉出气顺畅了，腰杆子也硬了许多。

万和平要的就是这样的现实，这样的结果。他认为，穷人家的孩子，只要读书读得好，受人看重，这就是父母的硬腰杆。

大冷人

陈金福以前从没觉得钱算个什么。不就是钱嘛。有了就多用，大方点；没了，日子就过寒酸点，勒紧裤带节俭点呗！

可有一天，陈金福觉得，钱不再是钱了，钱被赋予了更为重要的作用。这回裤带再勒也不行，而且不容许勒裤带了。

十六岁的儿子考上县城的高中了。这可是大事，也是喜事。要知道，那可是县里唯一的重点中学啊！好多娃都考不上呢。但是，接着，对于陈金福来说，也是愁事。因为，现在的高中，虽然是中学，但跟上大学的娃们供起来是一个样。一年两个学期，每学期两千元的学费是棒打不饶的，另外还有每个月的伙食费、住宿费、水电费、资料费、补课费，少说也得四百多元，这简直就是要打开钱匣子啊！

可他家的钱匣子却是空的，何况妻子桂花长期有病，经常要熬药罐子。

所以，靠种庄稼生活的陈金福就愁上了。因为听说娃开学报名就得一手拿去三千元，可他卖了一头猪、三袋粮、五袋子土豆，也只准备了两千元。还差一千多元哩。而离开学只有三天了。

愁上了眉头的陈金福，就到住在邻村的妻子的娘家兄弟二柱子那里去借钱。

二柱子叹息了一声，说："哥，不是兄弟小气，我也没什么钱。我刚给村西修房子的邓三家卖了十几天工，结了一千元，可你读初中的侄子也要开学了，得留几百元备用是不是？我只能借你四百元。"

陈金福是明白人，二柱子能借给四百元，已经是尽力了。陈金福赔着笑，接钱时说："你这回可帮了我的大忙了。"

"哥，说起钱的事，我倒要提醒你一句。"在村里当文书的二柱子说，"前一阵子下大雨，你们村不是有三处滑坡了吗？县上镇上的领导来视察过灾情，你们村，被确定为受灾重点村。县民政局要给你们村拨一批救济款，听说最近两天就到了，这也可给你解个急哩。"

"是吗？我家能拿上吗？"陈金福精神一振。

"应当有。你们村至少百分之六十的人家有救济款。下雨时，你家猪圈旁边的那棵泡桐树，被风吹倒，压折了猪圈檩头，压倒了电线，三天不通电，这也算是受灾嘛。"

"哦，这倒是。那个救灾款，每户大概能发给多少？"陈金福像落水的人终于抓住了一根稻草，脸上露出久违的喜色。

"你们村每户要发七百元以上。我们村是次灾，受灾户上报了十户，每户六百元。"

"好，好，政府想得周到，想得周到。"陈金福嘴里嘀咕着，趁着好心情，告别了二柱子，回家去了。

一路上他走得飞快，想着眼看要到来的救济金，正好可补上娃学费的缺口，心里高兴，陈金福走路腿上全是劲。

晚上，陈金福在厢房里的土灶上正给两个猪仔煮食。由于柴湿火不旺，一股浓烟窜出灶门，呛得他直咳嗽。

“金福，你在这里搞啥呢？”村长邹大嘴听到响声，推开门，走进来。

“来，来，邹村长。快坐。我正给猪仔煮食哩。”陈金福掏出一根烟，递上去。

邹大嘴接过烟坐下，点上烟，抽了一口，说：“金福，我晚上来你家，是给你送幸福来了。上次咱村受灾，上面拨了一点款，钱少家数多，不能家家有，考虑你家困难，我给你弄了一份，你签个名字，当场给你发钱。”

“这是好事啊。”陈金福边烧火边说，“多少钱？”

“灾情不同，报上去的每户四百、五百块不等。”邹大嘴指指外面，小声说，“别声张，不是都有救济的。呶，快签名。”他把一个揭开的薄皮笔记本递过来。

“好像我听说这回每家给的是七百吧？你可别哄我哟。”陈金福说，并不急着签名。

“嗨！送给你块馍，你还争讲大小哩。”邹大嘴把笔也递上去，收敛了笑容，“别瞎说，快点签名，我忙得很。签吧，我给你的是最高档五百元算的，你一签，我就给你发钱。不过，我替你们瞎忙，你实领四百元，给我一百元烟钱不为过吧？”

啊？受灾人还要给你分烟钱？陈金福暗想，这是啥道理，便说：“看来，这名我不能签，钱更不能领！”

“不签？钱来了还有不签名认领的人呢？”邹大嘴摇头说。

“不签就是不签。上面该给多少就多少，我要看文件。” 陈金福心想，上面给的是救济款，不是你村长给发的奖金，上面给群众多少，就该是多少。

“哪里有文件？胡闹！”邹大嘴板起脸说，“好吧，不签拉倒，真是个冷人（方言，意即二楞子，脑子不开窍）。啥年头了，还有你这样的大冷人！咳！真是病得不轻哩！给个馍还嫌黑。我要是不上报你家，你一分钱也没有。”邹大嘴摇头说着，拉开门，气冲冲地走了。

“我就是个大冷人！该是啥是啥，我就是认死理，你能把我咋的？”陈金福望着村长邹大嘴的背影，狠狠地说。

“娘的！社会都让你们这样的人给搞歪了。” 陈金福越想越气，将火钳用力地砸在地上。

此夜，陈金福睡在床上，村长邹大嘴的言行老在脑子里晃悠，他翻来覆去睡不着。可是，没领到这笔救济款，儿子上学的钱不够咋办？先借，但是在开学的这个节骨眼上，能借到吗？

最后他决定，活人不能让尿憋死。就是钱不够，也不能领那个钱，看看村长邹大嘴那举动，这肯定有猫腻。钱的事，不行的话，先去城里卖血，把儿子的钱凑上，不能就这样稀里糊涂地领了这钱，得去县上打听打听，到底上面给了每家多少钱。如果上面给的是七百元，邹大嘴不是就吞去二百元？这是国家给我们的救济款，我是困难户，凭什么你要吞二百元，这可够我儿子上学的半个月生活费了。

次日早晨，陈金福决定进县城去卖血，顺便到民政局打听打听。

吃了一碗饭，陈金福就到村口上去等从县城发来的客车。在路边等了二十分钟，车没来，他就到路对面的小卖店买烟。

买了一包烟出来，车来了，他赶紧上了车。陈金福找了个靠近车门的座位坐下。车走到半路，陈金福偶然发现邹大嘴也在车里。由于心里不爽，他没跟村长打招呼。假装没看到他。

到了县城，陈金福直奔县医院。他想趁早，先去卖血，卖完血，再去民政局问事。陈金福找到医院向一个医生打听了一下，医生说，现在，可以献血，没有医院买血，可以到献血车那里献血,会得到一定补助的,不过不多哟。一般一百毫升五十块,祝你身体健康。

陈金福心想，我身体健康着呢，棒得像牛马，现在也没用，我急着卖血换钱，给娃凑学费哩。

出了小医院，他到街边吃了一碗拉面，就去民政局。可是，到了民政局门口，门卫拦住他说，下班了，里面没人，有事下午两点再来。

陈金福看了一下时间，才十二点十分，到下午两点还早呐。在这儿等，心慌，就准备到街市上逛一逛。

不买东西，在街头走来走去的陈金福，觉得逛街真没意思。决定返回到民政局门口，坐在地上歇会儿。

陈金福正没精打采地走着，冷不丁前面传来一声惊叫：“打劫啊，快来人，有人抢包啊——”

叫声像一道命令，那里很快就围上去不少人。陈金福和身边的人都朝叫喊的地方望去，但隔着人，看不清楚里面的情形。

很快，叫声再次响起来，“啊！来人啊——抓住他，大家快帮我抓住他——”

陈金福也围了上去。又是一声“啊！”陈金福看清里面的情形，一个男人死死地抓住一个黑皮包，另外一个年轻男人死劲地夺包，边夺边用匕首在死命护包的男人身上捅……护包的男人的肩膀和胳膊上全是血。

围观者男男女女少说也有三四十个人，但是只是围观，没有一个人上去帮忙。

麻木、可怕的麻木！

陈金福怒发冲冠，大吼一声：“畜生！真是无法无天了！”他用胳膊拨开看热闹的人群，冲进去，拦腰抱住那个坏人，往上一提，用力把他甩倒在地。就在陈金福扑上去准备捉住这个人的时候，他突然发现，满身血迹的受害人是村长，是曾骂他大冷人的邹大嘴。

就在他分神的一瞬间，倒在地上的坏蛋那把匕首却刺在了他的肩膀上。

陈金福再次愤怒了，他忍着痛，一拳打在那坏蛋的脸上，然后用力拧住那家伙拿匕首的胳膊，将匕首夺了下来。匕首被他狠狠地丢在地上。

陈金福又是一个耳光打过去，那坏蛋顿时眼冒金星，把头歪向一边。陈金福见他不反抗了，掏出在医院捡的两根准备回家拴猪仔的白色输液管，把抢包的坏蛋捆了个结实。

刚捆住坏蛋，陈金福却头一歪，倒在了地上。由于刚才他用力过猛，又抽了不少血，再加上被刺中肩膀，他一阵头晕，休克了。

当陈金福醒过来的时候，他正与邹大嘴面对面躺在医院的病床上。

“金福哥，你终于醒来了？太好了。”邹大嘴一下坐起来，接着跳下床，竟然跪在陈金福床前的地上，“谢谢你，金福哥！要不是你，我恐怕早就被捅死了啊！对不起，我不该起歪心侵吞你们的救济金。我说实话，其实，上面给的是每家七百元啊！”

陈金福没说话，只静静地看着他。

“金福哥！你是我的恩人啊，可我……我这是报应啊，我今天带着扣你们十几家人的四千多元，想进城买个摩托车，结果，车没买到，却惹上贼来抢包，差点被贼捅死。当时，那么多人，只有你不怕死，救了我的命。”邹大嘴打了自己一个嘴巴，眼里含泪，“可我，昨天却骂你是大冷人……我才是真有病呢。”

“你有伤，快起来吧。我真是冷人，死认理的大冷人。”陈金福说话了。

“不，我对不住你，让我给你赔罪吧。金福哥！你不是冷人，你是……”

“你承认了，我不是冷人？”金福脸上露出一丝笑意。

“不是，真的不是冷人，其实你追求的只是公平和人间正义，这哪里是冷啊？你是直爽人。我晚上就把扣大伙儿的救济款钱，全退回给你们。该是谁的，就要给谁。今天，我明白了，钱，有时也害死人呀！”

“你终于承认我不是冷人。其实，我是不是冷人，都没关系，看看身边的一些事，我想，不管我们的社会发展到啥时候，都需要这么些的‘冷人’存在；真的，能多些‘冷人’，才有人干实事哩；多些冷人，办事时不走调、不变样，老百姓的日子，才会更好过一些！”陈金福慢慢地说着，像是对自己，又像是对邹大嘴说。此时，他的脑海里似乎总有一把闪光的匕首，在众目睽睽下不断地飞舞。

不知怎么回事，他的脑子里老是闪现一把匕首在大街上乱捅的图画；他的眼里，渐渐笼罩上了一层潮湿的雾。

老陈的第三种生活

老陈在新桥镇算是大能人。这倒不是说老陈干下了什么惊天动地的大事业，或者说为新桥镇人立下了什么大功劳。主要是，老陈多半生都是在新桥镇度过，他是新桥镇信用社的主任，任职多年，前些年经济拮据时，大伙有急事、难事想贷个款、借点钱啥的，都爱找他，多多少少为乡亲们帮过忙、解过急。

老陈为人性子直，人不错，但就是心直口快，爱发火。平时，街坊邻里发生点纠纷啥的，他知道了都要上前主持公道，对悖情亏理一方，则瞪眉鼓眼一顿呵斥、臭骂。说来也怪，往往一些看似棘手的事，在他一顿怒吼和劝说、训斥中，便迎刃而解，烟消云散了。因此，大伙儿都敬佩老陈。特别是在他老家杏树坪人的眼里，更把老陈看成是吐口唾沫在地上，都能成钉子的人尖子、大能人。

那一年，杏树坪村子里，有人提议，说现在政府提倡城乡群众都要想办法吃上自来水，我们要结束过去那种挑水吃的历史了。当时，村支书也有帮大伙儿实现自来水到家这个理想的意向。一部分热心人在村支书的带动下，到村前三里外小沟河对岸的大山——黄柏梁上的山洼处找到一处水源丰富的龙眼泉后，经过一番商议，计划先在龙眼泉旁边箍上一口井，然后由龙眼泉井往下埋水管，一直把水通到村里，直接把水管通到各家门口。支书说，总水管的费用，由村委会动用集体积累的资金，各户家里的材料的费用，由各家自行承担。但是，集体资金有限，为了节省一部分费用，要求在山上箍井和埋总水管管道时的人工劳力，由全村各户分摊，也就是大家出人工，就不用出工钱，每户应当出工十个工日。

计划拟订后，村子里大多数人家赞成，但是有六七户在县城里打工的村民，坚决反对。理由是，其一他们没时间回村来参加劳动；其二是他们家老人都不在世了，一家大小暂住城里，也不在家里吃水。他们回话说，你们在家的人愿搞自来水工程就搞，不搞拉倒，他们几户不参与。大家一听，就没劲头了。毕竟，自来水是全村人的福利，泉水引进村子里，你能挡住不让某某人家接收到水吗？这又不是做饭，做几个人，就能吃几个人。村支书见大家意见不一致，也没兴趣了。人家村支书的儿女，也生活在城里，村里也只有他们老两口吃水。不搞就不搞，谁稀罕搞自来水工程呀！支书嘟囔一番，不想再管这事了。

村子里准备搞自来水工程的计划泡汤的事，让老陈知道后，他张口就骂：“这些反对的龟儿子，真是鼠目寸光，一个个都是死脑筋啊，死脑筋……”老陈骂过后，就骑上车子，赶到县城。老陈先后找到那几个年轻人，利用晚上的时间，给他们开会，老陈说：“你们在城里住了几天，都牛得很了，都不想回杏树坪了，还认得我这个在杏树坪长大的半老头吗？你们还认不认得我这半老头，没多大关系，不过，你们的户口都还在村里吧？这就是说，你们还是村里的人吧？祖坟还在村里埋着吧？清明还要回去上坟吧？你们今年在城里打工，不回去，明年也许会回去吧？明年不回，后年也许会回村子吧？后年不回，老了会回去住吧？古语说，一方水土养一方人。吃水，那是人生的大事，是牵涉到子子孙孙的大事。你们谁敢保证你们的子孙，不再在杏树坪村住了？反正，我退休后，还想回村里住哩。你们想过吗？现在，农药化肥大量使用，到处都有环境污染，只有山上的水，暂保一方清纯，所以，村里人想吃上来自山上的自来水，这不是胡闹，这是眼光长远。你们听着，你们不搞，我们也要搞，到时你们想通了，就晚了，那时，别想吃上大家的一滴现成水。真是鼠目寸光……”

老陈撂下这几句话，转身就走了。那几个人，都低垂着脑袋，没一个人吱声。

没想到，老陈发了一通火回村后的第三天，这几户人家，都回来人了，他们积极地说，他们几家人，都赞成村里的自来水工程的计划。村子里的一切安排，他们全力配合。很快，自来水工程就办成了。过后，大伙儿经常提起这事，都说当时没有老陈的几句狠话，村人不会早早吃上自来水。老陈就是这样的一个嘴硬心软的热心人，一个能办实事的人。

可是，岁月不饶人，仿佛眨眼间，老陈六十岁了，已到了退休年龄。尽管老陈还不想离开新桥镇，也不想离开信用社，他怕回家去寂寞、不习惯，可国家退休政策不能因为他不想退而改变。

那天，是三月二号，正是“几处早莺争暖树，谁家新燕啄春泥”的早春时节，领导和单位的同事们，购置了一床棉被、一个电热壶外加一个电饭煲，把老陈送回老家杏树坪村，让他正式光荣离职退休。当同事们吃过他和老伴精心准备的酒饭后，一个个和他握手告别，向村口走去时，老陈怔怔地盯着同事们的背影，竟然眼圈有点红了。

老伴儿知道老陈心里想什么，就把他胳膊扯了一下，说："别瞎想了，退了就退了，上了大半辈子的班，你还没上厌啊？是该歇着的时候了。"

老陈说："我早就厌烦了呢！你当我稀罕上那个班？走，回屋看电视去。"

话虽这样说，可老陈坐在电视机前，还是有点怔神。老伴儿就说："看你这人，没事儿干，还不舒服哩！明儿个咱去集市上买两只兔子，回来养着，你每天去河边割点草，扒点菜叶啥的，也好有点事儿做。"

果然，次日老伴儿去县城，很快就买回来两只兔子，指使老陈快去割竹子、编笼子，然后又让他割草喂兔子。往后，老陈每天都去河边、村头割草喂兔子。这样一忙，便把上班那些事渐渐给淡忘了。

可是，三个月后的一天晚上，老伴儿到屋后厕所解手时，忽然摔了一跤，当老陈闻声赶过去，慌忙把老伴儿背回堂屋，老伴儿因摔倒突发了脑溢血，已开始说不成话了，当老陈慌忙拨通电话时，老伴儿已经闭目而逝了。

一个小时前还活生生的人，突然不说话了，不能吃东西了，老陈犹如遭遇晴天霹雳！任凭老陈扑在老伴儿身上怎么哭叫、摇动她，她始终没能睁开眼睛，再看一看老陈。安顿完老伴儿的后事，老陈的精神支柱倒了，心也空了。老陈一夜间仿佛老了十岁。

在省城工作的儿子春明怕老陈在老家孤单，办完母亲的后事回城时，让老陈跟他一起到省城居住。老陈倔强地说："我哪儿也不去，我在这里住了半辈子，天熟地熟，四野开阔，住着舒服。”儿子为了能说动老爹去省城，以为老陈舍不得两只兔子呢，趁老陈到村边割草时，就偷偷地把那两只兔子给宰了，还让媳妇给快速地炖到了锅里。

老陈回来得知兔子让儿子给宰了，指住儿子鼻尖一顿臭骂：“你小子那点花花肠子，我清楚着呢，你想断了我的牵挂，但我就是不想走，你就是把这老房子拆了，我也不去省城。老子住不惯城里那鸽子笼子房。你再逼老子，就等着给我收尸吧。”

儿子见劝不动老陈，只好请工匠将几间年久失修的老房子给拆掉，在原地基上，盖起了四间冬暖夏凉的红瓦白墙的砖混结构的新房子。儿子还到县城，买了一台自动麻将桌，让老陈与村里老人结伴打牌混时光。但是，老陈对打麻将没有多大的兴趣，而且，村里的老人，如今都不会闲着，既要耕种那点儿口粮田，还得照看孙子，有的还要放牛、喂猪。因为现在的村里，四十多户人家，年轻人都到外地打工挣钱去了，白天和晚上，村子里全是老人的咳嗽声和小孩的哭闹声。

一天，老陈刚和村里老李、老周几个老汉打了两圈麻将，不想老周的老伴追来了，气咻咻地把老周的耳朵揪住：“老不死的，就知道打牌，孙子差点没命了，现在全身湿透了，还不回家给孩子换衣服去！”骂咧咧地拉着他走了。

原来，老周打麻将时，他那六岁的孙子到水塘边玩，一下掉进了水塘里，幸而被过路人看到，救了上来。老陈被老周的老婆一冲，没打麻将的兴趣了，把牌一推：“走吧走吧，都散了去干正事吧。”打发走几个老哥们，老陈只好去看电视。可没看上一阵，又烦了，播的尽是些“爱呀、情呀”的肥皂剧，而且演的情节也太假了，老陈便关了电视，到村里四处闲转悠，去看老人们哄孙子去了。

老陈也想孙子了。他打电话给儿子，让儿子周末把孙子带回来玩玩。

周末，儿子风尘仆仆从省城带着七岁的孙子赶回来陪他。孙子先给老陈唱他刚学会的校歌，然后跟他捉迷藏、做游戏，看他累了，还用小手给他揉肩捶背。老陈得此“福利”，高兴得不得了。傍晚爷俩下下棋，或者找来村人凑合起来打打麻将；晚上炒几个儿子爱吃的菜，喝个小酒。老陈一下子年轻了好几岁。借着酒兴话匣子就打开了，儿子试探性地说：“爸，要不，您看哪儿有合适的，再找一个老伴儿吧。”老陈说：“我都这把年纪了，你让我学小青年？你甭提这种事！”

刚好孙子给老陈倒来一杯水，老陈接过水杯，望着聪明伶俐的孙子，觉得这才是他快乐的源泉。老陈心头冒出一种想法，何不让七岁的孙子，回来读书，村里镇上，现在学校条件都好了，而且每天学生还有三元钱的生活补助费，我也学村东头的老周那样，每天骑着电动车，接送孩子上下学，与孙子为伴呢。他就让儿子立马给媳妇打电话，说说这个事儿。

可儿媳一听这事，当时在电话中便说：“不成！不成！常言说得好，近朱者赤，近墨者黑。乡下人粗俗，生活条件，跟城里比差远了，不利于孩子的成长。你没看现如今，都是啥形势了，人家都把孩子从乡村转到城里读书呢，哪有从城里把娃转回乡村读书的？这过日子，就像出门去旅游，车轮只有向前跑，人才能看到更好的风景，哪有让车轮子向后退的道理！”唉！可怜的老陈，攒了一股劲儿，鼓起勇气提出一个要求，被儿媳一口拒绝，这么大年纪了，连含饴弄孙的权利也不能享受。老陈“哐”的一声，把茶杯往小圆桌上一蹾，坐在桌边生闷气。

儿子春明怕老爸生气、孤独，就许诺说："往后，每个周末，我就带你宝贝孙子回来跟您团聚、解闷儿。"

老陈一听，把左边架起来放到右腿上的左腿放下："此话当真？"

"当真，我一定会这样做的！"

"好！我给孙子煎土豆丝馍馍去。土豆丝做的馍馍，用油一炸，那才叫美味哩！"老陈一下又来了点劲头。

果然，再一个周末，儿子风尘仆仆又从省城带着七岁的孙子赶回来陪他。这样接二连三地回来几次后，先是孙子周末没回来了，再往后，连儿子在周末也没在他面前出现了。

原来，儿子每个周末回家陪老子，儿媳不答应了。她说："一个糟老头子没病没灾的，你大老远的，有这个必要非要费劲儿赶回去相见吗？你当孝顺儿子我不反对，但没必要劳师动众、劳民伤财，老头子不但一点不心疼车费，还每个周末霸占我的老公，我绝不答应。我就问你一句，你到底是要老婆和家，还是要那个糟老头子？你每个周末，必须去我娘家，你做得到吗？"春明被问得张口结舌，望着胡搅蛮缠的老婆，他嘴巴动了动，没有回击的言辞，遇见这样的强主儿，他无可奈何。春明气得嘴唇直打哆嗦，怔了半会儿，一字一顿地说："我郑重声明，他不是什么糟老头子，他是我的父亲，是咱孩子的亲爷爷！他想见儿子、孙子，乃人之常情，合乎人伦之理，放到哪去说，这都没有错！而且，你现在也姓陈！是陈家儿媳妇！"

"可是，你别忘了，我是你老婆，我有权分享我的老公，你有对我精神上进行慰藉的义务，我也有权利反对、有权利安排我家的生活！如果你不想让这个家破裂的话，你看着办。”媳妇慢吞吞地说。

春明不敢继续我行我素了，在电话里对老爸说，周末要加班回不来。

可周末到了，老陈仍然一次又一地跑到村口的大槐树下张望。直到暮色四合，倦鸟归林，村里的老李赶着牛，从河边回来圈牛了，招呼他回家，这时，老陈才不得不收回失落的眼神，长叹一声，怅怅地往回走。

老陈总抱有幻想，认为儿子说不定取消加班会赶回来。夜里还出现幻听。睡到半夜，迷迷糊糊听到车喇叭声，他一骨碌爬起来，跑去开门。外面漆黑一团，只听到村里此起彼伏的狗吠声，那种“汪汪汪……”的叫声，在村里回荡，更让人心烦。老陈长叹一声，失望地回到床上，再无一丝睡意，瞪眼等着天明。“唉，儿子大了，凡事都由不得爹了啊！”老陈不敢指望让儿子周末带孙子回家团聚一享老年之乐了！他决定自寻乐趣。可是，能有什么乐趣呢？他心里也没数。

次日，老陈吃过饭，骑上那辆老旧的自行车，沿着村子里的路闲溜达着，不知不觉，就骑到了村外。与他们村子隔一条小河的那边，就是邻村牛砭村的地盘。好久没到邻村转悠了，很想到处走走，看看，散散心。他就骑车过了那座三孔的水泥桥。

这是仲夏时节，天高云白，子规吟唱。老陈一边骑车，一边欣赏四周绿油油的草树，桥下河里清汪汪的缓缓涌动的溪水，间断地可以看到一垄垄墨绿的土豆秧子与青黛点染过一般嫩绿的秧苗田之间夹杂着几块泛着金黄色波浪的麦田。又加之远处不时传来“哞哞哞”的牛叫声，此起彼伏，真是一派迷人的田园景象。老陈好久都没有这样到村外和村落之间的大地上尽情地悠闲地逛了。面对田园景色，他忽然发现，生活了大半辈子的这片土地，这方乡村，原来是这样美呀！当又一阵“哞哞哞”的牛叫声传来，老陈竟然想起了年轻时唱惯了的一首歌——《乡间小路》。

仿佛年轻的时光仍在眼前晃荡，好多往事也在心头涌现，他不由得张口便哼唱起来。

“走在乡间的小路上，暮归的老牛是我同伴，蓝天配朵夕阳在胸膛，缤纷的云彩是晚霞的衣裳。”

“荷把锄头在肩上，牧童的歌声在荡漾，喔呜喔呜他们唱，还有一支短笛隐约在吹响。”

“笑意写在脸上，哼一曲乡居小唱，任思绪在晚风中飞扬，多少落寞惆怅，都随晚风飘散……”

过了桥，走了不远，就是一片田地。这条路穿过田地，直通前面的村子。突然，老陈发现两个十二三岁的孩子，抬着一只竹筐，往村里走。

老陈就停止了哼歌，认真地看着那两个抬着筐子的孩子。

竹筐很重，两个小孩子吃力地往前走着。看到孩子，老陈莫名地一阵兴奋，感到很亲切，就停下来，人坐在车子上，双腿撑地，怔怔地看着他们。

突然，前面的孩子脚步一歪，小孩摔倒了，竹筐“咚”的一声跌落到地上，从竹筐里骨碌碌地滚出好多土豆。老陈赶忙追过去，停下车子，上去帮小孩们捡拾撒在地上的土豆，并提出要帮他们抬。

一个小孩说：“谢谢爷爷。这点东西，不是很重，我们抬得动，昨天下午，我们抬得比这还多呢。我们把这些土豆抬回去，还要去抬一趟呢。”等装好了土豆，两个孩子赶快抬上筐子，往前走了。

老陈站在原地，仍旧神情异常地看着那俩孩子。这时，一个瘦老头过来了，老陈问老头：“老哥，刚才那是谁家的孩子，干活像模像样的，大人呢？咋这么小，就下地干活啊？”

瘦老头介绍说：“这是郝家的孩子。而今啊，我们村许多大人也都在外面打工，去浙江的、新疆的、广东的，有力气的年轻人，跑的四处都有，顾不上管娃们，有好多人家就把小孩留在家乡，让爷爷奶奶照管。郝家也一样，两个大人常年都在外面打工，家里只有这两个孩子。这俩娃，很中用的，自家去上学，放学后还得干农活。现在是挖土豆的季节，孩子放学后，去地里挖土豆，明天用来做饭吃。”

老陈感叹说：“唉！这人啊，咋说呢，同样是一个脑袋、两只胳膊、两条腿，同在一个蓝天下过日子，可环境条件真是不能比呀！人的命真有天壤之别。但是，你看，这两个孩子家庭条件尽管是差一些，可是他们多要强、多懂事、多可爱哟！想想我那个孙子，在城里整天除了上学，有时还撒娇卖乖，让大人陪着玩呢！尽管这样，我就是想让孩子在身边，陪他读书生活，为他尽力做好服务工作，可还轮不上呢！”

老人见老人，话就多了。两个人坐在路边闲聊了一会儿。话题拐来拐去，还是拐回到孩子身上。老陈忽然有了要去那两个孩子家里看一看的想法。他对瘦老头说了自己的想法。请他带个路，瘦老头答应了。

老陈和瘦老头到了孩子的家里。只见那个大一点的孩子在灶边，一边烧饭，一边咕咕嘟嘟地背诵课文；小一点的孩子，正趴在饭桌上，写作业哩。两个小孩，见来客人了，非常有礼貌地叫爷爷，招呼他们坐，还给他们一人倒了一杯水。老陈见孩子聪明，还有礼貌，很高兴，慈爱地抚摸着他们的头：“多么乖的娃啊。”老陈还问孩子，为啥父母都去打工，也不留个大人照顾他们。

大点的孩子说，“去年，有爷爷在家看护我们，爸妈也算放心。可爷爷过年时，得了急病去世了。妈妈本来说不出去了，可她没向工厂辞职，结不了工资，只好接着出去继续干着，说干到年底时，回来就不出去了。”

“噢！原来是这样啊。”

看到小孩家里条件一般，老陈心念一闪，有些动容地掏出几百元，塞给大的孩子，撒谎说：“我是你爷爷的朋友，年轻时修铁路那会儿，我们在一块儿干过两年。说到你爷爷，那会儿，力气大，干活劲头足，常常帮我推车呢！你们也这么能干，像你爷爷。我为你爷爷有你们这么能干懂事的孩子而高兴。这是我给你们买营养品的。”

大孩子说：“谢谢爷爷。老师说过，不能随便要别人的东西。这钱，我们不能收！”

老陈说：“老师说得不错。可是，我是你爷爷的朋友啊！这不是外人。快收下吧。”

孩子仍旧迟疑着：“你是老人，钱也难挣！我不能要！”

“这孩子，真懂事！”老陈越发觉得孩子们有出息，就说，“我有退休金，再说，我把钱拿来了，你不要，就羞了我的手了。”

推让了半天，在瘦老头的帮助劝说下，俩孩子才收了钱。

回到自家村里，已是黄昏时辰，老陈一进自家门，孤独感立即笼上了心头。忽然，他有了想去陪郝家那俩孩子，照顾他们的想法。

次日，老陈又去了郝家。有了昨天的探访，俩孩子也跟他很熟悉了，他还知道俩孩子一个叫郝兴，一个叫郝正。他帮孩子们做了饭，还帮孩子们洗衣服，讲故事。吃饭时他说："孩子，以后，陈爷爷经常来你家跟你们住，欢迎吗？因为，现在我也是孤单单的一个人。"

孩子说："欢迎！欢迎！"

从此，老陈隔三岔五地就去了郝兴家。有时去时，还买些水果、牛奶、鸡蛋，跟孩子们同吃同住，还帮孩子们种蔬菜、包饺子，改善生活。吃过饭，就辅导他们做功课、讲故事。日子过得是很有滋有味的。

儿子春明已经有三个月没回过家了，期间也打过几回电话，可老爸说你忙吧，甭惦记我，我过得很充实，也很忙。儿子问老爸忙什么，老陈一笑说，"就是过日子，与以前不同的第三种生活。现在，我过得可带劲了。"再问，老陈说，"好了，我正忙哩。"就挂了电话。

国庆节放假，儿子带着孙子媳妇回家了。三个人风尘仆仆到了家门口，可是，家门却被一把黑疙瘩铁锁紧锁着。左寻右找，附近也见不到老陈的人影。春明就在村里打问。屋后边的老周说："你爸呀，在河南岸的牛砭村郝家，忙碌着呢。"

"什么？他在牛砭村的郝家？"他在牛砭村郝家，干什么呢？郝家是谁家？春明顾不得细问，揣着疑问，急忙找到了牛砭村，最后在一个老人的指引下，春明来到郝家。

走进院落，春明看了半会儿，看见爸和两个孩子正趴在院里南边的石桌上吃饭呢。他们身边的放唱机，里面正播放着戏剧《阳平关》。

口传将令犹如磬，尊一声股肱众将军，
孤自领兵陈留郡，为的是逆卓目无君。

南征北剿天灵振，东荡西除苦劳心，

只剩得孙刘未归顺，看来也在孤手掌心。

尔等齐意奋勇进，谅他们插翅也难腾！

今晚暂且各安顿，择选黄道再理论。

……

春明听了一下，一个字正腔圆的花脸唱腔，激情昂扬，正是《阳平关》里曹操的唱段。

春明干咳嗽了一声，说：“爸，你让我好一阵找哇，你咋跑到这儿来了？”

“谁呀？”老陈没想到儿子会找过来。他的心思正沉浸在戏曲里，忽然听到有人叫，随便应了一声。

老陈抬起头，怔了一下，看清是儿子，便说：“怎么的？不赞成呀！”

“爸，有家你不住，你咋跑到这儿来了？”

“家？什么是家？喜欢哪儿，哪儿就是家！告诉你，这是我认的两个孙子，大人都不在，我来了，现在，三口之家，其乐融融。看清了吧？我的日子，过得如何？”

春明一打量，郝家房子有点旧，还属于二十年前修建的那种“一砖上顶”的房子。虽然房子不新，但院落打扫得很干净，很整洁。靠墙边，开辟了一小块菜园子，边上还种了一排菊花，小菜园里栽种着一溜葱，几排辣椒，看起来，很有生活气息。

春明顾不得欣赏院内的摆设，说：“爸，您孙子和儿媳也回来了，还在家门口等着进门呢。咱回家吧。”

老陈扒完最后一口饭，放下碗筷，对郝兴说：“你们自个洗锅碗，爷爷回我家一趟，后天回来。”然后跟春明走出院子。

路上，春明再次责怪老陈有家不好好住着，撇下新房子不住，跑到这里来受累。“爸！我以为你说的第三种生活是啥呢？我以为有多刺激，有多新鲜，有多洋气哩，原来，这就是你说的‘第三种生活’？伺候他人呢！唉！真是没事找事！”

老陈说：“这你就不懂了，我跟孙子们一起住，这才叫安居乐业。你不知道，这俩孩子孤单单，没人照顾，我一个人，也是孤家寡人，闲着也是闲着，凑在一起，这叫作助人为乐，互利共赢。而且对我来说，照顾了孩子，让他们成长成才，也是功德无量，我也找到了快乐。现在，我是真的安享天伦之乐了。你没看我这几月，好像年轻了好几岁？”

春明听爸这样说，没有回答，他侧过头，看了几眼老陈，好像年轻了一些。

父子俩边说话边走，一会儿就到了村边上了。

这时，一个老汉牵着一头牛，慢慢地，慢慢地，从前面的岔路口走过去。由于人老，牛也老，走得都很慢。突然，牵牛的老人可能是一步没走稳，脚下一滑，一下跌倒了，歪坐在了地上。春明急忙往前赶，准备搀扶老人，在他距离老汉还有五六米时，从旁边小巷里，猛跑过来一个中年男子，中年男人把胳膊上挎着的两只竹篮儿，随手一扔，赶紧把老人扶了起来。挎篮儿的男人说：“爹！您年纪大了，叫您不要放牛了，您偏不听。幸好是摔倒在平地上，这要是在坡坎上，或者水渠边摔倒，那不出事才怪！”摔跤的老汉说：“这头牛，跟了我十几年了，我放惯了。我就喜欢跟着牛，出来放放，四处走走，舒心……”中年男人接过牛缰绳，说：“爹，以后，您就在家歇着，啥事都不要管，只要您健康、快乐……”

老汉说：“你以为，待在家里，我就快乐啦？”

“你在家里，想看电视，想听戏，随你便。有吃有喝，还有把戏玩儿，这还不快乐？”

“光听戏、看电视就是快乐？”

“那，还要啥？”

“唉！我，不跟你说了。你还没到老的时候，你不懂……”

父子俩边说话，边拐进村子里去了。

看着走过去的那头老牛和老人，春明心里突然闪过一个念头。老了，真可怜啊！老了，真可怕啊！可是，老爸现在也老了，他会越来越老，也会越来越可怜。人啊！一生就是短短几十年光景，经常看到一些回忆录或者一些谈论时间的文章中说，往往一些老人，到了老年，会发出这样的感叹：觉得还没过好，还没尝试某种人生，还没做下些啥有意义的事情，一晃眼，几十年光阴就溜过去了。这人老了，就像一匹拉不动车的马儿、犁不动田的牛一样，是到了该歇气的时候了。但是，人跟马和牛，又不一样。人歇着的时候，不光是歇着，还需要精神上的滋养。这种滋养，不就是图个快乐、随意、热闹、尽兴吗？可是，自己在外忙碌，不能陪同老人玩儿，不能尽陪伴的义务，他自己找到了快乐，现在我们小辈们，还有啥不高兴的呢？想到这里，春明便说：“爸，我明白了，我知道您要的是啥了！也理解您的作为了！往后，您想咋办就咋办，只要你过得开心、幸福，我，不，我们，啥都支持你！”

老陈一听，高兴地说：“啊？你真的理解了？”

春明说：“真的理解了。我，啥都支持您！”

“好！好！往后，我老陈，就名正言顺地这样活我的另一种活法了。”老陈一下又来了点劲头，“好！快回家，我给孙子和你们，煎土豆丝馍馍去。土豆丝做的馍馍，面粉放少，土豆丝放多，用油一炸，又脆又香，再配上老米酒，那才叫美味哩！上星期，村里老刘送了我一小筐土豆，我还没吃哩。上个月，我一来兴致，买了点糯米，自家做了点米酒，现在，喝起来，刚在火候上。”

春明说：“好！好啊！爸，我帮您烧火。”

此后，老陈深有体会地逢人就说，人老了，找一件既利于自己身心，又利于他人生活，对他人有帮助、有意义的事情做一做，才是保养身体，安享晚年的最好活法。其他，“啥都不是个事儿”。

张东交了狗屎运

清晨，张东匆匆跑出老同学刘红的出租屋，连早餐都顾不上吃，到路口拦了一辆摩的，就往招工的“龙山鳗联公司”赶去。

到了该公司门口，放眼一瞅，天哪！墙边站的，树下蹲的，东一堆，西一伙，约有二百多个人来应聘。可保安室外面的墙上分明写着：招男工18名，女工15名。唉！看来希望太小了！

正在张东心中降温的时候，门卫开了小门，叫应聘的全部领表格，进门先填写履历。张东急忙挤进人群，领到了登记表。门卫将他们带到旁边一幢楼的员工大饭厅里。

这时一个高个头女的说：“各位应聘者看清楚，现在坐下填表，表上有编号，各位一定要记清自己的见工序号，填完表，交到我手里。”

张东仔细一看，他是18号。大家填完表都交上去了，那女的让张东他们都走出饭堂的大门，按照见工的编号顺序在院落空地上，排成四条纵队。然后男工逐一在地上各做五十个俯卧撑；女的则在一边头裹浇了热水的湿毛巾，做原地跳跃动作。

做完这些动作，张东他们又被全部带进饭堂屋里。那女的大声说：“各位注意，来应聘者，大部分人将会成为本公司员工，听从经理的吩咐，我们特意为你们供应一份早餐。下面将按应聘序号来发放早餐。”女的话音刚落，两位饭堂师傅从厨灶间推出来一部餐车。于是，女主持就叫应聘编号，叫几号，几号就站出来领早餐。等叫到18号，张东兴冲冲地去领来自己的一份，暗想，嘿嘿！不错嘛！今天早上没顾上吃早餐！还奖赏一份蛋花汤呢！

然而，当张东落座后喝了一口汤，咦！怎么不对味，咋这么苦啊？张东用筷子把这一大碗蛋花汤搅了搅，看清里面好像是煮着苦瓜跟什么青菜。这几天张东从没吃过饱饭，管他呢！只要吃饱了肚子，还管它苦不苦！张东就大口地吃，几分钟就把早餐吃光。抬头望望四周，好多人似乎根本就没动过筷子，只有十几个人吃完了，把空碗拿去放到那部餐车旁边。于是张东也照办了。在交回碗时，张东才发现，碗上还编了号呢。

十分钟后，女主持又说话了：“大家早餐用完了，请各位到院子中休息一小时，到时还要继续面试。”大家听从安排一齐到了院落里，在靠近宿舍楼的墙边闲聊。

忽然，一阵风吹过，有件白色的裙子掉到了地上，这时，身边的人走来走去，视而不见。张东见白净的裙子落在地上，看着心里不忍，就捡起衣服来抖掉灰尘搭到了晾衣绳子上。

这一细小的动作，被一个人看在眼里，她就是正在餐厅里的人事助理——衣服的主人刘玉娟，她心里不由得一阵温暖：这小伙子的心多善良、多细腻啊！

一小时很快过去了，张东他们这二百多个应聘者又被叫进刚才那个餐厅。女主持说："今天上午的见工就到此结束。现在大门外有一份刚贴出的招聘通知，请大家去看一看。"

大家拥到门外，只见一张红纸通知上面写道："经本公司人事部研究决定，下列人员考试合格，被正式聘用，请于明日下午来公司办理入厂手续。"

张东努力睁大眼睛寻找，他的名字，居然也在录用名单之中！张东高兴得眼睛都眯成了一条缝。

次日，办入厂手续时，张东趁机问人事助理刘玉娟小姐，他们被录取的依据是什么。刘玉娟微微一笑说："本公司是一家特种食品类公司，刚开工不久，老员工是从总厂调来的人，所招的新员工，都要入厂培训后才上岗，进蒸笼、下冰窖的可能都有，所以不论是生手熟手，只要能吃苦耐劳即可。验收标准嘛，有两条：第一，男的做俯卧撑，女的头裹热毛巾原地做跳跃动作；第二，供应早餐。其实，做俯卧撑和裹热毛巾原地跳跃，是考核应聘者身体的健康程度。还有一个检验目的，就是检验其心理是否健康，这是选拔好员工的关键！你想，一碗苦汤都不能征服，别的还用讲吗？"

啊？张东闻此言不由得一怔，心中暗自嘀咕，这样的招工条件未免有点荒唐！但是，转而一想，"鳗联公司"这种独特的考核标准，也有一定的道理：打工者当中长时间找不到工作的人，必定生活无着落，备受煎熬，这种人有份工作肯定会万分珍惜的！

果然，上班后，张东才明白了，所招的女工，全被分在烧烤车间；有三分之一的男工被分在冷库工作。而张东被分在宰杀车间。都要先培训半个月。张东和宰杀班员工，天天拿着牛耳刀跟着师傅杀黄鳝，偶尔学杀一条鳗鱼，也不是活的，往往是病死了的。杀鳗鱼很讲究技术和刀法。先用两条钢钉（定位针），把鱼头和尾巴钉住，然后拿刀瞅准鱼肚皮，一刀从鱼胸口划到鱼尾处，不能杀第二刀，否则就是乱了刀路，是废品，要被罚款、挨训。上班一天下来，腰酸背疼，眼眶都发酸。张东他们整整练功半个月，才正式宰杀鳗鱼，当了“执法官”。尽管工作比较累，工作时间长，但苦有苦的回报。因为张东他们的鳗鱼经烧烤车间加工制熟后，包装成箱，都是出口日本及东南亚各国的特等食品，所以，公司效益特好。张东他们连奖金在内，每个月可领两千三百元左右。

日子很快到深秋了。这时节，张东他们“鳗联公司”出现了烦恼事：不知何故，从兄弟养殖场调运回来的鳗鱼，养在暂养池中，无缘故地大量死亡。这鳗鱼可是一种昂贵鱼类，生鱼一公斤就一百三十元钱呢，倘若大量地死去，损失可不小啊！公司领导就号召全体员工集思广益，寻找死鱼的原因。也许是大家真的没找到原因，或许认为，研究对策是公司领导的事，反正一周内，员工当中没有一个人有什么反应。

这一阵，张东一有时间就守在池边，认真观察、思考。几天后张东终于下定决心，提笔写了一份针对死鱼现象，如何采取有效措施防止鱼死的建议书。他针对鱼池存在的问题提了五条建议：一、要保证水池的卫生，鱼池中水太脏，循环槽水流动太快，产生的水泡沫太多；二、水池拨水器安装不均匀，池水运动不平稳，因而对池中鱼的呼吸及休息造成了影响；三、定期彻底更换池水，消除水中杂质；四、助氧器白昼和夜晚开动时间区分开来，白天多开，夜里少开，太阳大时开大，太阳小时开小；五、派专人昼夜巡查鱼池。池中一经发现死鱼，立即清除掉，保持水的清洁程度，以防感染池中鱼群。

建议意见书写好，张东把它交到了总经理室。

次日，总经理派人找他去谈话。张东忐忑不安地走进总经理室，以为意见书上说得不对，惹恼了经理要当面批评他呢。谁知，总经理态度和蔼地请张东坐下，还给张东倒了一杯水，开口就说张东关心集体，精神可嘉，把他好好表扬了一顿。尽管总经理没有提到张东的建议书内容正确与否，但从总经理室出来，张东心里甜得还是像灌满了蜜糖。

下午6点钟，正是员工们到大饭厅吃饭的时间。张东与同一个班组的两位员工坐在一起，一边聊天一边进餐，冷不丁耳边响起了广播声。张东忙循声看去，这才发现总经理和生产主管站在餐厅前面。

总经理手握话筒说："各位员工，借用大家一点吃饭的时间，现在向各位员工宣布一件事情。什么事情呢？上一次，公司领导层发出了要求各位员工都来寻找、探索死鱼原因的号召之后，一连几天无人响应。昨天，终于出现了一位热心员工，他就是宰杀班的张东。他作为一个普通员工，关心集体，勤于思考，有为公司排忧解难的精神，无论他的意见正确与否，他的思想和行动都是值得大家学习的！经公司领导小组研究决定，奖励他三千元人民币。明天上午，请张东到办公室及时领取奖金……"总经理又说了什么话，张东都没再听进去，他只觉得自己被一种兴奋和欣喜包裹住了。

次日，张东兴冲冲地去领了奖金，刚回到车间，生产部的部长老刘又把他找去了。老刘说："小张，从明天开始，你就不用杀鱼了。"

张东吃了一惊："为什么？"

部长老刘：“根据上面的提议，生产部已决定提升你为宰杀甲班的班长了。去准备一下，明天就拿出班长的气概来。好好干吧，别辜负了大家的期望。”

张东听老刘说完，啪地给他敬了个不太标准的军礼：“我保证干出成绩来。”

一天，张东刚下班，宿舍走廊的公用电话响了，一个员工就大喊张东听电话。

张东一接电话，是家里打来的，说他母亲最近又摔了一跤，跌伤了半年前摔伤刚康复不久的胯骨，又要住院，让他寄些钱回去。张东说我先寄五千元，随后再想办法寄几千元。当天他就寄了五千元回去。可第二天他向几个工友借，大家都说不巧，前一阵寄回家了，慢慢帮他想办法，可三天后还没想出办法。他急得睡不好觉。这时，家里打电话说又收到五千元了，是他的工友文月儿寄的，要他谢谢人家。张东惊得半会儿才回过神来。可他找了几天，也没弄清文月儿是谁，只好在心里感激人家。

日子一晃，就到年底了。公司为了慰劳管理干部们，利用元旦放假三天的时间，特别组织了海南岛冬日游。这天晚上，出游的汽车回到宾馆的大院里，车停稳后，张东下车正要回到房间，突然，一个女孩子拉了他一把，塞给他一样东西。他一看，是一封信。再看给信的人，是一个名叫小梅的成品部的组长。

“打开看看就会明白的。我是帮别人送的。”女孩子打着手势说。

张东拆开一看，竟是一封情书，后面的署名是“刘玉娟”。这刘玉娟不是人事助理小姐吗？张东不明白地看了一眼送信人，见她还站在旁边，他急忙把信看下去。

刘玉娟在信上说，自从见到张东进厂那天捡衣服抖掉灰尘的行动后，她就注意上他了，经过多半年时间的观察，她终于选定了可托终身的人，因为今天是她的生日，所以，在这个特殊的日子，她向张东抛来了绣球。

张东正读信，送信的小梅又说："张东，有一句话我觉得不说心里不舒服，现在干脆就告诉你吧……"

其实，几月前张东向总公司写了那封建议书交到总经理室，总经理收下后刚好有事要出去，出门时就嘱咐助理先看一下，如有价值再交他回来处理。可是助理翻看了一下，认为是普通员工的胡言乱语，就顺手把它扔到了垃圾桶里。过了一会儿，刘玉娟来找总经理签字，见总经理不在，就坐了一会儿，突然无意间她发现了垃圾桶中这份文件，就捞起来看，一看署名是张东，她就收起来，稍后，趁着助理去洗手间的时候，就悄悄拿去放在了总经理的办公桌上。于是，才有总经理接见张东及以后的好事。

"啊？是这样？"张东听到这儿，心里一亮，忽然问，"那么，'文月儿'是刘玉娟的化名了？"

"是的。"小梅说。

原来，三个月前张东的母亲又发了病，急需一万元费用。张东凑不够住院钱，刘玉娟得知这一消息，想到张东家里生活负担重，想再帮他一把。于是就寄了五千元给他家里。可张东就是找不到寄钱人"文月儿"是谁。现在，总算知道这个"会拆字"的好人了。

张东听了这些内情，禁不住心中一热，眼圈红了：像刘玉娟这样的好女孩，对他来说，真是上天赐给他的最珍贵的礼物！他能不答应吗？

张东说：“快走吧，我要见她……”他激动得让小梅带他向刘玉娟住的房间走去，他要给她过个有意义的生日……

家有好女抵千军

在华阳镇上，刁老三是个声名响当当的人物。

全镇上百户人家，就他一家祖祖辈辈开着榨油房，生意一直顺风顺水的。其实，刁老三本名叫赵三，因为生性倔强、人太精明，又加之家境殷实，就有些横行霸道，众人便给他取了个“刁老三”的绰号。时日一久，刁老三便替代了他的原名。

一天，刁老三正在榨油房给几个客人称油，忽见他的邻居刘成从门外匆匆走过，边走边说：“快走快走，渗水了，渗了好多的水，还不快往回走。”外面的声音刚一落地，称油的三个人就对刁老三摆摆手，一齐出门走了。刁老三哎哎地向三个客人叫喊着，可人家头也不回。

刁老三手拿“油提子”，脸都气青了。他明白是刘成坏了他的事。因为客人听刘成说渗水了，自然不要他的油了。

“好你个刘成！看起来你挺老实的，却这样损我？等我抓住机会，好好收拾你小子一次！”刁老三暗暗咬牙道。

过了几天，刘成准备挑粮去地主家里交租，装好了粮食，可找不到放在门外的扁担了，只好来借刁老三的扁担去用。回来时，刘成正走着，发现路上有一条蛇，他急忙用扁担打蛇，不慎把扁担打折了。这时再看那条蛇，却是死了的。不知是哪个捣蛋鬼，把它摆成吓人的样子。

刘成叹息几声，回家后，把实情向刁老三说了。刁老三奸笑着说："没关系，你赔我五两银子就行了。"

刘成一听，吃惊道："什么？一根扁担，就值五两银子？是啥扁担哟？"

刁老三说："扁担虽然不值五两银子，可你四月初三那一天，做了什么事？你在门外故意大声说我菜油掺水了，搅黄了我的几笔生意，我要五两银子，这是赔偿损失加利息钱。"

刘成一听，想起来了，说："嗯？我哪能说你呀？你知道我那天在干啥吗？"

刁老三嘴一咧："干啥？你从我油房门外走过，嫉妒我生意好，故意使坏心呗！"

"胡说！那天我提了一罐子刚炖好的泥鳅肉，去看望我生病的丈人，走到你的油房门外，罐子忽然向下滴水，我见罐子渗水，便招呼女儿快回家换罐子。可你，你……却误会了。"

刁老三眼一瞪："你别辩解了。你咋不站在别家门口说，却刚好站在我的油房门前说这话。谁让你又搞坏我的扁担？就是不搞坏，用了扁担也得付租金嘛。这五两银子你赔定了。"

刘成气得没法，谁让自己弄坏了人家的扁担呢！只好回家凑了五两银子赔偿给刁老三。

刘成一出门，刁老三就捂嘴偷着乐，因为刘成家的扁担，是他故意藏了的，路上的死蛇，也是他有意放下的。

半个月后的一天，刘成去山上砍柴，回来扔柴捆儿时，又无意中把在他家晒场边红椿树下打盹的刁老三家一只母鸡压死了。因为那母鸡停了生蛋正“造窝”呢，钻在一堆稻草下边打盹儿，刘成扔掉柴捆儿后，只听一声惨叫，移开柴捆儿和稻草，发现母鸡已经断气了。

刁老三知道后，眼一瞪，又嚷着要刘成给赔钱。刘成心里怯生生地问：“一只鸡该赔多少钱？”

刁老三说：“这要看情况。我这只鸡可不是一般的鸡。”

刘成一听，担心地说：“不就是一只母鸡吗？是啥不一般的鸡？”

“我这只鸡，两天能生三个蛋，一年就能孵出五百多只小鸡。然后小鸡再生蛋，蛋变鸡，鸡再下蛋，你算一算，一年是多少收入？再说我这只母鸡五更打鸣催人起，我从未耽搁做事情，我全家人托这只母鸡的福，一年到头无病疾。它呀，银子抵得一百五，还要搭上三十六块干豆腐。”

刘成一听，吓慌了神。这回可好，比上次翻了几十倍！他回家忙把这事告诉给女儿玉翠，要玉翠想办法去亲戚家借些钱，以备刁老三索债之用。玉翠却不当一回事，轻松地对爹说：“您老人家别担心，上次我不在家，让他诈了你的钱。这回呀，我自有办法对付这事。你下午去告诉刁老三，叫他后天午饭前，到咱家来取钱。”

“取钱？这可是一百五十两银子呢，咱们拿得出？”

“我能让您去告诉他，就拿得出来。”

刘成将信将疑地盯住女儿，女儿又说了一遍：“爹，您就放心吧。有我在，没事的。”

刘成看女儿自信的样子，点点头，才去告诉刁老三。

第三天，刁老三满心喜悦地上门来要钱。玉翠不慌不忙留刁老三在这里吃午饭。刁老三心想，吃了饭再拿银子走更合算，便不推辞地坐到饭桌边。玉翠很爽快地给刁老三炒了三个菜，温了一壶自酿的米酒。

刁老三吃菜喝酒毫不客气。到了盛饭时，玉翠叫刁老三自己去装。刁老三想，自己装更好，我要装多装满吃个肚儿圆。于是拿过玉翠递上来的一只大碗，走向灶房，谁知，快要走近灶台时，只听几声“嘎咯嘎咯”的叫声，一只肥大的白鹅，从灶房门外“突突突”地冲他而来，一眨眼间奔到了他的身边。这鹅张嘴就向刁老三的腿肚子上咬了一口。刁老三一慌，双脚就不听使唤了，接着，“啪！”的一声，一个“醉佛坐地”，重重地跌倒在地，手中花碗应声碎成几块。这只鹅看见刁老三摔倒了，吓了一跳，扭头就跑出门去了。

玉翠闻声赶过来，见了地上摔碎的碗，大叫道：“天呀！你怎么把我的细瓷花碗打碎了？”说着，还用手直抹眼泪。

刁老三心想，我有一百五十两银子在你家，赔你个细瓷花碗成啥问题，是你家灶台旁太滑，加上那只该死的大肥鹅添乱，又不是我故意的。就说：“妞儿莫哭，不就是一只碗嘛，既然打碎了，要多少钱，我赔你便是了，伤心个啥！”

玉翠白了他一眼说：“唉，你知道什么？我能不伤心吗？我这瓷碗可不是一般的瓷碗，这碗是我们刘家祖传的宝贝。这个碗，放进米缸搅几搅，端进锅里抖几抖，一碗米顶上三斗九。你知道我们的祖先是谁？说出来准吓你一跳，他就是汉高皇帝刘邦！你知道当年我的先祖爷爷刘邦为啥能从汉中打到关中去吗？他老人家就是因为得了这个碗，用他量米给士兵做饭，才粮草充足，兵将勇猛，终于打败了项羽。这碗呀，银子抵得三百九，还要三十九块干腊肉。你打碎了我这样的宝碗，叫我家怎么对得起祖宗，往后一家人可怎么生活啊？”

刁老三听了，怔了一下，想辩论，又觉得再辩论也没用的。心想，除了应拿的一百五十两银子，还倒欠二百四十两债银；再说，三十九块干腊肉更比豆腐值钱。他气得脸红脖子粗，饭也没心思再吃了，摸摸跌痛的屁股，一声不吭急急忙忙地逃出了刘家门。

刁老三一走，玉翠偷偷笑着，把昨晚从舅舅家借来的这只大肥鹅抱住，说：“谢谢大白鹅帮忙为我化解了一笔债务，等一下我一定给你弄点好吃的。”然后把它又关进院内的笼子里。因为，这只鹅见了生人，就追上去乱咬人，不关住它，是不行的。

过后，刁老三老是躲着刘成一家人，生怕人家索要银钱。可刁老三总是不甘心咽下白死了一只鸡，以及玉翠设计捉弄他的那口气。他暗暗发誓，迟早要想个妙法，把玉翠治住，再捞一把。

一晃半年时间过去了，刁老三见刘成一家人没向他追要银钱，他知道那件事不了了之了。于是，刁老三决定重新开始，要“智惩”刘成，让他家“再出点水”。刁老三用了两日两夜，终于想出了一个主意。

这天，刁老三瞅见刘成吃过早饭又拿上尖担和砍柴刀，上山打柴去了，他就用一个铜盆装上多半盆菜籽油，专心致志在家中等着。

快到中午时，他估计刘成快要回来了，就找出一顶旧草帽戴在头上，端上那半盆菜籽油到河边，又坐在一棵树下等着。

不一会儿，刘成果然挑着一担柴回来了。眼看刘成挑着柴走到河上的木桥中段了，刁老三把草帽檐向下压了压，端上半盆菜籽油迎面向刘成走去，快与刘成擦身而过时，他故意往刘成的柴担上一碰，哎呀的一声惊叫，双手猛地一抖，手中铜盆翻落到河里去了。

刁老三一把揪住刘成的衣裳，气咻咻地指着他怒吼：“刘成，你竟然又与我作对！你！你！你知道我这一盆菜油的宝贵吗？我娘舅得了重病，什么油都不能吃，我这是特为我娘舅准备的救命油。你、你，你真浑蛋！我娘舅如今吃不上菜油要是性命有失，你负担得起这责任吗？你最少得赔偿十两银子去外地买油。你知道这是啥季节，油缺啊！”

刘成是个老实人，见此情形，怔了半会儿，自知理亏，只得垂头丧气地回家去想办法。

女儿玉翠听了父亲诉说，心中十分生气，又是刁老三找麻烦。她叹口气，把爹安慰了一番，让他别担心，说由自己来解决这件事。

次日，玉翠找出一口能装三十斤水的中型坛子，灌了三盆水进去，再倒进去一碗菜籽油，将坛子放在火上烤着。然后让爹去告诉刁老三，说今日要给他家赔菜油钱，让他在家等着。刘成传完话回来，玉翠用两个湿棉团垫住双手，捧着坛子向刁老三家走去。走到刁老三的院子门口，玉翠就大声喊刁老三出来帮忙。

刁老三应声出来，见玉翠捧着个大坛子，怔了一下。玉翠说：“赵叔，还你菜油钱来了，你还不来接手帮忙！嫌少还是咋的？”刁老三心想，这一坛子钱可真不少呢！看来要点横，马上就进财，嘿嘿，昨天那事做得真好呀！于是就乐滋滋地跑过去接过了玉翠手中的坛子。

谁知，刁老三还没转身走上一步，就哎呀一声叫喊，甩了坛子。顿时，坛子碎裂成七八块，泥土地上湿了好大一片，湿湿的地面上尽是五颜六色的油花花。

玉翠望着发愣的刁老三，说："你这是干啥？我爹打翻了你一盆菜油，我现在赔你一坛子菜油，你不但泼了油，还打烂了我家的祖传的坛子！这坛子可值十五两银子呢……"

"你……你……"刁老三知道又上大当了！自己虽然有计策，可人家更有对策，每次策略都失败，这不是自己折腾自己吗？这样一想，气得眼光发直，脸都白了，他"唉——"地长叹一声，向烫得发红的手上连呵了几口气，二话没说转身就走了。

他知道斗不过玉翠。这叫作山外有山，人上有人。真是"家有好女抵千军"，不服不行啊。

苍天有眼

那一年，二十三岁的王小泉，一直在老家洋州城一带开三轮车，搞些帮人运货的营生，多多少少一个月也能挣个千把来块钱，算是能让全家五口人得个温饱。

可没想到，刚挣了点钱，正打算换个马力大点的三轮车，再把运货的营生做得上点等级时，一天傍晚，给一个城里的顾主搬运完家具，人家看他辛苦，多给了他二十元钱，回家的路上，他一高兴，一不留神，把车开进了山沟里，搞了个车毁人伤，一下住进了医院。

伤好后，钱也花光了，车也成了废物，没戏唱了，王小泉就包包一背，离开洋州，到广东打工去了。

王小泉到了广东，才知道这里并非像人们传说的那样，满地都是钞票，等着人们去捡呢。其实，这地方的钱，也都是靠人的勤劳靠本事靠运气挣哩！在这儿待了好几天，他体会到了，钱不好挣，可花起来，却让人像刀割心一样痛。当他在一个名叫新塘镇的地方住下后，就赶紧出去找工作。可由于王小泉既没技术，又没打工经验，一连找了几天工作，好话说了不少，可硬是没单位肯要他。

这一天，王小泉在一个名叫白石圩的工业区里，找了半天工作后，觉得累了，就取出一瓶水坐在路边的花池台阶上歇息。

突然，随着几声呐喊，一个三十岁左右，身穿迷彩服的青年飞快地向这边奔跑而来。这青年的后边，紧紧追赶着两个如狼似虎的莽撞小伙子。两个莽小伙子见穿迷彩服的小伙子跑得快，怕被他跑脱了，一个小伙子就弯腰拾起路边的一只烂皮鞋，照准迷彩服小伙子掷过去，烂皮鞋的鞋跟，一下打在迷彩服小伙子的腿弯里，迷彩服小伙子的腿一抖，一下摔倒在地。

两个莽小伙子扑上去,按住迷彩服小伙子,劈头盖脸,就是一顿狠揍。

两个莽小伙子也许是手打疼了、打累了，停下来了，嘴里边骂骂咧咧，边在三十岁小伙子的身上一阵乱摸，搜出了一样东西。然后，两人抃住腰，指住对方的脑袋，又是一番咒骂，最后又踢了三十岁小伙子几脚，这才悻悻地离去了。

这一幕在警匪片电影中似曾相识的凶险镜头，把王小泉看得心惊肉跳，过了一会儿，还没见三十岁小伙子爬起来离开。王小泉暗想，这位仁兄可能被打惨了，说不定哪个地方有了问题。他在原地待了会儿，见四周没有一个人路过，怕出人命，就走上去查看。走近了，只见这位仁兄满嘴是血，嘴巴里小声哼哼着呢。王小泉就问他：“大哥，伤得不轻吧？我还是送你去医院吧？”

这位仁兄支吾着：“行，那……谢谢你，这两头狼，手够狠的，我周身骨头，像散了架一样，一时有点不听使唤了。你、你就帮我一把吧……”

幸好医院不远，王小泉架扶着这位仁兄，十分钟就到了医院。

医生帮这位仁兄检查了一下，还好，除了他嘴里一颗门牙被打掉，两个大腿上各肿了两大片外，没啥大问题。上药消了肿，又打了两瓶吊针，等这位仁兄精神好点了，王小泉问他挨打的原因，这位仁兄说，上个月一个扯皮老乡借了他四百元钱，他老是要不到，今日狠心上门去要还是没要到，就拿走了那人的手机抵账，谁知，这娃儿却叫了两个地痞朋友来找麻烦。这不？既挨了揍，手机又被夺回去了。这位仁兄叹口气，说算了，只当没有这回事。

王小泉正没处去，就陪着这位仁兄聊天。仁兄怕花钱，在医院里待了两天，就缺着一颗牙出院了。

王小泉陪这位仁兄去了他打工的工厂，这才知道这位名叫刘兴的仁兄，还是这家近八百名员工的工厂的保安队长哩。

这天晚上，刘兴对王小泉说："真是缘分啊！俗话说，来得早不如来得巧，找工作不如遇工作。我们厂明天就有一位保安要辞职离开，你就在我们厂当保安算了。到时候，我帮你过人事部这一关。"王小泉一听这话，头点得像鸡啄米似的。

就这样，王小泉成了这个合兴制衣厂的保安。当他穿上保安服装，站在工厂门口值勤时，看到绿荫环绕的厂区，明亮宽敞的厂房，王小泉就心里暖融融的。内心不断地祈祷，希望能使合兴制衣厂成为自己长久的家。

由于心中兴奋，又感激刘兴的帮助，这天晚上，王小泉将身上仅有的二百元钱拿出来，请刘兴和其他七位保安到工厂旁边的一家饭馆吃了一顿饭。吃饭时，王小泉先要了十瓶啤酒，看见刘兴一个人就喝了三瓶，知道他能喝，就又要了六瓶啤酒，结果刘兴没再喝了。离开饭馆时，刘兴说：“把这六瓶啤酒拿回去，明晚想喝时再喝了它。”

次日傍晚下班后，刘兴向两位保安耳语了几句。于是，七位保安商量了一下，每人拿出十五元凑到一块儿，到外面去买了几斤熟肉和花生拿回宿舍，围在一起，提出昨晚的六瓶啤酒，又喝了一顿“交心酒”。

为了保证厂里的安全，合兴厂的保安合住在离厂门不远的一间专用宿舍里。一天夜里，王小泉因看书入了迷，睡得晚一点。刘兴11点半才回宿舍，一进门，他就“嗵”的一声倒在床上，接着呜呜呜地大哭起来。王小泉的床铺在刘兴床铺的对面，不知发生了什么事，他赶忙爬起来，过去问道：“刘哥，你这是怎么了？”

话音刚落，“啪”地一家伙，他挨了个嘴巴子。接着刘兴却爬了起来，抓起旁边桌子上的一个酒杯，啪的一下，摔在地上：“我……我不就是多喝了点酒吗？你们却看我的笑话哩……”王小泉闻言，不由往前走了一步，说：“没有的事啊！”另一个保安拉了王小泉一把，小声说：“别吱声了，他醉了，又撒酒疯了！走吧，赶快出去避一避。”

宿舍里的保安，都像遭遇狼袭击似的，一个接一个跑了出去。

接着，只听刘兴哇哇地吐了起来，边吐边哭。大家只在院子里、房檐下，都不敢吱声。

整个夜晚，保安们都没法在宿舍里休息。有个保安跑到附近的员工宿舍，问老乡要了一张席子拿回来，铺在地上，大家只好横躺着，在宿舍外面的地板上，将就了一宿。这时，王小泉才知道，刘兴平素是爱酒胜过爱他的老命。

一天傍晚下班后，刘兴说：“我们保安的生活太单调了，要搞得丰富一些，才有精神保卫厂里的安全。来，我们打牌。”说完拿出两盒扑克招呼保安们打起来。

次日晚上，照旧打牌，但玩起了“出血”的。于是，每天傍晚打完牌算账时，就有两三个人连连叫苦，另两三个人却笑弯了腰，赢家三四个小时就捞取五六十元钱，输家几个小时则要掏出去两三天的工资。半个月后又增加了新项目：打输的人可以不掏钱给赢家，但要请保安们去饭馆吃喝一顿。转来转去就是离不开酒啊！这规矩一兴起来，保安宿舍里每天晚上都要先赌牌后喝酒。这种先赌后酒的生活，别的几个保安都习惯了，而且还觉得过得舒服、开心，却苦了王小泉这个书呆子。因为他喜欢清静，想用工余时间武装一下他的头脑，学点儿知识。这样又吵又闹而且是乐此不疲、劳民伤财的穷开心下去，何时是个头啊！这像是什么事啊！这哪像是远天远地地在异乡创业打工的人，倒像是一伙乐不思蜀的山匪一样！

王小泉这样越想，越觉得大伙儿不该穷折腾，他一点都受不了了。于是，每天一下班，他就找理由推拒躲避。躲避三四回后，王小泉也觉得没地方再躲了，就去了一家电脑培训中心学起了电脑。反正他想，与其把钱当赌注胡花了，还不如交了学费学点知识。

这天下午，王小泉上完中班后，到宿舍喝了一杯茶，然后走出厂门到本镇一位新结识的文友那里去玩了。刚好文友晚上不上班，夜里王小泉就住下了。

次日早晨回到厂里宿舍，王小泉却找不到他的搪瓷杯了。他记得昨天离开时，杯子好好地放在他床位旁边的桌子上的，怎么会不见了呢？他一连问了三位保安，都说不知道。他觉得很奇怪。

第三天傍晚，王小泉又去电脑培训中心学习，直到快十二点才回到保安宿舍，因为累了，他倒头就睡。次日中午吃午餐时，却又找不到他的饭碗了。他又问没上班的保安，他们连连说不知道。王小泉觉得宿舍见鬼了！

晚上，王小泉下班后，约了一个为人比较憨厚名叫阿权的保安，到厂外去玩，他请阿权吃了一顿夜宵。阿权脑子一热，说出了一个秘密：原来，王小泉的茶杯和打饭的碗，是队长刘兴故意扔掉的。

王小泉一听，气个半死，心想，我的东西，你有何权利随随便便给我扔掉呢？难道我的杯子和碗，也惹你了吗？这是什么行为呢？

阿权顿了一下，才吞吞吐吐地说出原因：原来那天夜里，王小泉不在厂里，刘兴说这天是他的生日，几位保安每人又凑了三十元钱给刘兴，还请他去饭馆喝了酒。常言说，酒后吐真言，刘兴喝多了就发牢骚，说王小泉不参加他们的“活动”，不跟他们打成一片，是个忘恩负义的人。越说越气，顺手抓住他的茶杯，就扔到了门外的垃圾桶里。因为在刘兴的家乡，摔掉茶杯是泼茶送客的意思，让你走人呢。可是，王小泉没有一点反应。第三天晚上刘兴又摔了王小泉打饭的碗，意思是弄掉他吃饭的家伙，让他“滚蛋”哩！

王小泉一听，啪地一拍桌子：“无耻之徒！真卑鄙！”阿权忙劝道：“别跟他一般见识，他这人是一只醉猫！”

从阿权嘴巴里，王小泉还得知，上一次他救刘兴去医院时，并不是他自己所说的那样的挨打原因，而是他经常去一家酒吧喝酒，欠的酒钱多了，人家要不到钱，就狠揍了他一顿，让他自己花些医药费，还拿走了他的手机抵账呢。

“果然我没有看错，刘兴是个站直不够五尺的小人，胸无大志的泼皮！”王小泉咬牙恨恨地说，“他给我介绍了份工作，我很感激他，可他这样太过分了！虽然他扔掉的是我的餐具，但却伤害了我的人格和尊严！士可杀，不可辱！既然不是一条道上的，何必要待在一起呢！宁与君子一同乞讨，不与小人同桌吃肉！”

次日，王小泉毅然地写好了辞职书，直接把它交到人事部经理的手上。三天后，王小泉办了离厂手续。他把行李搬到了文友阿金的住处，就在同一个镇内找工作。

这天中午，王小泉在东兴工业区看到一家塑胶厂招收仓管员的启事，要求高中文凭、会电脑操作，月工资千元以上。他就进厂去试了试，因条件合格，当天就上班了。

次日夜晚，王小泉睡到半夜，隐隐约约听到远处传来一声巨响，好像是哪儿在放炮一样，他当时正瞌睡着呢，也没怎么放在心上，翻了个身，很快又睡着了。

第二天中午吃饭时，饭堂里传扬着一个惊人的消息：昨夜三点多，白石工业区的合兴厂出事故了。

“出啥事了？要说就说清楚点！”一个男工嘀咕道。

一个女工说：“好多人也许听到了，昨晚一声巨响，那是合兴厂发生爆炸事件了。”

“当时把我吓得不得了，我以为又发生地震了。”

“怎么回事？”王小泉忙问身边的两个正在议论此事的女员工。

一个女员工说：“合兴制衣厂的保安宿舍，昨天夜里被人给蓄意炸塌了。听说，除了两个新招的在车间区值勤的本地老保安外，其余七位保安，全部被炸死了。”

“啊？”王小泉闻言，脑子里“嗡”的一声，瞪大了双眼吃惊地问，“什么？保安宿舍都被炸了？啥人那么凶啊？为什么要炸保安宿舍？你怎么知道得这么清楚？”

另外一个女工说：“这有什么，你在明处，人家在暗处，防不胜防啊！当年鬼子的炮楼，警戒得都那么严，还不是被炸毁了！这炸保安宿舍，肯定有原因吗？”

“是啊！无风不起浪嘛！”头一个说话的女工又说，“我和老公就在合兴厂附近村里租屋住。昨夜那响声呀，差点把人吓个半死。今天早晨上班时，我路过合兴厂门口，亲眼去看了一下那个惨景，公安们正在那儿处理后事呢。事故原因已很清楚了，听说凶手已投案自首了……”

原来，合兴厂的保安们近来又合伙去外面的地下赌场里打牌，有一个本地的青年，输了不给他们钱，合兴厂的保安们便合伙把那青年揍了个半死。那青年怀恨在心，便瞅了个时机，报复了合兴厂的保安们，炸了那个宿舍。

“啊！苍天有眼呀！”王小泉心里暗暗惊呼一声，又双手合十，喃喃道，“这真是老天公道！别看老天平素高高在上，够都够不着，可我的耿直性格和勤学精神，还是感动了上天，才让我远离了这场灾难！如果我迟离开合兴厂两三天，那我岂不也跟着一块儿给报销了……我的天！是我自尊和自重的品性，救了我的性命呀！”

显 灵

这天晌午时，有一伙肩膀上挎着包袱的人，不急不慢地向万州城走来。

“老爷，老爷！您快看那边……”进了万州城门后，刚拐过一个小街口，微服赴任万州太守的冯时行，正东张西望地观察着街景，走在前面的家丁赵成，忽然回身来喊着他，指着几丈远处的一圈人给他看。

冯时行不看则罢，一看大吃一惊，只见一个胡子花白的老汉正赤着一只脚，手拿一只鞋子打一个中年男人的屁股。老汉边打边数落道：“我打死你这个东西……我打死你……”

那汉子也不跑，竟撅起屁股任凭老汉打，每打一下，汉子就“哎哟”一声。

周围围了好多人，也没人劝解，老汉打了数十下，竟又用鞋底打起中年汉子的脸蛋了。汉子这回还是不躲，因被打得疼痛，就更大声地“哎哟、哎哟”直叫唤。

冯时行感到又奇怪又不忍心，就上去劝老汉：“老伯，这样行凶不行呀！有话好好说嘛。”可老汉头也不抬，边打边说：“他就该打！不该打我还不打呢！这就是跟他说话呢……”

老汉仍旧吹胡子瞪眼睛，又狠狠地打了汉子几下。冯时行就一把抱住了老汉，说：“老伯息怒，别伤了身子。”老汉被拉的打不成了，就叹道：“哎呀，这东西真气死我了……”然后蹬了汉子一脚，汉子摔倒了，老汉则“唉”地又长叹一声，一头钻进旁边的房子里去了。

冯时行又去拉挨打的汉子，那汉子站了起来，冯时行问他为啥被打，汉子却低着头，不吭一声，随后，他转身也钻进屋子里去了。可他刚进门，就被老汉从里面一盆水给泼了出来。

冯时行问众人是怎么回事，众人只是叹息，有人说：“他就是该打。”却没有一人说出是咋回事。冯时行为了将事情弄清楚，抬起头，忽然发现旁边有个茶馆，就领着家人走了进去。落座后，要了一壶茶、两碟点心，边饮茶边向一个茶保询问刚才外面那场热闹是怎么回事。

茶保说：“那挨打的汉子是老汉的儿子，因为他把老汉藏的一些钱，送给了一个模样水灵的女叫花子，老汉知道了，就心疼地打起儿子来了。”

冯时行说：“这不是行善吗？好事呀！老汉咋这样伤心地打儿子呢？”

茶保说：“因为那老汉今早晨才知道，那女叫花子，其实是假的，她也是为了讨要奉祀金，才扮装成叫花子骗人钱的。老汉的钱也是用来交全家的‘奉祀金’的，现在没钱了，老汉又气又着急，只差撞墙了啊。”

“奉祀金？什么是奉祀金？”冯时行不明白，就让茶保说清楚。

旁边一个喝茶的红鼻子老头插嘴说："客官是外地人吧？你先看看对面那户人家的对联。"冯时行顺着老人的手指看去，那对联道："桃符万点，喜去岁五谷丰收；瑞气千条，盼新春五畜兴旺。"

"咦？不对仗呀！这是哪位先生写的这种对联？"冯时行大声说，"人们都盼六畜兴旺，可为何这里偏偏讲究五畜，这不合理嘛。"

红鼻子老头说："这不是先生不懂乱写出的对联，而是大家很无奈，才这样写的。"老头叹息一声，说了缘故。

其实，并非万州人不喜欢六畜，而是不能六畜共旺。因为万州城里与乡镇村野，连一只狗都没有，狗几乎绝种了。造成狗稀有的原因，是因为万州有一个爱吃狗肠、阻碍狗类兴旺的大人物舞阳侯。

这舞阳侯，就是汉高祖刘邦的姨妹夫屠狗匠出身的将军樊哙。樊哙虽然后来跟刘邦建功立业，封侯晋爵位极人臣，可他爱吃狗肉的癖好，始终不减。有一年，樊哙陪刘邦到蜀中，路经万州时，见到当地的狗又多又肥，掏出一把钱来，让随从操作，大吃了好几顿狗肉。回到封地后，他每年都派人几次到万州及蜀中采购狗儿享用。后来，樊哙年岁大了，就奏请吕后，被吕后恩准特许万州百姓在樊哙死后，要为他修建一座舞阳侯庙，每天奉祀狗肠子一盘。后来，樊哙死了，朝中真下了令给万州，人们只得照办。人们还梦到樊哙来巡视，并嘱咐说不得中断，不得欺骗他，否则定降灾荒于万州。

后来，人们年年月月遵循了此种习俗，到当今时代，这一习俗已沿袭一千年了，万州城乡村野，人们已见不到狗了。可是，当地的官吏乡绅们，每年春节一过，都要收缴一年的奉祀金，去外地购买狗肠。万州百姓负担日重，每年摊派之事如期而至，人人惊慌，苦不堪言啊！

冯时行听到这里，喉咙一阵发堵。暗想，难怪刚才那个老汉如此折腾他的儿子，原来，他被人折腾怕了啊！还有，人们为了凑齐“奉祀金”，竟然连坑蒙拐骗的招儿都使出来了。万州这块地方，真是复杂啊！自己还没上任，就先被这方水土上了一堂民俗之课。都怪这个舞阳侯，他已死去了多年，还要害百姓，太不该了。

“如果哪家百姓不缴银钱呢？”冯时行问。

红鼻子老汉显出悸色，“那就会遭遇报应，家里不遭灾祸死人，也会有人得病啊！”

“哦，挺灵验的啦。看来我要想在这儿住下去，就得好好祭祀祭祀神爷了。”唉！为人神者，生要爱百姓，死要护生灵，否则算什么神啊！冯时行心里暗想着，更没心思喝茶了，对红鼻子老汉深深一揖，说声领教了，付了茶费，心事重重地带着三个随从，出了茶馆，直接往衙门上任去了。

冯太守上任后的次日下午，他一直在府衙后院里独个走来走去，属下见了也不敢打扰。

不知冯大人走了多少个来回，一抬头，突然发现不远处的竹林旁，他的随从赵成正在仰着头，逗一棵小桃树上的画眉鸟儿玩，由于赵成学画眉“鸣叫”声太像了，那树木上的鸟儿，竟然从高树上飞到低树上来了，而且越飞越近，几乎要跟赵成来亲近了。

太守忽然心里一喜，大声叫道：“赵成，过来一下。”

赵成闻声来到了冯太守面前，不知何事，垂手怔怔地望着太守。太守打个再靠近些的手势，赵成赶紧走过来，太守便附耳对赵成低语了一番，赵成由惊怔转而点头，然后，两人各自散去了。

一晃过了三天。这天午餐刚吃过不久，东城门外的舞阳侯庙前人山人海。老百姓们从四方八面赶来了。因为他们都看到了新太守发出的告示，听说新任太守要祭祀侯爷神位，而且去陪祭的人，只要是前100名赶到现场的，都会得到太守给的赏钱呢。

果然，时辰一到，只见新太守在随从们的簇拥下，乘轿来到现场。在震天撼地的鞭炮声中，太守走出轿子，庄严地整理了一番冠带，然后双手接过一个随从递过去的一个大瓷盘。

盘子里面，装着满满一盘食物，他恭敬地捧着大盘，将食物送到庙门前台阶上的祭案上。

随后，太守上完指头般粗的三根香，磕了三个头，这才大声说："舞阳侯爷爷，新任太守冯时行前日到任，为了祈求神爷的保佑，我寻遍了万州辖内的郊野村庄及山岭沟壑，连拳头大的狗崽儿也没寻找到。没办法，我只好差人弄来一大盘肥油滚流的羊儿全肠，来奉祀神爷，望神爷笑纳，以保我万州百姓无灾无难，百业兴旺。本官新来赴任，如有敬奉不妥当处，请神爷谅解。"

冯太守话音刚落，只听一个洪亮而粗犷的声音，从庙内传了出来："呔！大胆太守，你刚上任，竟敢以桃代李戏弄咱家。我告诉你这个新太守，现在已是宋朝了，我老樊离开万州神游故乡，早已有五百年了，你们还在此处捣弄些啥呀？既然万州已无狗，你们应当早日祷告我，让我通告你们早日拆除庙宇以安百姓。我老樊今日无事就偶然回来一游，没想到你新任太守，还在这里带领百姓，做此等傻事。莫非你也蠢啊？现在我正式通告你，命你从明日起，赶紧拆庙销像，免得他人借我的名义在我庙里胡来。我老樊可是眼里容不得一粒沙子的人，岂能让后人再把我一世英名毁尽？你明白了吗？”

“明白！明白！本太守一定遵命。”冯太守连连磕头，大声应道。

“好啦，我老樊不跟你废话了，该走了。”随着神爷这一声喊，庙里咕咚一声响，有眼尖的人看到，庙里有一根木梁掉了下来。

“啊？神爷显灵了！神爷显灵了！”周围的百姓吃惊之际，竟你推我挤，在庙前广场上跪下了黑压压的一片，纷纷边磕头边作揖。

这时，冯太守慢慢站了起来，大声说：“父老乡亲们，刚才神爷的话，你们也听到了吧？本太守现在宣布，明天开始拆庙。”

“好的。”百姓们又是一声吼。于是，太守让随从们遵照诺言，立即给今日先到场的一百名百姓，分别分发了十文钱。然后解散了大家。

次日，百姓们早早到来，大家七手八脚地一齐动手，仅用一天半时间，就拆了舞阳侯神庙。太守把亲手书写好的“六畜兴旺”几个字让手下人分发给百姓们，让每家张贴在柴房圈舍门外。百姓们无不欢呼雀跃。

此时，在一边欣赏着欢乐景象的冯太守，对随从赵成说：“小赵呀，多谢你那天的精彩表演，把神爷的声音，模仿得多好啊！还说你从小跟你叔叔学过的口技没用处，前天不是派上用场了吗？”

赵成竖起拇指说：“那还不是大人您机智过人，想出了这一条妙计，又作了周密的安排与部署。虽是一个谎言，可是用心良苦啊！一条妙计，一举为百姓解除了负担，又为这方土地上的百姓，除去了一个千年陋劣的习俗啊！”

大中祥符案

一

宋真宗大中祥符三年，河北灵寿名宦韩亿任陈州通判之职届满，因政绩卓著，三个月后，被朝廷委派到山南道洋州任太守。韩亿到洋州上任后，立即熟悉环境，了解当地民情，虽然远道而来舟车劳顿、人困马乏，可他却不懈怠，一直忙碌了一个多月，对州衙的各种事务有了头绪。

这天，韩亿乘轿外出查看本州境内西部地区的水利灌溉设施后，眼看太阳已经西斜了，就往州城赶来。刚回到州城西城门外，轿夫跑了多半天，也有些累了，眼看到城门口了，就放慢了行进的速度。这时，忽听一声“大老爷，民妇冤枉啊”，随着呼喊，只见一个衣衫破旧的中年妇女，拉着一个同样衣衫破旧的年约十一二岁的男孩子，哭泣着抢到轿前，拦住道路，跪在地上高声喊冤。

正在轿内闭目养神的韩亿，听到轿前的哭喊声，急忙叫道：“停轿！”然后让班头张更询问拦轿人有何冤屈。

张更走近中年妇女，正要问她有啥冤屈，中年妇女便迫不及待地从袖筒内扯出一张状子，高举头顶说：“公差大哥，民妇冤屈深重啊！我的冤屈都写在这张纸上，请公差大哥将状子呈给老爷，我就有了一线申冤的希望，民妇在这里先给你叩头了。”民妇说着，就要给张更叩头。张更拦住了妇人，赶紧把状子呈报给韩大人。

韩亿接过状子，很快地看了一遍。

原来，这个民妇名叫刘翠翠，丈夫原是本州东城门外“二贤庄米行”老板李增。一年前，因病亡故，丈夫李增的弟弟李申，也就是西大街的酒楼老板，逼迫其嫂刘翠翠改嫁，刘翠翠不从，李申就诬称她的孩子李冬儿不是李增的根苗，是她抱养的别人的孩子，让她赶快滚蛋嫁人，以图霸占她家的财物，遭到刘翠翠的反抗回绝后，在一天深夜，李申指派几个凶猛的汉子，上门来砸烂了她家的家具，把她赶出了家门，还将她的孩子藏了起来，遂攫取了其全部家产。

韩大人看完诉状，再看看面前的妇人，见她长相端庄，虽然衣着破旧，神情悲伤凄凉，却也不失礼仪。想想她的遭遇处境，着实有些可怜。韩大人不由对状子上所述的恶人李申暗暗生恨，便对民妇说：“既然蒙冤，你为何当时不到官府告发这个恶人？”

刘翠翠听韩大人这样问，泪水又溢出眼眶，说：“大老爷，不是民妇不告，实在是民妇告状难啊……”刘翠翠说，她被赶出门后，想到官府告状，就求识字的人帮她写状子，李申知道后，就带人把她痛打一顿，并捆绑后用酒灌醉，连夜运到外县，卖与一个屠夫为妻。由于李申与屠夫串通好的，屠夫对她看守严紧，她无法脱身。直到三个月后的一天，屠夫对刘翠翠戒备松懈后，她才找了个机会逃跑了。她逃回洋州境内后，四处打探，终于在城北草坝河的一个村子里，找到了已经被李申送与别人家的孩子李冬儿。母子团聚后，又准备到州衙告状，谁知李申防范严密，有两次刘翠翠要进城，刚走到城门口，就被消息灵通的李申带人轰赶出了城。所以，一连两个月，她都无法入城，直到今天，刘翠翠才等到太守老爷出城的机会，便等在这里，拦轿喊冤了。

韩大人听完刘翠翠的补充叙述，气愤道："若真如此，这个李申，也太无法无天了！老爷我要会他一会！"收起状子，让衙役们带上这妇人，回衙仔细审断案情。

二

韩大人一回到州衙，就传令升堂，公差很快传来了李申。

李申年龄在四十岁左右，长得浓眉大眼，嘴唇上蓄着八字胡。从长相看，有一副修道士的样貌。李申一上大堂，韩大人便问道："李申，你可认得这个妇人以及这个孩子？"

李申说："老爷，小民认得，认得。这不是我的前嫂子吗？这个孩子嘛，是嫂子抱养的儿子，后来人家认回去了。"他接着转向刘翠翠说："哎，嫂子，你不是半年前就改嫁了吗？当初我劝你别嫁，你却难耐寂寞，哭着闹着一定要走，多日不见，今天你咋跑到大堂上来了？你莫非是嫌嫁妆少了，你咋不打声招呼，兄弟我让人给你送些陪嫁过去。"

刘翠翠听李申这样说，便怒斥道："李申，你这个人面兽心的东西！你先是趁夜深人静之际，指派几个凶汉上门来砸烂了我家的家具，把我赶出了家门。后来又用捆绑后拿酒灌醉的方法，连夜把我运到外县，卖与董家营张屠夫为妻，还与他人私谋，拐走我的孩子。如今竟然恶人先告状，竟然诬陷我是难耐寂寞，自己要走，你这个心狠手辣的家伙，真是信口雌黄，满嘴喷粪！”

李申说：“大老爷，您听听，这个女人嘴巴好厉害哟。明明是她要改嫁的，如今改嫁后的日子可能不好过了，又想回来，现在却诬蔑说是我赶她出门的。我可冤枉呀！”

韩大人听了李申的一番言辞，看出了这个人的机灵和精明，也对他的为人有了个大致的了解，不想让他继续啰嗦，便按程序提问道：“李申，你先别叫屈，本官问你，你嫂子刘翠翠到州衙告你逼其改嫁，同时言你诬称她的孩子李冬儿不是李增的根苗，是她抱养别人的孩子，让她赶快嫁人，以图霸占她家的财物，后来竟将她赶出家门，卖与邻县屠夫为妻，霸占了她的家产，可是实情？”

李申叫了起来：“大老爷，您怎么能听信这个疯女人这样胡说呀？我真的没有这样做。是她自己改嫁了的，是她自愿改嫁的！现在她日子过得不好了，却在诬蔑我的清白。”

“你说她是自愿改嫁了的，可有证据？”

“有有有！老爷，我这里有刘翠翠写下的改嫁契约文书，上面还有她的手印呢！大人若不相信，可以验证。而且，这个孩子的确不是刘翠翠的孩子，我可以叫证人上堂作证。”李申说完，拿出来一张纸，高高举在头顶上，“大老爷，物证在此，请看！”

事情变成这样，韩大人真是始料不及。一个衙役把李申手上的文书拿来递给韩大人，他展开一看，上面写道："民妇刘翠翠夫亡家寒，自愿改嫁出走，嫁前愿意让养子冬儿回归生母身边。民妇还愿意将房产交与亡夫兄弟李申掌管，李申特赠送五十两白银作为嫁妆费。特立此据为证。立据人刘翠翠。大中祥符二年十月初五。"刘翠翠姓名上盖有鲜红的手指印。日期是半年前。

既然李申拿出来了证据，就得查验真假。有衙役建议让刘翠翠核对"契约"上的指模，韩大人只好同意了。结果核验后，"契约"上的指模印迹与刘刘翠翠的手指印纹一模一样。

刘翠翠连呼："假的，大人，这是假的……"

李申又叫了起来："大人，这不是假的，我还有证人呢。"

一个衙役又建议韩大人传唤人证上堂对质。韩大人问李申有何人为证。李申说两个街坊邻居靳成娃、王楮树可以做证。并说可以再叫来李冬儿的生母尹小娥前来相见，当堂辨识。

韩大人又同意了。不一会儿，靳成娃、王楮树分别被传到堂上来了。靳成娃、王楮树两个男人上堂来，表明他们是李申与刘翠翠的邻居，均指证刘翠翠是自愿改嫁，而且还证实李冬儿不是刘氏所生。这时，一个叫尹小娥的三十余岁的女人走上堂来。她一上来，就冲着李冬儿叫儿子，说是冬儿的亲娘。众人细看，尹小娥的确与冬儿长得很像。

这样一来，刘翠翠更受不了啦，她大叫道："大人，这都是假的，不要相信他们……"

韩大人说："刘翠翠，既然你说这几个人的证词是假的，你可否找到人能证明你所言是真，也就是说，你能找来两个人，能当堂证明你是真的受害人吗？"刘翠翠想了一下，说："人证，我……我、我没有。"

既然是这样，大堂上，包括众衙役在内，都纷纷摇头议论起来了。

韩大人拍了一下惊堂木："肃静！肃静！此案看来比较复杂，今日就审理至此，待官府调查摸底后，择日再做断决。李冬儿先跟刘翠翠待在一起，待到结案日再由官府做判定。"

三

韩亿让李申及三位证人先回家，又派一衙役将刘翠翠与李冬儿安顿到离州衙不远的一家客栈里住下，等待下次公开审理的日期。为了保障她们的安全，韩大人还指派一名衙役在暗中对她们加以保护。

韩亿回到府衙内堂，与师爷将今日的见闻回顾了一番，又把案情做了一番剖析，最后决定，从明日起，一面差人四处查访，一面对李申进行暗中监视。调查暗访的任务由班头张更负责。

班头张更，是个年届五十岁的老公人，他从二十岁便到官府当差。此人中等个头，为人耿直。他接受任务后，便下决心要把这事的枝枝蔓蔓搞清楚。于是从次日起，一连查访了两天，发现举证刘翠翠是自愿改嫁的证人，始终只有靳成娃、王楮树两个人，没有收集到众街坊邻人的证言。而且，很多邻人都不知道刘翠翠是什么时候离开家的。当问到他们是否知道李冬儿是不是刘翠翠亲生时，这些人只是摇头，不做肯定的回答。

班头张更回衙将他调查的情况向韩大人做了汇报，韩大人觉得事情相当棘手。他让班头张更想办法继续扩大调查，凡是与案件有利的证物，收集得越多越好，而他，决定明天亲自出去查访一番。

次日中午，韩大人换上便装，贴上浓密的假胡须，从后衙出去，肩膀上背了个褡裢，佯装成卖毛笔的小商贩，在城郊四处转悠，借机打探关于李申和刘翠翠的事儿。

韩大人在城郊一带跑多半天，眼看天色不早了，口干舌燥的他还没有收获。他在路边一个茶摊喝了一碗茶后，只好往城门口走。忽然，迎面走来一个肩挎包袱、手拉小孩的老太太，老太太对小孩说："孙子，今日个在城隍庙看的《柜中缘》那个戏好看吗？"孙子说："好看！我长大了，也要娶戏里那样好看的花媳妇呢！"老太太说："净想好事，不好好学本事挣钱，长大一准要当光棍，想媳妇，母狗还没给你生下呢！"

孙子说："奶奶，我才不要母狗给我生下的媳妇呢！我要会说话的花媳妇哩！噢，咱家对门的王黑娃家的花母狗，快要生崽了，从明天起，我时时留意，等狗儿生崽时，我去当接生婆，顺便捉个小狗回来，给你当媳妇暖脚好吧？"

韩大人听到这里，忽然心中一亮，对呀！接生婆！为啥我等不去寻找给李冬儿接生的接生婆来证明李冬儿的出生地和身世呢？此案也一直没有接生婆的证词啊。

韩大人赶紧回到州衙，找到刘翠翠，问道："你说李冬儿是你十月怀胎所生，那你说，当年李冬儿出生时，为你接生的接生婆，名叫什么？"刘翠翠说："名叫陈幺娘。"

韩大人接着派人去找尹小娥，问她生李冬儿时，为她接生的接生婆是谁。尹小娥先说时间长了忘记了，后来哼唧半会儿，说是本村的王阿婆。韩大人让师爷先整理好这些笔录，然后派人四处寻找接生婆陈幺娘与王阿婆。

可是，两天时间一晃过去了，还是没有找到这两个接生婆。后来，韩大人心生一计，让师爷写了几份告示贴了出去，说是自己的夫人将要临盆，欲重金征召经验丰富的接生婆三名，待用。凡是前来推荐有名的接生婆者，也有赏赐。

第二天下午，有个货郎前来报告说，东城门外有个名叫陈幺娘的接生婆（又叫乳医），手艺高超，只是已经住到离州城三十外的马畅，与儿子在马畅集上开了个茶馆，不知她是否还愿意操持此业。

韩亿赏了货郎一吊钱，随后即命班头带领二名差役到马畅集暗中查察访，终于查访到陈幺娘。经过询问，得知当年为李申的嫂子刘翠翠接生的接生婆，正是这个陈幺娘。班头如获至宝，赶紧把陈幺娘带回城来见知州大人。韩亿还从陈幺娘的口中得知，她们这一行当中，根本没有王阿婆这个人。如此看来，李申与尹小娥的言辞，肯定是假的。大量证据已经掌握，该是公开审理定案的时候了。

四

这一天上午，韩大人派人把李申、尹小娥、刘翠翠、李冬儿等相关人员传唤进衙来。接着传令击鼓升堂。

韩大人说：“李申、尹小娥，今日本官升堂，决定把这个叔嫂相告的案件做个了断，在我开审之前，我觉得你们有事在欺骗本官，为了给你们减轻罪状，还望你们从实招来。”

李申说：“大老爷，我没有欺骗大人，我一向是实事求是。”

韩大人说：“真的没有？”李申说：“真的没有？”

韩大人说：“尹小娥，你呢？李冬儿真是你亲生的？”尹小娥说：“真是我亲生。”

韩大人说：“好！是不是你亲生，自会有人来证明。来人，传证人上来。”

衙役得令，把陈幺娘带上堂来了。韩大人对陈幺娘问道：“陈氏，如实说来李冬儿是谁人所生？”陈幺娘说：“大老爷，李冬儿出生时，小民是他的接生婆，李冬儿的生母正是刘翠翠，这孩子就出生在东城门外‘二贤庄米行’老板李增家。当时婴儿落地是落日时分。”

李申说：“大老爷，陈幺娘的话不可信，她没有证据说明她是冬儿的接生婆。”

陈幺娘说：“大老爷，我有证据，我记得给李冬儿接生时，我给孩子擦拭身子时，发现他左边臀部有个小黑痣，请当场查看，以验证我的话是真是假。”

韩大人令衙役当堂解开李冬儿的衣服，众目睽睽下，果然他臀部有个很醒目的黑痣。

“李申，你诬陷说李冬儿不是刘翠翠和李增的儿子，现在，证据确凿，你还有何话说？”

李申说：“大人，即使李冬儿是刘翠翠和家兄李增的亲生儿子，可是刘翠翠夫亡改嫁，的确与我无关。我再述说一遍，她是自愿改嫁的，不是我赶她出了家门的。所以，刘翠翠嫁与不嫁，于我是无罪的。”

韩大人说：“真的如此吗？”

李申说：“真的如此！”

“大人，李申此言不实，有人证上来指证。”随着说话声，班头张更领着一个中年男子，走上堂来。张更说：“这是我最近查访到的邻县董家营乡的张屠夫，刘翠翠就是卖与他为妻，他有话要说。”

张屠夫上前跪下说：“大老爷，小民是家住邻县董家营乡的张屠夫，一年前，李申把他嫂子刘翠翠卖与我为妻，收了我五十两银子。这儿有李申当时书写的收据为证。”说完，拿出收据来呈上。张屠夫转向李申又说：“李申，你嫂子被强迫卖与我，如今她不愿意继续跟我，已经回去了，你得还我那五十两银子来。”

韩大人看了张屠夫呈上的收据，真如屠夫所言，收据具名是李申，落款的日期是大中祥符二年十月初五。便说：“张屠夫来得好呀！证据聚齐，当堂对质，此收据与李申提供那份改嫁契约文书日期相同，同属一事，两份文书，正好指出那份‘改嫁契约’是假的，李申你有什么话说？”

面对陈幺娘和张屠夫的双双指证，李申无法抵赖，所有诬陷不攻自破。他急忙磕头道：“大老爷，我错了，我有罪，请老爷从轻发落……”

李申只好承认了他兄长死后，他欲霸占颇有些姿色的嫂子，遭到正直的嫂子刘翠翠的斥责后，就逼迫其改嫁，并诬称嫂子的儿子是别人的孩子，并买通与侄儿相貌相像的尹小娥，前来认领侄子，从而斩草除根，以图霸占她家的财物。嫂子不服欲告官，李申就贿赂邻居靳、王二人，收买打手拷打嫂子使她屈服，并将嫂子灌醉后，伪造契约，并用嫂子的手指，按了指印后，卖与他人，威胁邻人不得多言，遂攫取其全部家产的种种罪状。

“来人，把李申的好邻居——靳成娃、王楮树那两个爱做伪证的歹人一并拘来……”韩大人向衙役传令道。

李申等不法之人终于伏法，刘翠翠的冤情也已断明，母子团圆，还获得了她本该拥有的一切。

暴发户，贫困户

陈林娃刚吃下一个荷包蛋，也许蛋花刚从喉咙眼里溜下去，兴许还没落到胃里，他却猛地把筷子往桌子上一放，啪的一声，脱口道：“妈的！寂静的小山村，还有这样的事儿？这世事，真是越来越让人弄不懂了！一群浑蛋！”

陈林娃话一出口，旁边的母亲吓了一跳，睁大眼睛不安地望着他。陈林娃见此情形，也一怔。母亲见儿子一怔，也明白了，儿子不是冲她发火的，神情才又变得自然起来。

是的，陈林娃刚才是太气愤了，太惊奇了，这才在母亲面前失态的。是啊，刚才听了娘的话，他实在是太气愤了啊！其实，在他发出这种惊叹式的怒斥之前，陈林娃做梦也没想到，不用奋斗，不用拼搏，不知不觉的，有一天，他一个穷光蛋出身的人，竟然成了暴发户了！

因为工作忙，有两个月没回过乡下老家的陈林娃，这天，利用星期天，回老家看望父母。母亲很高兴，给他煮了一碗荷包蛋，让他趁热吃。

陈林娃从碗柜里取出来一只空碗，将荷包蛋分成两份，把另外一份，递给母亲。母亲说不饿，又把蛋倒进他的碗里。然后，母亲坐在一边，看着儿子吃饭，顺便叮嘱道："林娃，往后好好干工作，注意身体，以后，什么都得靠你奋斗呢。咱们家，成、成了暴发户了。我意思是说，往后，没人帮助咱们的……"

"啥是暴发户？"陈林娃一听到这个贬义词，就嘀咕道。

"算不上贫困户的人家，就是暴发户呗！这是咱们队队长（村民组长），邓丁成给划分的。"娘见儿子陈林娃不明白，就解释起来。

陈林娃气愤地道："我家是暴发户？我家怎么就成暴发户了？"

是啊！他陈林娃作为一个较早走出山村，在外打工的一个打工仔，既没经商，又没开企业，现如今虽然回到了本县，但还是在县城里一家小单位上班的小职工，咋就成了暴发户了？暴发户是个什么概念呢？怎能随便定性！

由于心情不好，陈林娃勉强吃下了娘做的荷包蛋，就想回城里去。

他放下碗，到地边转了转，几分地的庄稼长得不错。他又到屋后的柴棚边看了看，柴火堆得像小山一样。他又打开旁边的猪圈，一头百斤重的猪，长得圆滚滚的。陈林娃放心了。他听娘说他爹到一个亲戚家帮忙做活去了，晚上才回家，看来今天是见不上了。陈林娃就推过摩托车，向娘打声招呼，就出发了。

回城的路上，娘的声音不断地在陈林娃脑海里回荡："……咱们这个村民小组，共有28户人家，除了隔壁的刘平家、后台上的毛红伟两兄弟跟咱家4户人家是暴发户之外，其余的24户全是贫困户，这些户已在县上备了案，每年都受县上的现金呀、食品呀、物资呀等不同形式的救济哩。听说人家这些户，已经享受资助三年了。这种结果是咱这个村民小组长邓丁成，自行定性后到镇里开会时给报上去的，听说那个登记表，现在已经在县民政局存了档，比如翻修住房、搞农村生产生活建设，上面都按这个贫困户名册，给予一定数目资金的资助哩。好像光是翻修住房，每户县上补助一万八千元。不是名册上贫困户的，再穷，也没有任何资助……”

陈林娃不断回想娘说的这些情况，心里不由得翻滚着一浪又一浪的对小组长邓丁成的愤恨。

他想，这个邓丁成组长，简直是浑蛋，是个没人性的魔鬼。他在昧着良心说话，黑着心肝做事，他在辱没“村民小组长”这个光荣的职务和它所具有的正当的使命。

事实上，那24户贫困户中，有几家比我陈林娃家穷呢？要说外出打工挣钱，这些年乡村里哪家没有一两个年轻人到外面去打工挣钱呢？这些所谓的“贫困户”人家中，到今年初，基本上有20家都在村里盖起了三层小洋楼，就连他邓丁成家，都住着五间砖混结构的大瓦房，而且，邓丁成的两个儿子，早年到深圳特区打工，听说如今都在省城买了商品房了，他家也好意思名列贫困户名册中？虽然我陈林娃四五年前在外地打工时，为了方便孩子在城里上学，省吃俭用，凑钱在县城买了一套80平方米的商品房，可那是我靠血汗钱置办的一份家业，怎么能算是暴发户呢？何况我老家的房子，至今还没钱翻修，父母住的依然是二十世纪八十年代末时的旧房子。有这样的暴发户啊？既然我都是暴发户，他邓丁成家条件不在我之下，他家还是贫困户，他脸不泛红吗？难道他脸上蒙着牛皮吗？

“邓丁成分明就是故意整治人！他是糊涂官乱判糊涂案！要说整

人，我陈林娃也没得罪他啊！他凭啥这样小家子气呢！看来，他是没来由地嫉妒我早早地在县城买了房，在城里生活吧。倘若真是这样，往后我要加倍努力，少歇多劳，靠自己的双手，好好劳动，把日子过得滋润些，不然，可真就辜负了邓丁成给我赠送的‘暴发户’的美称了！”回到城里，陈林娃暗暗发誓：我不少胳膊不缺腿的，一定要干出点名堂，让你瞧瞧。从明天开始，就学古人吧，卧薪尝胆，绷紧弦儿，快马加鞭朝着“暴发户”的道路迈进！

就为“暴发户”这个称谓，陈林娃接连好几天，就连夜里睡在床上，脑子都没闲着，他在挖空心思思索以后的致富路途呢。

下了班，他就到街头转悠。转悠了几天，他发现了一个门路：现在建筑业很发达，城乡都在扩建房屋，搬运装修材料的运输业是一个冷门，大有作为。

过了几天，陈林娃经一番考察后，打定了主意，向单位辞了工作。拿出来仅有的一点积蓄，到市里转了两天，支出四万元，买了一辆载重1.5吨的客货两用车。半年前，城里人流行学开车，陈林娃和本单位的一帮年轻人凑热闹，也去学了驾驶技术，驾驶证三个月前就拿到了，这回可派上用场了。他印了几百张名片，到处散发后，就搞起了运输。

以前只当工薪族，从没发现生意买卖的妙处是什么。陈林娃搞了几个月的货物运输后，收入很是可观，而且，生意越来越好。又加之一些熟人帮忙介绍业务，渐渐地，他把业务范围，从城区扩张到了附近的小镇上。

那天，陈林娃接受一家建材商店的委托，帮一户人家送一批装修材料。那个客户，姓王，住在本县西区戚氏镇的魏家庙村。陈林娃把三捆松木条、四盒PVC板、十盒地板条送到王家门口，主人出来接货。

“陈林娃！怎么是你呀？”有人在叫他。

陈林娃转过头，是一个小伙子。他仔细看了看，也没认出来是谁。

“你不认识我了吗？我是小珠，我是邓小珠呀！”小伙子说。

“你是邓小珠？桃溪乡的邓小珠？”陈林娃说。

“对呀！邓丁成是我爹哩！咱们是一个村子的人啊。十来年不见，你认不出我了？”邓小珠说。

陈林娃疑惑地说：“小珠，是你？你咋在这儿呀？”

“嗨！这是我岳父家呗。”邓小珠指了指院子里停着的一辆银灰色的小轿车，“我昨天才从省城回来，就近先来看看岳父母。”

“小珠在省城西安当老板了？也自由了？”

“没有。我还是在深圳那家电子器件厂做事，只是，我们公司在省城新开了个销售办事处，我在这个办事处做客户代表而已，最近有时间，就回来玩玩。”

“哎呀！小珠混得真不错嘛！小轿车都开上了。还是在大地方混容易发财呢！”陈林娃打量了几眼邓小珠，当年那个眨巴眼儿、小时候经常流鼻涕的邓小珠没影儿了，眼前是一个穿戴很时髦的有点儿发胖的城市汉子。陈林娃又回头看了两眼邓小珠的小轿车，心想，牛啊！“贫困户”邓丁成的儿子都开上上海大众了，真是一派“贫困户”的模样啊！

一边跟邓小珠唠嗑一边卸了货，陈林娃辞别了邓小珠，开上客货两用车，向城里驶去。

路上，陈林娃心里老是在想，唉！看来咱这“暴发户”真跟人家那“贫困户”是没得比啊！往后，咱可得努力向“贫困户”学习呢！

过了几天，陈林娃就再次行动起来。因为他想扩大他的运输工具的规模，就又买了一辆小面包车，聘请了个叫张翔的小伙给他开车。张翔二十九岁，跟陈林娃老家是同一个乡镇，他前几年也在外地打工，给别人开过车，现在不想出去了，愿意就近找个职业方便照顾父母。张翔出生在山村，人很诚实，跟陈林娃这种同样来自乡村的小老板干，没有压力。张翔上班后，他们两人一起，承揽了更多的建材商店的客户。

那天陈林娃跟张翔到谢村送完一批货回城来，走到县城西郊的兴盛饭馆门前，觉得肚子饿了，准备在这里吃饭。停好车，两人刚要下车，忽然从饭馆里跑出来三个人。

跑在前面的人是邓小珠，后面两个人不认识，但是都很年轻，好像在追赶邓小珠。邓小珠跑到他的轿车跟前，正要开车门，那两个人赶上去一把拉住了邓小珠，邓小珠就没开得了车门。

“难道是打劫？”张翔说，“这可是大白天啊！”

“不知道。看看再说。”陈林娃说。他的意思是，看看就明白这是在干啥了。

“不行，不行，我有事呢！”邓小珠叫嚷着。

“眼看天都快黑了，你有个屁事呢！”拉他的那个人说。说着，一把抱住了他。

另外那个人就夺邓小珠手里的钥匙：“看你，假惺惺的。这又不是你老婆，用一下怕啥？又不会少了啥！”

“真的不行啊！”邓小珠还在反抗。

一个人面对两个人，挣扎是徒劳的，邓小珠的钥匙被抢夺去了。

“哥们！晚上回来还给你！保证不会少一点漆的！你放心吧。不就是心疼几斤油嘛，给加上不就行了！”那两个小伙打开车门，对邓小珠说。说完，开上车，向西走了。只留下邓小珠在原地上跺脚叹息。

陈林娃下了车，说：“这不是邓小珠吗？刚才是咋回事？”

“唉！”邓小珠说，“这是我前几年在外打工认识的两个工友，今天遇见了，我们在一起吃饭，饭毕，他们两个人说要乘兴去西固县（邻县）逛逛，我说我不想去，他俩就要借我的车，我说我还有事，他俩根本不相信，硬要开走我的车，这不是硬把我的车钥匙给抢走了。”

陈林娃说：“既然这样，你也去不了哪儿。走吧，进去咱们喝几杯去。”

邓小珠说：“不了，我姑姑家在城里北街住着，我去她家。”说完，邓小珠就走了。

次日中午，陈林娃与张翔在路边一家小餐馆吃午餐，餐馆里的电视上正播午间新闻，女主持人的抑扬顿挫的声音，像落地的珍珠般传入正津津有味在吃午餐的陈林娃的耳朵里：昨夜二十三点四十五分左右，在本县108 国道202 路标段，发生一起车祸，有一辆灰色大众牌小轿车，因超速行驶，撞向路边树干上！车头已严重变形，车内有两位男士，经抢救无效死亡……

陈林娃一下来了精神，对张翔说：“昨晚，你听，新闻说昨晚一辆大众小轿车出了车祸！该不会是邓小珠的那辆车吧？”

“不会吧。哪有那么巧的事啊！”张翔说。

陈林娃说：“我想也是，咋有那么巧的事哩。”

傍晚，陈林娃收了工。他把车开回小区，刚停好车，听到旁边有两个老太太正在议论一件事儿：“李牛他妈，你说这是啥事，我下午在街头听到一件事，这是啥世道啊！说是有个人，把小车借给朋友去开，朋友把车开翻了，把他自个儿摔死了，借车的人的家属放不下，说为啥要把车借给他们，把他家的人给害死，上门去找车主的麻烦。最后，还把死人给抬到车主的家里去了……”

“嘿！还有这种事？把人家的车借去开翻了，不让他给赔车，就沾天光了，还有找车主算账的人呢！天理哪里去了？”

“唉！这世上，啥样的人都有！听说借车的人的家属，要车主家赔偿二十万呢！”

“啧啧！真不要脸……”

“借车的人的家属说了，如果不借给车，他家的人就不会死。是车主把他们害了……”

“真是冤屈死了！大家都这样，那往后谁还借给别人东西？如果我是车主，应当把借车人的家属告上法院，让法庭评理……”

陈林娃听到这里，心里猛地一跳，竟然有这样的事！难道真是邓小珠摊上这样的事了？

回到家里，陈林娃坐在沙发上，脑子里老在想，难道真是邓小珠摊上这样的事了？如果是这样，邓丁成这个“贫困户”，这一回真的要好好贫困一回了！

吃饭时，陈林娃一直心不在焉的样子，有几次把菜都弄到了桌子上。妻子小丽说：“林娃，你这是怎么了？有啥事吗？”

“没、没有……”陈林娃嘴上这样说，可心里仍旧在想这件事。把人家的车硬借去开翻了，让车主给赔偿损失，这样合理吗？如果自己买的车，开翻了，摔死了，难道说也要去告人家汽车制造厂家给他赔损失不成？公平在哪里？道义又在哪里？！

“啧啧！真不要脸……如果我是车主，应当把借车人的家属告上法庭，让法庭评理……”那个妇女的话语又在他脑子里回响。

吃完饭，陈林娃禁不住拨通了父母的电话。唠叨了几句，他想问一下邓丁成家有事没有，还没问呢，父亲抢先说：“林子，告诉你一件事，邓丁成家这回惹大事了，他儿子把车借给别人，开翻了，车撞坏了，死了两个人，人家把死人给弄上门来了，这次他家麻烦了……你开车，可要小心些，一般不要把车借给别人，免得惹麻烦哟。”

108路段出车祸的，还真的是邓小珠的车。这回，伶牙俐齿的邓丁成，不死也得脱层皮了！放下电话，陈林娃暗想。坐在沙发上，他脑子里乱七八糟的，还有点晕乎乎的，像是坐在火车的车厢里一样。

次日中午，吃饭时，陈林娃跟张翔碰面了。张翔见陈林娃脸色不好，说：“陈哥，你昨晚没休息好吧？看你一脸的疲惫。”

“张翔啊，昨天，咱们听到新闻说的那个车祸，真是邓小珠的车。所以我昨夜里老是做梦，不断地梦见抢钥匙那一幕。”陈林娃说。

“啊？真的有那么巧呀！你梦里折腾自己干吗？又不是你抢了他的车钥匙！”

“唉！可我就是心里放不下啊！听说现在借车人死了，可他们的家属不罢休，把死人弄到邓小珠的家里，还要求赔偿几十万呢。车没了，还要赔偿，这事搁谁身上都受不了。毕竟我们是乡里乡亲的……”

“陈哥，你想咋办？邓小珠他老子，乡里乡亲的，他却故意把你家绕了过去，这种人……”

陈林娃诧异地说：“咦！张翔啊，这些事你咋也知道？”

张翔说："我听小丽嫂子说的。他们邓家这是报应！要是我，我避得远远的……"

陈林娃说："唉！先不说这些。恩怨和灾祸，这是两码事！咱们不能混为一谈。其实，早先我也不想参与这事，心里很纠结，想到邓丁成那个人，巴不得他家有点事。可是，真有点事了，看到那事就那么摊着，总不是办法啊！毕竟咱们也是开车的。再说，一个'暴发户'去帮他那个'贫困户'，这样也有很强的现实意义呢！那个啥，噢！昨晚我回小区停车时，听到两个女的议论这件事，一个女的说了一句话，我觉得有理，她说：'如果我是车主，应当把借车人的家属告上法庭，让法庭评理……'我想，邓小珠家如果真的这样做，可以减少麻烦。"

张翔说："陈哥，你真是个好人啊。你打算……"

陈林娃说："我想，如果打官司，得要证据、证人，邓小珠家真要这样做，兄弟，你看，你能不能跟我去做个证，证明车钥匙是被抢过去的？"

"陈哥，让我怎么说你啊！"张翔拍了拍陈林娃的肩膀，又叹息一声，说，"陈哥，你不是邓家的冤家，反而是人家的福星。恐怕这个世界上，再也找不到你这样的人了！你的心思，我明白，我配合你吧。说句老实话，当时，抢车钥匙那一幕，我用手机全拍摄下了。"

"啊？你咋不早说？"陈林娃喜出望外。

吃完饭，陈林娃让张翔等着他，就开上客货两用车，向老家开去。

到了村边，陈林娃停好车，远远地就能听到河对面邓小珠家门上传来一阵一阵的哭声。

陈林娃四处张望了一下，发现河边有个小孩在放牛，他就叫来小孩，问他：“你认识邓小珠吗？”小孩点点头。陈林娃掏出2 元钱，递给小孩子说：“来，叔叔给你去买糖的。你去邓小珠家，叫一下邓小珠，就说有个人找他，让他快来河边。”小孩飞奔而去了。

很快那小孩又回来了。小孩说邓小珠不在家，邓家乱哄哄的，也没见他爹。

陈林娃就准备离开。刚走不远，碰见邓小珠骑着一辆摩托车过来了。陈林娃叫住了他。

几天不见，邓小珠与那天在兴盛饭馆门外的他，真是判若两人，他满嘴胡子，而且眼里布满了血丝。下了摩托后，他走路似乎都没劲，一幅低头弯腰的小老头模样。

陈林娃说：“小珠，咋几天不见，就这样了？你的事，我听说了。”

邓小珠说：“这回，我真是倒了八辈子霉了。既然你听说了，我就不絮叨了。本来，见你那天的第二天，我原打算回省城的，没想到喝了一场酒，偏偏还有人借车，那天晚上却出事了……而且这些人的家人，都不是省油的灯，车烂了，还整天在我家打闹，嚷着要赔款二十万，我一家人快要被吃了，恐怕连房子都得卖了呢！我娘都病倒了，我爹要不是我拉得及时，早就跳水塘死了……”

陈林娃心想，谁让你家是“贫困户”哩，谁让你开的是轿车哩！像我这种“暴发户”，只能开运货车，自然没人借车喽。但陈林娃看了一眼对方，嘴上却说：“既然事已出了，埋怨也没用。车又不是你主动借出去的，你没想过打官司，辩个清白吗？”

邓小珠蔫蔫地说：“想过，可是，谁给我们做证呢？”

“如果有人证明你的车，是被抢走钥匙的，是强行借走，可能结果就不一样了。”

“唉！这年头，难啊！昨天我妻弟帮我去找那天我们吃过饭的县城西郊的兴盛饭馆，请他们给做证，可人家一口回绝：什么也不知道。我今天专门又去县城西郊的兴盛饭馆，去求他们给做证，可是人家还是一口拒绝了。我说耽搁他们的时间，误工费照付，可人家理都不理。我想去找你，可不知你住哪儿，又怕你也不理睬我的事儿，我就返回来了。”

“也不一定都是你想的这样！”陈林娃拍了一下邓小珠的肩膀，说，“放心，那天的借车、抢车钥匙那一幕，我看到了，我说服了我的司机，他跟我出庭去给你做证，我的司机还拍摄下了借车的全过程。”

“林娃哥！你是我的大恩人，是我全家的救星啊！”邓小珠咚地跪下了。

陈林娃一把拉起邓小珠：“快走，咱先去交警部门反映情况……”

交警队接到邓小珠和陈林娃他们提供的证据、证词后，很快就另立了案，并说他们会公正地处理这件事的。

第三天，相关部门的工作人员，带了一批人，赶到邓小珠的家里，宣布说经过进一步调查整个车祸事件，死者（即肇事者）返回本县的回程中是酒后驾车，而且是强行借走车主的车，证据确凿，责任分明。根据《道路交通安全法》相关规定：“因租赁、借用等情形机动车所有人与使用人不是同一人时，发生交通事故后属于该机动车一方责任的，由保险公司在机动车强制保险责任限额范围内予以赔偿。不足部分，由机动车使用人承担赔偿责任；机动车所有人对损害的发生有过错的，承担相应的赔偿责任。”从这条规定和该事故全过程来判断，车主是迫不得已把车借给他人驾驶，车主是受害方，对损害的发生无过错，是没有责任的，不负赔偿责任。过失全在借走车辆的一方，而且不足的赔偿部分，由机动车使用人（肇事者）承担赔偿责任。工作人员通知死者家属后，让他们立马把死者运走了。

最后，相关部门做出处理决定，鉴于死者即肇事者，虽有重大过失，但已经死亡，出于化解矛盾的考虑，车主不再提及车辆损伤一事，死者家属不得再提及要求车主向其赔款，并不得在车主家骚扰、打闹。由车辆保险机构从支付给车主的保险赔偿金中拿出两万元，给两名死者，作为火化安葬费用。

到此，车祸一事终于画上了句号。

邓小珠一家免去了天大的麻烦。这就像是一棵不幸而被山藤条缠上，被讨人嫌的藤蔓攀弯了腰身多日而无法解脱的一棵树，现在被人斩断了那根缠人的山藤条，摆脱了纠缠和烦恼，终于可以恢复自由，可以大松一口气了。于是感觉到自由和平安，原来是那么重要。

这天晚上，陈林娃收车晚了一点，回到家时，天已经黑了。

他一进家门，就看见邓小珠和他爹，静静地在他家的客厅的沙发上坐着。看来他们等他好久了。邓丁成显然老了许多，过去见人就爱眨动着的一双精明而有些狡猾的眼睛，也少了许多光泽。他看到陈林娃进来，迎上前，咚的一声就跪下了。他打了自己一个耳光，说：“林娃，邓叔真是没脸见你啊！可我又不得不来。这回你帮了我全家，是我家的大恩人！我谢谢你了。”

陈林娃拉他起来，让他坐在沙发上，可邓丁成不肯坐，他站着说：

"邓叔我过去做了一些对不住你家的事，真是不该呀……"他说着，把带来的礼物：一条烟和一些蜂蜜、牛奶之类的东西往前挪了挪，"这点东西，不成敬意，请林娃收下吧。"

陈林娃把东西推回去，边推边说："邓叔你客气啦，不提往事了。这回的事，我只是本着实事求是的原则，凭着良心，说句公道话而已。公道自在人心嘛！公道有时很重要。对不对？"

"是的，是的！"邓丁成连忙点头。

陈林娃说："只是，邓叔，你来坐坐就行了，咱乡里乡亲的，还拿来这些礼品干吗？邓叔知道的，我可是'暴发户'哩，还缺什么呀？不过，通过奋斗，我觉得目前咱离'暴发户'的美名，才近了一些。其实以前，连边都沾不上。再说，暴发户、贫困户，不是随便就认定的。"

"那是、那是。不过，这个、这个……"邓丁成支吾着，没说完一句完整的话，倒是他的脸，红得像猴屁股似的。他觉得自己活了多半生，做人有时有点过头，把良心给丢了，今后，一定得补上了。

第三辑

◎

不速之客

闲汉听故事

黑石村的王三是个闲汉。一天到晚吃了玩，玩饿了就吃，日子过得自由自在。有人会问，既然王三光玩不做事，他怎么会有吃有喝呢？原因是，他老爹老妈在村口开了个小卖铺，多少能给他赚些钞票回来。

这一天，王三听说在外地捞世界的二毛回来了，就上门去玩。

二毛看见王三来了，就说："王三，你今天还是没事做？"

王三说："正闲得心发慌呢，所以，来找你聊天来了。"

二毛说："那好，我们就讲龙门阵吧。"

王三说："行呀，我从小就爱听故事。爷爷一死，好久没听人给我讲故事了。"

二毛点点头，就讲开了。他说："我在南方打工时，有个工友说他看到一个报道，说一个款爷结婚，那阵势，好排场啊：婚礼车队打头两辆蓝色军用三轮摩托车开道，车斗里的人，每人手持一个对讲机。18辆深红色的两轮摩托车，双双排成纵队，就像国家举行盛大活动开幕式上的开道车队。紧接着两辆日产银灰色小轿车，后面一辆绿色进口客货小轿车，车里有一支喇叭唢呐锣鼓手队，吹吹打打，热闹非凡。其后才是车队核心，一辆崭新皇冠轿车，引导着五辆豪华丰田轿车。这六辆轿车里分别坐着傧相、伴郎伴娘、新郎新娘和双方的父母及舅父舅母。随后又一辆银灰色客货两用车，车里一群着装一色的六个小伙子，正在接连燃放鞭炮。小车后面是两辆大型豪华旅游车，分别是播音员和悬挂标语之用。车上有一幅木牌做的对联，对联的字，全是用百元大钞粘贴而成的。随后又是四辆面包车，收尾的是两辆三轮摩托车，车斗里的人手持对讲机。全部车队绕镇一周，开进镇中心一家六层高的大酒楼，那里备办了100桌丰盛的酒宴。王三，你说这样的款爷的气势，如何？”

王三听得眼睛溜圆，怔了半会儿才说：“妈的，狗仗人势，人借钱威。如今的有钱人，犹如雨后的春笋，真他娘的越冒越多了。”

二毛说：“可不是，各行各业都有款爷，不光商界，其他行业也有的是。你知道，挣钱最快是干什么？”

王三说：“当然是倒卖鸦片烟了。”

二毛说：“想死啦？那还不枪毙了你！告诉你，是歌星。毛阿敏唱首歌，多少钱？”

王三咬咬牙，说：“八百块吧，咱们县长一月的工资呢！”

二毛淡淡一笑，说：“其实，毛阿敏每演出一场音乐会，出场费是八千元。天哪！一场最多唱两三首歌，你想想，一首歌值了多少钱？”

王三听得愣愣的，没言语。

二毛说：“这都还是小巫。再给你讲个故事：有一年，美国杂志发行大亨马尔科姆·福布尔，在摩洛哥的地中海海滨花园别墅里庆贺生日，他专程包了五架飞机，把八百多名客人从纽约接到摩洛哥，包了整整一座大饭店，供客人们吃住一星期，据说花费达四百多万美元。你想，一美元又值多少人民币呢？”

二毛讲到这里，把王三听得腰都挺直了，双目直盯住二毛的嘴，半会儿，不见吱声。

二毛说：“怎么样？款爷的故事，多么惊心动魄呀。”

王三说：“你的故事，不叫故事，倒像一盆火，烧得我心里难受。”

二毛说：“咋不叫故事，这是实实在在的故事。好啦，不必多说了。我再给你讲个……”

“别讲了！够了！够了！”王三突然挥动着双手，打断二毛的话头，“这些人都有钱！听得我又羡慕，又气人！我越听心越慌了，烦死人了！好了，不听了，一句也不听了，告辞了！”说完，王三抬腿就走出了二毛的家门。

从次日起，二毛再没看见闲人王三的人影。王三突然失踪了！

两个星期后，终于有了王三的确切消息。原来，王三出门打工挣钱去了，成了忙汉了。

时光匆匆，晃眼多半年就过去了。

一天，王三的娘赶集时，被过路的拖拉机撞倒，小腿骨折了，住院了。

王三得到娘出事的消息，很快就请了假，连夜坐火车赶回了家乡。众人见到王三时，他老远就与人们打招呼。王三给乡亲们发烟时，啪的一下，一个纸牌掉到了地上。原来王三掏烟时不小心从衣袋里带出来一个工作证。有人拾起来一看，人家王三成了特区某五金厂的成型车间的主管哩！嘿！这小子，竟然当上了管理打工人的官儿了。

半个月后，王三办完家事，正要返回特区时，二毛找上门来了。二毛说，他回来好久了，在家没事，想求王三带他去王三打工的厂子里，谋个差事。王三答应了。

二毛说："谢谢。"

王三说："你别谢我，说起来我还得多谢你当初给我讲的故事呢。我正准备忙完了，走时去谢你哩。"

于是，次日下午，王三带上二毛，以及村里的另外三个后生，一起出发了。

交警山子的幸福生活

山子是一名交警，一名忠诚敬业的长年工作在第一线的交警。他是四年前从部队上转业，来到这个城市当了交通警察的。

山子是个做事态度严谨的人。这一点，从他衣着样貌上就可看出。他每天上班前，总是把衣帽用毛刷认真地刷一遍，生怕有一丝灰尘，影响了他的着装和心情。上班后呢，他衣帽整齐，挺胸抬头，全神贯注，站在那车水马龙的十字路口执勤，就像一座无形的山一样，镇住了开车“不规矩”的司机那颗浮躁的心。

但是，大千世界，形形色色的人数以万计，有时也有例外。偶尔就有那么几个不把交警当回事的人。

那是一天下午，大概三点左右，一辆“踏板式”摩托车飞一般驶过来，好像没看见减速标志一般。

山子打手势让摩托车在一边停下，走过去“啪”地敬了个礼，说：“嘿！老兄，你八成是冲破了赛车场栏杆后，冲出来的赛车健儿吧？看这阵势，还没过足瘾啊！”

可是，头盔摘下了，健儿下了摩托车，原来是位头发长长、身姿轻盈娇美、脸蛋很妩媚耐看的靓妹。

“报告长官，我不是这样的。”靓妹很夸张地向山子回敬了一个礼，学着他的口吻，说：“哟！警官老兄，看你外表威严又冷漠，其实，内心挺幽默的嘛！”

山子一本正经地说：“幽默？幽默的人不应该站在街头岗亭上，而应该站在相声剧院的舞台上。要是我现在把你的驾驶证给你扣了，你就不认为我幽默了。”

“嘻嘻！老兄说的是说的是。挺有逻辑性的。”靓妹嘴巴一翘说，“哎、哎，老兄，听你的口音，像是江西人吧？”

“交警制止违章行为，和现在这种场合，好像跟是不是江西人、江南人，并没有关系啊！”山子仍板着面孔说。

“是没有关系。可是，如果你明白我也是来自江西的，不就有了关系了吗？”靓妹用很地道的江西乡音十分认真地说。

得！没想到还真遇上个老乡！山子心中一动。他本想继续板起面孔训她一番，可是，一种叫作“乡情”的东西在他心中澎湃起来。山子不由得表情开始和蔼下来，点点头，然后告诉靓妹，自己是许多年前从江西九江满怀豪情地走进军营，然后，又从军营雄姿英发地走上城市的十字交通岗的。

靓妹说她叫谢燕琼，两年前跟嫁到这儿的表姐来到这个城市玩，发现这儿城乡差距越来越小，虽然是个县级城市，但新楼一座座拔地而起，新型社区比比皆是；街道两边绿荫如盖，颇有现代园林城市的模样，竟舍不得走了，就留了下来。随后她在一家酒业公司里做了业务员，每日跑业务，跑得心发紧，常常一开上摩托车，感觉中就好像是去拉一份大单，不知不觉就超速了。她说她罚款都被罚怕了，往往一看见交警向她发出停靠检查的手势，心里就咚咚咚地跳个不停。

她说完，顺手递给山子一张名片。山子瞄了一眼：长生酒业有限公司业务组长谢燕琼。

不知怎么的，山子这一天就没罚谢燕琼的款，也没吊扣她的驾照，还告诉了谢燕琼他下班的时间和住址，对她说，好好开车，好好工作，有空可到他的住处坐坐。

以后的几天，山子执勤的时候，又看见过谢燕琼几次从他的岗亭前经过。不知是意识到了还是为了与山子打招呼，她行驶的速度适中。可是，当“山子，你好啊！这一段时间日子还滋润吧？”这句问候刚从谢燕琼的嘴里落地后，离开岗亭不远，山子回头一望，便望见谢燕琼摩托车屁股冒出一股淡淡的青烟，他想：“嘿，这老兄，老马不死旧病还在。又犯老毛病了！但愿她吉人天佑，别出什么事。”

大约一个月后的一天下午，山子快要下班时，谢燕琼驾着摩托车来了。

她还是飞一般地把摩托车开到离交通警岗亭不远的地方，慢慢停下来，然后跳下车，提着头盔走过来：“嗨！山子，还不下班啊？这一阵忙得我够呛，想去你那儿坐坐，一直都顾不上。今日，我等你下班，今晚咱俩去白云酒家喝几杯，好好唠唠家常。嘿，山子，我这个月超额完成10万元销售业务，工资和奖金都发了。今天晚上，我请客。”

山子忙向直嚷嚷的谢燕琼伸出一个指头，做制止状，然后，一本正经地执好最后十分钟的岗位勤。

下班后，山子跟谢燕琼去了白云酒家。这家伙不愧是个跑业务的精英，口袋里“内容充足”，出手极其大方。这天晚上，他们两人吃了350元。喝了3瓶谢村黄酒。本来，山子想少喝点酒，可那酒一入口，甘醇爽口，欲罢不能。他不由连连赞叹：“三千年的酿酒历史，真的名不虚传！”

谢燕琼见山子黄酒喝得直咂嘴，就乐悠悠地一个劲直叫：“服务员！再上两瓶谢村黄酒。”

酒足饭饱，山子坚持要买单，被谢燕琼一顿挖苦，才缩回了手。

走出酒店后，山子怕谢燕琼路上出事，说别骑车了，把车放在他的宿舍，劝她打的回去。谢燕琼说没事，别忘了她是干吗的，她喝那点酒，根本不当回事，坚持要骑车回去，她说，否则第二天出去，没车很不方便。山子见她气色很正常，手脚也利落，拗不过她，就让她骑车走了。

谢燕琼跨上摩托车后，还回头嫣然一笑，嚷道：“山子，明天或者后天下午，时间早的话，我一定给你弄两瓶我们公司新出的两斤装的正宗‘谢村桥’牌的黄酒来，让你过过瘾。但是，千万别在上班前喝哟！否则，出了事我可不担责任。山子，今后，我会常来找你的，你千万可别烦我啊……”

次日，又到下班时间了，山子习惯性地向四周望望，心里嘀咕：“这家伙，一整天都没看见她的人影，昨晚喝酒后，她应该没出什么事吧？”

下班后回到宿舍，山子去集体食堂打了份饭，回来坐在屋子里边吃边看电视。

一会儿，本市晚间新闻播出。当那个眉心有颗小黑痣的女播音员播到第四条新闻时，山子的眼睛一眨不眨地盯住屏幕：今日下午四点十分左右，在本市南环东路006路段，一辆超速行驶的摩托车，与一辆中型货运车相撞，摩托车号为：××508，系一女性，车后座上有两盒名牌酒：谢村黄酒。摩托车主因撞击剧烈，当场死亡……

山子手中的碗筷，咣当一声，掉落地上。他双眼瞪得大如鸡蛋，一言不发……过了大约六七分钟，山子眼里噙着泪花，自言自语道："狗×的车祸，真是猛如虎呀！是我纵容了她的坏习惯啊！我有错啊！"他啪地打了自己一个耳光，"今后执勤，我要一视同仁，只要违规，爷娘老子谁都不认……"这时，他脑子里有一个声音在不断地回响："如果你明白，我也是来自江西的，不就有关系了吗？……山子，今后我会常来找你的，千万可别烦我啊……"随着那个声音的回响，似乎有一个妩媚的笑脸，不停地在他眼前晃动，晃得山子心口像针扎一般地疼。

此时，他盯着电视机傻傻地想：燕琼！如果不出意外，我但愿你能烦我一生。可是，我、我已没有这个福分了呀。山子心里觉得一下子空荡荡的了。

突然，他忽地站起来，因为他想去看一眼出了事的谢燕琼，去看她最后一眼……

正在这时，"笃笃……"有人敲门。

山子像个三天没吃饭的乞丐般，慢慢挪过去，拉开门。门口站着一个女子。山子看清来人，眼睛瞪得像一对鸡蛋，结巴道："怎么……你、你……是燕琼？你……你、真的是你吗？你怎么、这个时候来了？"

"唉！甭提了。"谢燕琼跨进屋，把两瓶酒往桌子上一蹾，坐在一个凳上，失了魂般小声说，“今天下午，我给你弄了两盒酒，正要送过来，没想到同事王红跑来了，她说她的摩托车车胎突然坏了，可有点急事，马上要去一趟龙亭镇，她边说，边从我手里接过我的摩托，两盒酒我都没顾上解下来，她跨上车就开走了。唉，谁知两个小时后，她就出事了……从出事现场回来我怕你担心，就忙着赶过来了……”

“啊？原来这样！让我虚惊一场。你没事就好，没事就好。我想，但愿你能烦我一生，这个设想，有希望了。只是你的同事，唉！车祸呀，啥时能越来越少呢……”山子激动的眼里噙着泪水，像一个孩子抢大人手里的小吃货一样，一把将谢燕琼的手抓了过来，握得紧紧的。

谢燕琼愣了一下，发觉山子的失态，而且被握得不好意思，就说：“我的手上可有机油噢。”

山子醒悟过来了，急忙松手。可谢燕琼妩媚一笑，转身跑了……

此后，谢燕琼超速的毛病竟彻底改了。

一天，山子刚下班，他的手机响了，接了，是谢燕琼，她说：“山子，我的车坏在南环路真草堂这儿了，你能来帮我吗？”山子说：“你等着吧。”然后挂了电话，便赶紧打车赶到南环路。

山子到了真草堂门前，不见谢燕琼的人影，正东张西望，突然，山子的眼睛被人从后面捂住了，接着听到谢燕琼咯咯咯的笑声。山子说：“燕琼，你的车呢？坏在哪里了？”

谢燕琼说：“傻瓜，不骗你，你能来这儿吗？人家想邀你出来玩玩嘛。”

“你可真是个难缠的司机哟。”山子轻轻刮了一下谢燕琼的鼻子。

“我难缠？我怎么难缠了？”

“你不遵守交通规则。往后，你再这样，小心我揍你！”

“你敢？！你敢动我一下，我就打电话告诉你妈妈，说你家一个交通警察欺侮她老人家未来的儿媳妇……”谢燕琼在山子腋下挠了一把，转身就跑。

“小丫头，山子我今天饶不了你。”山子就追了上去。

那天，他们的笑声一直向郊区漫延而去。从此，成了一对恋人。

到了年底，他们结婚了，成了恩爱的小夫妻。婚礼上，同事们让山子介绍恋爱经过，山子说他俩是“车为媒”，大家也觉得这话不假。可是，晚上入了新房后，谢燕琼却要罚山子两杯酒，山子问为啥罚酒，谢燕琼说：“因为你连我们的媒人都搞错了，所以该罚。”

山子听新娘这样说，不解地看着她，山子说：“咱们俩从成为恋人到结婚，难道说不是车为媒吗？”

“告诉你，咱们是以影为媒。”谢燕琼说。

“什么，是以影为媒？啥意思？”山子不明白。

“影为媒就是影为媒呗。确切地说，是电视为媒……”燕琼笑着说，抛给他一个妩媚的眼神。

“电视为媒？越说越让我糊涂了。”山子说。

“哈哈，警察先生，你也有糊涂的时候哩。听我解释，你就慢慢明白了。”

其实，谢燕琼心里有个藏了好久好久的秘密，一直没告诉山子。

一年前，一次谢燕琼偶然看电视节目“城市风采”时，谢燕琼在电视上见到了节目的主人公——交警山子的英武形象，而且，从山子讲话的口音中，听出他是江西人，于是就记住了他。

此后，谢燕琼打听清楚了山子值勤的地段，就想找机会认识他。

有一天，快到下班时，谢燕琼又骑着摩托车路过那个交警岗。刚好，山子已经到换班时间了。远远地，她看见山子向同事履行完交接班手续后，从岗亭这边向街边走去。她不知道他要干什么，就不由自主地停下摩托车，静静地看着他。只见山子过了街，走向一个摆摊卖橘子的老大娘面前，把老大娘的半篮橘子全买下了，并且给了大娘一百元钱，还硬是不让她给找零钱。

老大娘走了后，有路人就问山子这么爱吃橘子呀！山子摇摇头说："不爱吃也得吃，橘子的营养，比老年人的日子强多了吧。我注意到这个满头花白头发的大娘，在对面摆卖橘子半天了，天这么凉，我帮她全买了，她就可以回家了。"当时，在旁边默默地把这一切都看在眼里的谢燕琼，对这个市民们十分崇敬的交警山子，有了说不清的心思。往后，随着时间的推移，这份心思越来越重了。终于，有一天，她就暗暗用上心计了，碰到山子时，多次故意超速行车。这不，爱情的超速，终于达到了理想的彼岸。

"啊，原来我上当了。我上了美女温柔的圈套的大当了……不过，能娶到一个你这么能干的大美女，我不知是几辈子修来的福……"山子幸福地笑着、说着，豪爽地把两杯罚酒，咣当咣当喝了下去。

美人有踪剑无情

一

林升回到“望月客栈”的时候，余思安正好斟满了第三杯酒。

见林升走进来，余思安将端起的酒杯又放下，他一边往另一个杯子里斟酒一边问：“情况怎么样？有消息吗?”林升看了余思安一眼，没有吭声，他走过去在余思安对面坐下，接过他递来的一杯酒一口饮下，才低沉着声音说：“唉！和你一样，也是白费精神！”

“我跑了十几条大街二十多条小巷，见了当差模样的小爷们就打躬作揖小心打听，可是，他们除了摇摇脑袋瓜子，便什么话也没有，像得了摆头疯！消息可真难探啊。”余思安愤愤然道。

林升叹口气：“兄弟，世事已是如此，我们不受折腾谁受折腾？不过，世上无难事，只怕有心人。今天不行，有明天，咱们总会把这事弄个水落石出的。”

“林大哥。”余思安诚恳地对林升拱手一揖，“十天半月的我倒无所谓，只是连累你，天天与我奔波忙碌，叫我怎么过意得去呢？”

“兄弟，往后别再跟我客气了。在这种时候，你我就如亲兄弟一样，你的事就是我的事，何必要分彼此呀！”

两人正说着话，店家又添上了新的酒菜。余思安又叹了一口气，大口地喝酒。林升望着这个越来越消瘦的同伴，就劝他多吃菜少喝酒，可只能借酒消愁的余思安，哪里吃得下？

正在这时，门外走过一个骑马的阔少，后面跟着三个小跑的仆人。一看，就不是一般人家出身。那阔少爷不停地转身拿马鞭抽打着仆人，叫喊着“快点，快点”。

“真可恶，让我来收拾他。也许还能从他身上探到点消息。”余思安狠瞪了一下门外，把酒杯往桌子上一蹾，就要出门去。

林升一把拉住余思安，轻声道：“别惹事！”

余思安只好坐下。他望着对面门庭若市的王员外家的大门，突然说：“林大哥，如果那一次那顶花轿里真坐着我姐姐，我现在恐怕早已救出姐姐，去过另外一种生活了。”

“唉！很难说。”林升叹了一口气，眼前不由又浮现出十天前的那幕情景。

那天，抚州聚来乐酒楼食客寥寥。三个年过半百的老头，正凑在一起聊着趣事。突然，楼下街道上传来一阵厮杀打斗声。正在听三个老人闲谈的林升向窗外一望，只见街道上有一队迎亲的人马，被人冲散了。一位身穿绿袍的二十余岁的青年小伙，正与那伙家丁模样的人打斗，绿袍青年左冲右突，直向花轿奔赴而去。花轿旁边一个骑马的中年男人边退边指挥手下人：“拦住他！拼命拦住他！快请陆捕头、张拳师赶过来！”

那绿袍青年勇猛得很，剑未出鞘，已打倒了好几个家丁，眼看他将要冲到新娘的花轿身边了，突然一声大喝，一个长着张飞胡子的大汉，挥舞着一柄大刀从天而降向绿袍青年袭击而来。可绿袍青年斗志昂扬，毫无惧色，拔剑与他厮杀在一起，只五六个回合，大胡子汉子的左肩就被刺了一剑。大胡子怪叫一声，接着一声长啸，立即又有两个大汉舞着刀枪，向绿袍青年冲了过来。三个人刀光剑影打成一团，对方见难以取胜绿袍青年，两个汉子边打斗边向街边退去。

就在这时，只听“呼啦”一声，从街边楼台上罩下一张大网，把绿袍青年网在里面。两个大汉趁机从两边抓住网上绳线用力一扯，绿袍青年被拉倒了。

林升暗叫一声不好，一脚踢开窗页跃落街道上。他伸手一抓，从一名家丁手中夺取一柄刀，就扑向绿袍青年。随着呼呼两声，他刀锋掠过，罩住绿袍青年的大网破裂了，林升一把拉起绿袍青年说“快走”，然后唰唰唰几刀砍退了扑上来的拦截者。随后两人用力一跃，跳出包围圈子，飞身上了房顶，两个人跳来拐去，瞬间逃出好远，林升一直把绿袍青年拉到一条僻静的街巷才停下来。

林升见后面没有追兵，将绿袍青年拉进旁边一家酒馆坐下，这才说：“兄弟，怎么这么冒失！你可知你今天冲撞的是什么人家吗？”

绿袍青年仍然神不守舍，一副愁肠百结的样子：“我管他什么人家？我只为了救我姐姐！别的一概不顾！”

林升吃了一惊：“你姐姐？你姐姐是谁啊？”

“我在街对面的茶楼上看得很清楚。随着刚才那花轿的帘门拉开，探出满面泪痕的一个姑娘的头来，我分明看到那就是我姐姐。她一定是被拐骗了，受逼迫嫁给那个臭老男人正伤心呢。”

林升说：“你错了，兄弟。你一定认错人了。你可知刚才娶亲的那个中年男人是谁吗？他是抚州通判周密大人。听说这个通判大人死了老婆，娶了一个小妾不生育，所以现在又要娶个小妾。今日那被娶的女子可是城外一个姓孙的富户人家的女子。人家可是明媒正娶呀，所以，你认错人了。刚才我见你不顾及生死安危，对那帮人大打出手，一定有什么解不开的结，我不忍心一只虎死在一群狼的手里，所以我才出手相助。如果刚才真让他们抓了去，那你可就麻烦大了。”

绿袍青年一听，惊奇地看着林升，说：“多谢大哥的好意相帮，我铭记于心！唉！不过，为了姐姐，我真的顾不了那么多了。”然后他一拳拍在桌子上。接下来，绿袍青年一边喝酒，一边将目光始终盯在窗外那棵桃树上。不一会儿，一壶酒已喝个精光。绿袍青年拿起空荡荡的酒壶正要喊店小二添酒时，林升抬起一只手放在了他肩上，说：“别喝了，酒喝得再多，也办不好事。兄弟，你有什么难办的事，也算我一份如何？”

绿袍青年认真地打量起对方，然后又摇了摇头。林升微笑着点了一下头：“壮士，怎么样，就想一个人独自难受？不想让我掺和进来凑凑热闹？”

林升一边轻拍对方肩膀一边说：“看得出，你有天大的冤仇，壮士如果信得过我，就请讲吧；如果实在不想把自己的隐私告诉别人，那就算我多事了。”

也许是林升的一番诚意打动了青年，绿袍青年将酒一口饮下，就讲了心中的苦衷。

绿袍青年叫余思安，是吉安人。一月前，他从学艺五年的九华山拜师回家后，发现父母双亲竟已去世了，唯一的一个孪生姐姐，也不见了。后来，从邻人口中得知，姐姐被江州太守强行选走送去了皇宫，听说是当作贡品进献给皇上的。姐姐被选走的那天，父母亲死死抱着女儿不放，竟遭到差役的毒打。姐姐离去的第二天夜里，母亲终于忍耐不住悲痛与伤痛的双重折磨，离开了人世，接着父亲也活活气死了。他跑到父母双亲的坟墓上去哭得天昏地暗，他击碎了一块岩石，对天盟誓，一定要救回姐姐，好在父亲的百日祭时，姐弟俩同祭双亲。他听说被选的美女已送到了京城，心里思忖，监送的车队走得可能不会远，就一路寻来。可是，到现在眼看将近一月，也不能寻到姐姐的踪影，而眼看父亲的百日祭期越来越近了。他一想到含恨去世的父母亲、苦命无踪影的姐姐，就伤感得要命。

林升听了余思安的叙说，突然，他手一探，已抽出余思安的长剑，“嚓嚓嚓”几声，将盘子里十几粒花生米劈为两半，说：“这些奸臣庸吏，不知救国，只知敬贼如父！迟早我要让他们命如此物。兄弟，现在你打算怎么办？”

余思安说：“也许姐姐已被送到京城了，我决心上临安去，纵使赴汤蹈火也在所不惜，如果救不出姐姐，我也就没脸回去向九泉下的爹娘交代了……”

林升被余思安的坚毅精神打动，他不停地在地上踱来踱去，边踱步边说：“对，救人，一定要救出人来！宁愿站着死，也不跪着生！”他把自己的包裹拿到手上，双手一抱拳说，“兄弟，在下赣州林升，也要上临安去办一件事，我虽是读书人，但也学过一些拳脚功夫，纵然我帮不上你的大忙，一路上也能为你出点小力，如何？”

余思安一下抱住林升，激动地握住他的手不放……于是，林升与余思安就结伴启程向临安赶去。到了临安，住入靠近西湖的这家望月客店里，两人每天分头四处打探消息，直到今日还是毫无音信。

沉默了许久，余思安突然说：“林兄，刚才我在街上看到两个金朝蛮子，我姐姐她们会不会已被送到金国去了？”提到金国，林升心中一沉，暗想，被选中的丽姬要是真被送到了金国，那就糟了。但他仍一口否定：“不可能。一般当作贡品的美艳女子，都还要训练乐艺技能，最快也得两个月。”

“可是，那……怎么我们现在连一点消息都没打听到呢？”

余思安越说，林升的心越沉重，不由得仰头长叹了一声。

“兄弟，我吃不下去了，出去走一走吧。”林升突然站了起来。

正在这时，门口走过几个大汉，边走边嚷：“快走哟，快走哟！刘三，快走，不然就去晚了。”“刘三，快点，去看美女咯。”“来了！来了！”随着应答，从楼上跑下来一个三十多岁的汉子，匆忙跑出门去了。

余思安心一动，眼疾手快一把拉住那个刘三说：“这位刘兄，打扰了，请问你要去何处，看什么美女啊？”

刘三显然又急又不耐烦，双手乱摇，余思安忙从怀里摸出一点散碎银子塞给刘三，说：“一点小意思，给你去喝杯酒吧。”

刘三一见银子乐了，说：“告诉你吧，我们要去西湖为相爷踩浪，那里有的是美女……”原来，相爷逢初一、十五，都要跟一班权臣在湖心亭里办舞会，由于贾相爷在湖里杀死了一位美姬，他怕美姬的冤魂从湖里上来，向他索命，所以每次舞会时，他特意组织了一帮人，驾驶船只围绕湖心亭击浪游弋驱逐冤鬼。这些击浪手，便称这种行动为看美女，因为他们确实在船上远远地能看到美女。

刘三说完，道声失陪了，转身飞奔追赶同伴去了。余思安招呼林升看看去，两个人一直尾随那伙人，出了城慢慢地沿着西湖岸边向前走去。

二

三月的天气，西湖正是春光明媚的时节。可是，林升和余思安站在湖边，一点欣赏的兴趣都没有。

天渐渐黑了下来，刚才还较为清晰的景物也模糊了。突然，湖对面那座绿树掩映着的楼阁上，亮起了灯光，从灯火辉煌中，清晰地传来了清脆的管弦乐。接着又飞来了甜美的歌声，一会儿，又是喝酒猜拳声，又是男女混唱和踏节舞蹈声。余思安一听这声音，触景生情心里更烦。他不由恨恨地向地上吐了一口唾沫道："真是朱门酒肉臭，路有冻死骨！喝了百姓血，撑死富贵人！"

"可不是？老百姓越苦，权贵老爷们越开心。"林升说。

"这些狗贼！我恨不得一剑杀了他们！"余思安怒骂一声，突然提议说，"干脆，我们潜伏到湖心亭上，假借那些老爷怕鬼的弱点，扮装成有冤屈的女鬼，抓一位权臣劫到僻静处，从他嘴巴里掏出点朝中选取美女的消息来。"林升想了一下，觉得这办法太张扬了，而且在那么多人面前一闹，弄得不好难以收场，后面的事再办就难了。

林升一指湖的对岸，说："你看，这些人白天作威作福，晚上还要秉烛夜舞,在千娇百媚的女人堆里挣扎呢！我看这样：晚上我们干脆趁他们在这儿乐着时，我们摸进当朝大权贵贾相爷的府里去，很可能会打听到一点确切的消息。"

余思安连连摇头，急忙说此举太危险了，相府护卫太多。林升说："可以一试。老话说得好，舍不得金蛋子，就打不住凤凰鸟。要冒就冒一次有把握的险，就这么定了。我们要小心谨慎，见机行事。"

三

入夜，林升与余思安换上夜行衣，潜入贾府，避开护卫的巡逻，两人在相府里转了一圈也没发现什么可探取到消息的人。他俩又摸到内院，见上房里有灯，就捅破窗纸探看，只听一个老夫人说话的声音。

"红妹，你说老爷每月初都要带人去湖区办夜舞，唱歌呀喝酒呀，这在哪儿都行呀，偏爱到西湖去乐，究竟有什么好玩的啊？"

"夫人，老爷有这种爱好，就由他去吧。"

"唉！不由他也不行呀，你看这府上，还有几个人听我的？全跟他往那儿跑了……"

林升听明白了，刚才在湖畔听到的歌咏，可能就是贾相爷一人搞的。

"走，去湖畔。"林升想到余思安刚才的提议，低声说。两人悄悄退出内院，纵身一跃，飞身上房，一起消失在夜色里。

到了湖滨，两个人边走边计议，商议过一会儿，他们如何潜上

“湖心亭”，再如何不动声色地打听到准确消息。他俩走到一棵柳树下时，突然迎面走来两个人。一个粗嗓子男人说：“……所选二十位美女，已送到了十五位，听说皇宫中只送去了八位，其他几位么，不言而明……”另一个汉子接言道：“老太爷要平分多半秋色？”

“那还用说？他可是一人之下，万人之上，要乐尽人间之乐呢！”粗嗓子说。

“还有几位呢？”

“自然要到了才能知道如何支配呗。”

两位与林升他俩擦身过时，他俩才看清是两个官吏。只听他们继续说：“刚才相爷让咱明晨领了文书启程，明晚能否把文书送到？”“尽力而为呗，办好此事，少不得咱俩的好处。”

再要往下听时，他俩已住了声。林升见这两人步履匆匆而骄横的样子，对余思安低声说：“兄弟，这两人有来头，先拿下再说。”余思安会意，两人脚下轻轻一点地，追上两个官吏，两个官吏听到身后的脚步声，也非等闲之人，知道有事，转身便先向对方攻击，岂知招数都落了空，再欲还手时，猛然只觉得头上的无翅纱帽已被人扯下捂在嘴巴上，随之，身子一晃悠，已被他人挟持在腋下了。

等两个官吏明白是怎么回事时，他们已被扔在客店的小房间里，手脚被捆得动弹不得，两柄闪着寒光的长剑指着他们的胸膛。“快说，把你们在湖边说过的话再说个明白。”

“好汉爷饶命，好汉爷息怒，我们……我们刚才没说什么，我们只是胡扯了两句……”两个官吏支吾道。

林升问：“就要让你俩说，进献金国的丽姬现在送到哪儿去了？”

“这、这，根本就没有那一回事。”两个官吏睁大眼睛结巴着说。

余思安一拍桌子道：“什么？怎么没有？到底是怎么回事？快说！”

“是、是，小人听说是……贾相爷征选的舞女……”粗嗓子官吏说，“因为，贾相爷近来身子不爽，便采用一个术士的方子，在民间选取一些绝色美女回来，为他侍寝，要采阴补阳，以延年益寿。”

“贾似道？这奸臣！祸国殃民还嫌不够，还要想出一些假公济私的鬼点子。真是死有余辜！”林升恨得牙痒痒的，恨不能一剑捅死他。他转头又问小吏道：“你俩唤何姓名？做何种职务？”

“小人张进，他叫王林，一同在相府供职。”粗嗓子答道。

林升说：“你们身为相府吏属，为何不劝阻他的荒诞行为？”

粗嗓子答道：“小人不敢。”

林升眼一瞪，说：“屁话！当官不为民做主，不如回家卖红薯。”

另一个小吏边磕头，边说：“小人知罪，小人们该死……”

林升与余思安交换了一下眼色，又说：“你们想死还是想活？”

“好汉饶命，饶命……”

“那你们快说，被征选的美女中，有一个姓余的姑娘吗？”

“小人不知。”

“真的不知，还是假的不知？快说！吉安府的姓余的姑娘现在在哪里？”余思安手一挑，用剑挑破了年纪较小官吏的腮部。年轻官吏一声惊叫，用手捂住腮部。另一个小吏则抢着说：“小人听说，其中确有一个姓余的吉安府的姑娘，入京时，她一路号啕不止，因绝食拼死，身染小病，现在，还、还、还留在镇江府调养呢……”

“说的可是实话？”

“小人句句实话，如有假话，脑壳搬家。”

听了小吏的话，余思安与林升心中暗喜：真是踏破铁鞋无觅处，得消息竟在意外时！林升拉他到隔壁，附耳道：“我想他们说的是实话，如果令姐真在镇江，我们连夜就走，定能救出她。我自有办法。”说着又附耳对余思安说了几句，余思安连连点头。然而，余思安又拉住林升的手说：“林兄，你不是说过，来临安也有事要办吗？你还没有……怎能连夜走了，那你的事……”

林升神秘一笑：“傻兄弟，救令姐难道不是我要办的紧要大事吗？！”

“林兄，我真不知如何谢你……”他激动地说，眼里泪花闪闪。

四

林、余两人又回到隔壁，对二位官吏说：“我本想饶了你们的命，可想到老百姓不答应，今天就替他们惩办了你们吧。”说着，举起了长剑。两个官吏吓得瘫软在地，哭喊道：“大爷，饶了我们的狗命吧，让我俩干啥都听你们的……”林升哼了一声，收了剑，说了一条要求，两个官吏无不答应，马上照办了……

次日黄昏，镇江府知府正在书房饮茶，忽有下人来报：“贾相爷派人来求见。”知府周星忙让人邀请。两位贾府小吏进来，双手抱拳道：“在下张进、王林见过知府大人。”接着递上一封文书和令箭。

周知府看过文书后，对张、王二位来使说："既然是贾丞相有令让二位前来迎接这位美姬，那就交由二位劳神护送，为本府也去了一件心事和一份责任。"说完，周知府向旁边一位官差道："来人，为二位来使准备一桌酒饭。"

可是，张、王二位拱手说："多谢好意。不过，因为我等重任在肩，时间紧迫，饭菜招待就免了，请知府大人立即准备美姬启程事宜。"

"也罢，本府就不勉强了。"周知府只好命人去备了一辆马车，请出美姬，让二位来使带走了。

张王二位小吏护卫着轿车出了城门，刚走了两里路，就击昏了赶车的车夫，将马车向旁边的树林里赶去。到了树林深处，张、王二位小吏跳下马，拉开轿车帘子，一把把车中的美姬拉了出来。美姬以为他们要行不轨之事，惊恐万状，边后退边说："你们要、要……要干什么？"

张进往前走了一步，一把扯去头上的纱帽，说："干什么？我们是特意来接你的呀！"

王林也迅速取下帽子，扯掉嘴唇上的胡须，说："别怕！丽嫒！你好好地看看我们是什么人？"美姬闻声一看，吃惊地叫喊道："林升哥，怎么会是你们啊？"她一下扑过去，拉住面前二人的手，泪流满面。其实，这两个小吏是林升与余思安化装而成的。那封文书，是他俩让张、王二位官吏，仿照贾丞相的笔迹伪造的。

这时，余思安吃惊地问道："林兄，原来你早就认识我姐姐呀？"林升笑眯眯地说："当然，不但认识，还熟得很哟！相识两年，我们早已是知己旧交了。"

林升说得的确是大实话。因为，林升与余思安远嫁异地的姑妈家是近邻，由于余思安的姑妈没有女儿，就常接余丽嫒去她家住，把她当女儿看待。有一回，余丽嫒在姑妈家一住就是三年，结识了少年英俊的林升，成了无话不谈的好朋友。

后来，余思安的母亲身体不好，余丽嫒为了陪伴母亲，就很少来姑妈家了。但是林升一直无法忘怀余丽嫒，他暗中打算找个时机托人去向余丽嫒求亲，但父亲已一意孤行为他订好了富户家的女儿为未婚妻，并于上月为他张罗成亲的事。林升心中不爽，就提前几天离开家走了。他逃婚后，找到余丽嫒的家乡，才知道丽嫒一家已家破人亡，就忧郁地往北一路行走，不想在半路上竟巧遇到了余思安，便与他结成了殊途同归的救人“队伍”。

五

三位故人终于团聚，正在叙说离情别绪，忽闻旁边有人一声大喝：“果然如老爷所料，是冒牌货。两个贼人休走！”

随着话音，两匹快马飞奔而来，马上的两位捕头各举刀枪，分别向林升与余思安砍了上来……原来，林升他俩押着马车走后，周知府见两人行色匆匆，怕有假，以防万一，就派出四个武功高强的捕头跟踪查看。四个捕头跟到城外，沿官道走了三四里路，不见马车的影子，就明白是怎么回事了，于是，马上返回城郊一带搜索，果真发现了林升他们。

其实这是一条奸计，周知府的一条一箭双雕的奸计：因为这些天的相处,周知府也被余丽嫒的美色迷住了,起了歪心。他明明怀疑这两个使者的身份，却让他们把人带走，然后派亲信捕头追去城郊杀掉他们，夺回美人，一可自己享用，二又可嫁祸于来使身上，就推诿是他们把美人拐走了。

这时，林升与余思安见有人追杀，跃起拔剑迎上去，十几个回合后，余思安就将一个捕头击落马下。另一个捕头一见心慌了，立即转头打声呼哨，眨眼间，又是两个骑马的武士冲杀过来，这两个后来者见余思安武功高强，斗了三十回合还胜不了，其中一人摸出两枚飞镖向余思安打来，余思安侧头都躲过了，这家伙又摸出第三支飞镖，迅猛打过来，余思安刚用长剑荡开飞镖，发镖者忽然“啊”的一声叫，胸部中了一支匕首，栽下马去。

余思安一怔，岂料旁边另一个对手也叫了一声：他胸部也中了一支匕首，嗯的一声栽落马下了。

余思安以为是林升暗中帮他。可掉头一看，林升与对手正在恶战呢。余思安刚要去帮林升时，看见与林升恶斗的家伙的前马腿忽然也中了一飞刀，马受疼一跳，那人一分心，被林升飞起一剑也刺落马下了。

余思安仰头高叫：“何方义士相帮？请出来受我一拜。”话音刚落，从五丈高的树上飞下一个人。

那人身轻如燕，落地叫道：“师兄！小妹在此等你们半天了。”

余思安惊呼起来：“红妹！怎么是你？”

“对，是我。你下山后，师父说你初次下山走江湖，不放心，便派我一路暗中跟随于你。这些天你的经历和行踪，全在我的掌握之中。你到临安后，我为了帮你早日达成愿望，就扮成卖身丫头混进了贾府……”

“红妹，谢谢你！我做梦也想不到你也下山了。”

“不谢。大家陪着你，不都是同一个心愿和目标吗？好了，事情总算成功了，快走。我估计那贾似道老奸贼，现已遭到报应了，我们赶快撤，越快越好。”

余思安没听明白，便问道：“贾似道老奸贼，现已遭到什么报应了？”

“他中了我的计了……”红妹对大家简要地一说缘故，林升竖起大拇指说：“高，红妹，你实在是高人啊！”

于是，他们四人弃掉马车，骑上马，立即离开了这是非之地……

次日夜晚，在临安城里的丞相府中，贾似道派去迎接美姬的人空手而归，正向贾相爷汇报美姬被张进与王林两人接走已不知去向，相爷正大发雷霆大骂张、王二人时，在临安西湖畔的客店里，被林升塞住嘴巴绑腿捆脚地挨了两日一夜的张进、王林，被人找回来了。

二位小吏对贾相爷哭诉了遭遇，不但未得到同情，还被贾相爷令人各打了他们一顿大板子。一同回来的那位小吏，把从客店墙上抄下的一首诗送给贾相爷过目，题诗写道：

山外青山楼外楼，西湖歌舞几时休？暖风熏得游人醉，直把杭州作汴州！

醉生梦死权贵事，玩尽丽姬才白头！金王贡品私享物，放还民间解民忧！

落款是：林升题。

贾似道看完留言诗，明白了事情真相，知道事已败露于天下，气得几把撕烂诗稿，拍案怒吼："混账！给我抓……"一语未尽，头一歪，昏了过去。

众人蜂拥而上，细看，贾相已口吐鲜血昏死过去，形同毙命。

这是红妹的功劳。因为红妹觉得除去奸相的时机到了，就去过湖畔客栈，悄悄在两个小吏的身旁，放了两张刷过剧烈毒粉的白纸。两个小吏得救后，就用它们抄写了诗句，拿给贾丞相看，贾丞相看时，诗笺纸张因为太软，手一动，便自己折合起来，贾相就几次用手指蘸了唾液去抚平它。这种毒，是红妹祖传的秘方，毒一入口，就迅速溶入血液，再一恼怒，就如火上泼油，立即毒素攻心，嘴眼歪斜，口不能言。

过了不久，家里人陪同贾贼去香积寺接受一位高僧的治疗时，在木棉庵处遭遇到一伙仇家的袭击，他一受惊吓，肝胆俱裂，瞬间毙命。

特殊礼物

陈浩东是一家制衣厂的一名针车组的组长，女友何婷是同一家制衣厂的质量检验员。两个人在广东打工五年了，痴心相恋也有四年多了，因为老是忙，就一直没顾得上举行婚礼。好在年轻人都不讲究。这不，最近他俩趁着浩东父亲摔伤了腿回家探望的机会，在母亲的唠叨和督促下，随便拣了个日子要在老家摆酒宴，举办婚礼，酬谢关心他们婚事的亲朋好友。

婚礼就在今天。早晨，迎亲队伍都要出发了，陈浩东的妈妈赶过来说："儿子，按照我们乡里的习俗，新媳妇进门越早越好，所以呀，你要在两点前把何婷迎进家门。"

"行行行。妈，您就放心吧。这都什么年代了，还讲究这种说法？不过，为了让您老人家高兴，我们两点前一定赶回来。"陈浩东笑着答应，随后带了迎亲队伍骑着摩托车出发了。

陈浩东带着迎亲摩托车队一路进军到邻镇的何婷家，岳父家的酒宴已开了一轮了。陈浩东一进岳父家门，一伙伴娘就嘻嘻哈哈走来，把他扯进了何婷的闺房，给他别上一朵大红花，然后将他与浓妆艳抹的新娘何婷一同推出门去，让他们给正吃酒宴的人敬酒。伴娘们规定说：“新郎官，你每给席上一个客人敬酒，都要先与新娘亲一个，然后劝客人饮酒，如果客人不饮，就连续亲吻新娘，再劝客人，直至客人饮下这杯酒为止。”

陈浩东知道这是伴娘们故意难为他跟何婷，和他们开玩笑，可作为新人，这一天就要让客人高兴，没有什么可讲的。他就这样一桌连着一桌地劝下去。好不容易，这一轮酒宴的亲友敬完了，陈浩东坐下刚想休息一下，下一轮酒席又开始了，伴娘们又把陈浩东拉了过去，往何婷面前一推，他只得又去给刚开始吃酒宴的客人一个个敬酒。

等这一轮敬完，他也觉得有些饿了，正好这一轮酒席结束了，他就招呼跟他一同来迎亲的一帮兄弟们入席吃喝，可这一帮迎亲兄弟们也不安宁，非要让陈浩东拉何婷过来一同敬酒，每敬他们一杯酒，新郎也得亲吻新娘一下，这样折腾了几十分钟，这轮酒席散时，陈浩东也没吃上几口菜。

散席下来，陈浩东一看时间，十二点半了，他忙催促迎亲的一帮人加快速度收拾东西，节省时间准备启程。

一点钟，一切就绪，新郎新娘带头出发了。十二辆摩托车，加上何婷娘家雇来的一辆装运嫁妆的双排座货车，长长的车队浩浩荡荡地向陈浩东家开去。车队到了陈浩东家的南亚村时，陈浩东一看表，一点五十分，没有超过母亲所说的时间，心里很高兴。这时，陈浩东突然想，这阵子家里喜客盈门，这些摩托车开回去，门上肯定没地方放，还不如把车子放到自家旁边表弟家门前的麦场上。打定主意，他下车说：“弟兄们，我们把车子放到这里更省事些。”

陈浩东就在前面引头，接过一辆摩托车，向表弟的门口推去。

突然，“汪汪汪汪”的几声狗吠，表弟家的大白狗从一边直奔了过来。平时陈浩东常来表弟家，这狗根本不咬他的，陈浩东就向白狗瞪眼说：“大白狗，连我都不认识了吗？快卧一边去！”可白狗好像不认识他似的，又汪汪汪叫个不停，见他不退缩，还继续向门口走，又是“汪”的一声猛吼，一下扑上去就朝他小腿上咬了一口，然后扭头就跑了。

陈浩东本想去撵狗，却疼得哎哟一声，一下跌坐在地上。跟在身边的一位亲戚忙上来扶他，发现陈浩东的裤子被狗撕破了，挽起他的裤腿，发现他的腿被狗咬了一个口子，还不停地在滴血呢。

一个上年纪的亲戚说：“快快，去诊所包扎一下伤口，新人新婚之日不能流血，否则是不吉利的。”新娘闻声也从汽车里下来，她扑上去扶住陈浩东惊叫起来：“天呀！怎么把腿都咬破了？这、这可如何是好……”

“快去医院吧。”身边的亲戚再次提示。

“汪汪汪……”这时那只白狗又在一边向着众人狂吠不止，大家怕又被白狗偷袭，急忙放好摩托车，七手八脚地扶住陈浩东，匆忙往乡卫生院送去。

到了卫生院医生为陈浩东打了防疫针，并为他做了消毒包扎。新娘觉得陈浩东的裤脚破了，很不雅观，就去商场掏钱买了条新裤子，让陈浩东换上，大家这才又往村子里赶去。

走到村口，已能听到陈浩东家传来的鞭炮声和乐器鸣奏声了。突然，大家感觉到脚下的大地开始剧烈晃动，路边的电线杆也像着了魔般地在摆动。一时间，四周发出了少见的唰唰声和吱吱咯咯作响的建筑物摇晃的挣扎声。

“哇！不好了，地要翻了！”不知身边是谁这样叫了一声。当时大家还没反应过来，轰隆轰隆声响成了一片——路两旁的房子纷纷倒塌！周围尘土飞扬，飞沙走石，犹如天崩地裂。

“天啊，地震啦！”陈浩东反应过来，一把拉住新娘何婷的手，发疯似的往自家门口跑去。跑到离家门口不远的地方，陈浩东双腿一软，一下跪倒在地上：老天啊！他看到自家的三层楼房，已经成了三四米高的一堆废墟。房子前有一大群人在哭泣，有的竟呼天抢地在喊着亲人的名字。之所以这些呼唤者能脱险，是因为他们眼见快2点半了，还没见新郎新娘回来，大家按捺不住激动的心情，纷纷跑出门去，站在场院边上向村口张望，这才没被倒塌的房子掩埋。

母亲一见陈浩东回来了，扑上来拉住他的手失声痛哭：“儿啊！你终于回来了？娘以为再也见不到你了。可是，家没有了……”

陈浩东抓住母亲的手，颤抖着声音问：“妈，有多少人在房子里啊？”

“里面有十三四个人啊，包括你爹和几个没来得及跑出来的厨师……”

“爹——遇难的乡亲们——我对不起你们啊！”陈浩东嘶吼一声，扑向他家房子的废墟上，发疯般用双手扒着破砖烂瓦。他边扒边自语说：“我现在终于明白了，今天大白狗咬我一口，是结婚之日送给我的一份独特的礼物，它的这份礼物，让我耽搁了回屋的时间，从而使一部分人有幸而活了下来；可我，可我却没有悟性把这份特殊性的礼物与更多的人分享，让他们都脱险，我真没用啊……”

陈浩东扒着扒着，废墟露出了一条男人的粗腿和一个穿紫红色的衬衫的女人的胳膊，这是同村的两个乡亲。

陈浩东一激动，一下昏了过去。

三小时后，在陡峭如羊肠的山道上，有一伙扶老携幼，冒着头顶纷飞的碎石子和沙土，抬着两副担架的人群艰难地往前移动着。人群里，一个身穿显眼的新衣服却沾满了汗水及灰土的小伙子，跪在地上往上慢慢举着担架以保持平稳，他就是新郎陈浩东；旁边一个紧紧用手扶持担架上的伤员，并用耀眼的白衣裙为伤员擦拭胳膊上血水的女子，就是新娘子何婷。他们咬紧牙关，决心冒死，哪怕是爬，也要爬出震区，把幸存的乡亲们转送到山外的安全地带……

次日早晨，陈浩东一伙终于把两副担架转移到安全地带。

刚安顿好，只见一伙解放军战士排着一眼望不到头的长队跑步从身边经过。陈浩东知道是救援队开来了，他忙奔过去拦住带队的，说要帮带路进入震区。带队的犹豫了一下就答应了。陈浩东与这一队解放军，经过八个小时的徒步急行军，终于赶到了陈浩东户口所在地的汉旺镇。大家没顾得上喘口气，立即分成几组对楼塌的密集地带进行搜索营救。

“救命啊——”突然，一个苍老而虚弱的声音从陈浩东这一组搜救者身边的废墟里传出来。

大家唰地一下，像是听到命令一样，停下了动作。接着，大家一阵兴奋，立即赶过去，在发出声音的地方奋力挖掘。

终于，一个老汉的上半身被扒了出来。陈浩东双手用力又连刨带扒了一阵子，老汉终于全身脱离了危险，陈浩东一下扑上去紧紧抱住老人："爹！你终于得救了……"

老汉睁大眼睛，泪水从干涩的眼角滚出来："多谢你们……多谢，多谢。可是，孩子，我真的不是你的爹呀！"陈浩东握住老人的手说："你是我爹！你就是我爹！！因为我的亲爹腿有残疾，昨日地震发生时，他正坐在床上，也许他已去了天堂。所以，现在和将来，所有救出活着的老大伯，都是我的爹！爹！"

"爹！"身边所有的解放军战士听了陈浩东的话，异口同声地向老人叫道。

"哎！"老人声音洪亮地应了一声，接着"呜呜呜"地痛哭失声。——因为，这是人间的真爱和感恩撞击的轰鸣声！因为，这是人世间最珍贵的礼物！

顾小勇的投资项目

林森对于顾小勇的感情，那可真是没得说。

顾小勇和林森在同一家企业上班。顾小勇比林森早来这家公司一年。林森刚来时，顾小勇处处帮助他，所以林森很感激，他俩成了好朋友。虽然他俩工作都很努力，但是因为忙，没时间找他们的另一半，过了年两人都二十六岁了，还是一人吃饱，全家不饿的单身汉。

尽管林森也没有女朋友，但他说争取先给顾小勇找个女朋友，把他从光棍堆里先解放出来。免得顾小勇他妈老是打电话来催他解决个人大事。

这天下午，林森从外边回来，兴奋地告诉顾小勇："哥们，刚才我去下渡路联通公司营业部交电话费回来时，发现福来彩票发售点有位女孩长得太'绝妙'了。"

顾小勇双眼不眨地看着他："你对她'来电'啦？"林森点点头，说："要是你看到她，保证你就挪不动步了，绝对会傻站在那儿向她行注目礼，两分钟没问题。唉，那女孩呀，那个脸蛋，那腰肢，那气质，咋看咋舒服……”

“傻瓜，那你咋不找理由接近她呢？”顾小勇说。

林森咽了口唾沫，说：“我不知道用啥方法能很快打动她的心呗。再说，那女孩子个头很高，你看我一个矮墩，肯定不行。我想，你长得高大、威武，还是你去追她吧。”

顾小勇一听，眼睛一下变得贼亮：“那，我试试吧。可是，我咋去追她呢？”

林森突然心里一亮，出主意说：“买彩票。等一下下班后，我陪你去买彩票，投资二百元，一下买一百注，明天再去兑奖。售彩票的人，最喜欢别人到她的售票点买彩票，买得越多越能引起她的注意，第一印象最重要，等跟她混熟了，然后，再想法子追她。再说，你彩票买得越多越容易中奖，要是你中了奖，那……情形你可想而知……”

“行，下班后就去搞这双向投资。你可要全力帮我哟。”顾小勇说。

下班后，顾小勇叫上林森一起，先用“银联卡”取了五百元，向彩票点走。两人走到距离福来彩票点十米远的地方，林森的手机响了，他接了一下，说：“不好意思，办公室小赵问我把TM说明书放哪了，她想用一下，我得回去帮她拿，你一个人去买彩票吧。前面马上就到。”

顾小勇只好一个人向福来彩票点走去，进去一看，这个售彩票的女孩子，明眸皓齿，果然十分漂亮，他心动了，就一下买了一百五十注彩票，还拐弯抹角地问清了售票那女孩姓周，叫阿虹。

第三天是彩票开奖日，熬到晚上七点半，顾小勇拉上林森兴冲冲地去了福来彩票点。可是不见周小姐的人影，彩票发售机前坐着一位小伙子。顾小勇心里七上八下地将手中的一百五十注彩票，仔细地与摇奖公布栏里的数码对了一遍，发现中了二十元的奖金。

“去兑奖吧，顺便问问那小伙子，周小姐干吗去了。”在林森的催促下，顾小勇犹豫了半会儿，才向那位小伙子走去，兑奖时，结巴地问了一句：“周、周小姐怎么不在啊？”

“她？她今天有事来不了。”小伙子说。

顾小勇诧异地问：“她，她怎么了？”

“她家的孩子在幼儿园里摔了一跤，把胳膊摔伤了，陪孩子去医院了，所以，我来代她售两天票。”小伙子平静地说。

“啊？她，她家的孩子……摔伤了？”顾小勇吃惊地问。暗想，原来她结婚了。

小伙子见他发怔，就说：“你找她有别的事？”

“啊，没有……没有……”顾小勇失望得连再买十注彩票的勇气都没有了，而且，也没心思再要二十元奖金。他立马抓回那张彩票，狠狠地拉了林森一把，转身就走。弄得兑奖的小伙子瞪圆眼睛，站在那儿直发呆。

回到宿舍，顾小勇很沮丧的样子。

林森劝他：“别灰心，好事多磨，我一定给你帮忙找个漂亮的女朋友。再说，这事又不是没希望，看你失落的样子！”

顾小勇说：“人家都有孩子了，还说有希望呢。”

林森说：“据我观察，她不像结了婚的人，我敢说那孩子不是她的。”

顾小勇说：“你咋知道的？”

“我……”林森一顿，说不上来了。

第三天傍晚下班后，林森让顾小勇到福来彩票点去看看那个周小姐来了没有，也顺便把那天中奖的二十元钱兑一下。可顾小勇说不去，林森只好叹息一声。可是，刚一转身，林森说：“咦？周小姐过来了。”

“在哪里？”顾小勇忙问。林森哈哈大笑起来，顾小勇方知上当，拧了林森一把。

林森说：“看来，你对周小姐还有心思呢。这是好事。真的是好事。”

一晃过了好几天。这天下午，林森出去办事，四点半了打电话给顾小勇，说他忘了带一份文件，让他帮忙把文件送到金城路某号楼下，他在门口等着呢，顾小勇只好照办。

五分钟后，文件送到，林森让他还是沿旧路先回去。顾小勇只好往回走。

正沿街边走着，忽然听到一个小孩的哭泣声，顾小勇停下脚步，看见一个三岁左右的小孩子，在铁栅栏院子内扶住铁栅哭得很伤心，顾小勇看出这是幼儿园，但不见一个大人，走上去问：“孩子，哭什么呢？”小孩子边哭，边指了指上面说：“飞上去，下不来了。”

顾小勇发现高高的树枝叶间，有个粉红色的气球，明白是孩子的气球脱手后挂在树上了，见孩子哭得可怜巴巴的样子，顾小勇说：“别哭，叔叔帮你重买一个。”于是，很快跑到对面的小卖铺，一下给孩子买了两个气球。

顾小勇吹大气球后，交给孩子，虽然飞不起来了，但孩子看着气球好玩的样子，笑得咯咯咯的。

一个女的闻声过来说：“刚去上了个厕所，让你别乱走，晶晶你咋跑到这边来了？”原来是老师来了。

顾小勇和这个姓唐的老师正在说话，一个女子气喘吁吁地跑过来了。

顾小勇一怔，是福来彩票站的周小姐。周小姐对老师说，晶晶的爷爷奶奶去医院体检，所以她来接晶晶，可路上耽搁了一下，来晚了。

晶晶看到家长了，拉住她说：“刚才我的气球飞上树了，这位叔叔给我买了两个，看吧，多好看的小鹿啊！”

周小姐认出了顾小勇，对他连声说：“哦，是你啊！谢谢你！”

顾小勇说：“这是你的孩子？”

“不是，是我侄子。”

顾小勇听了，马上打了一下自己的嘴，可心里一阵欢喜，连连夸奖孩子长得可爱。

顾小勇一高兴就问晶晶喜爱什么玩具，晶晶说他爱电动小汽车，顾小勇一把拉住晶晶，说：“叔叔马上给你去买。”说完就到对面的小卖店，买了个小电动玩具车送给晶晶。晶晶跟顾小勇一下混得很熟。周小姐说了半会儿好话，才把晶晶领上走了。

次日下午，顾小勇下了班就往福来彩票点跑。他先把上次没兑奖的二十元中奖彩票兑了奖，又拿出来一百元，一下买了五十注彩票。由于他昨天和晶晶玩得投机，又加上买彩票积极，周小姐对他颇有好感，还给他泡了一杯好茶喝。

一周后的一天下午，吃过晚饭，林森打了一会儿电话，对顾小勇说：“听说靠近珠江边的中大广场晚上很热闹，我们去玩一下吧。”

顾小勇同意了。他俩就向中大广场走去。到了那儿，果然，卖小吃的、放风筝的、跑步锻炼身体的，人来人往，真的很热闹。

林森跟顾小勇在广场走了一会儿，当快走到几个放风筝的人身边时，林森忽然说："我肚子不舒服，你在这儿等一会儿，我去方便一下。"说完，转身就走了。

顾小勇正想找个地方坐一下，忽然，旁边有人喊叔叔，顾小勇一看，晶晶朝他跑过来。

"叔叔，快跟我来放风筝。"顾小勇被晶晶拉到了正放风筝的周小姐身边。

周小姐看见了顾小勇，两人都感到很巧，不由得相视一笑，算是打了招呼。

顾小勇陪同周小姐和晶晶玩了一个多小时，这时，他才记起林森去方便到现在还没回来呢。顾小勇就打他的手机。林森说，我肚子难受，找不到厕所，就先回到宿舍了。

顾小勇叹息一声，觉得肚子饿了，就请晶晶和周小姐到旁边的摊档上吃烧烤。

顾小勇很殷勤，要了好几串烤鸡翅、烤豆腐串，还买了两瓶啤酒、一瓶可乐。周小姐说："少要点，我们吃过晚饭了，吃不了多少，白花那钱干啥。"

顾小勇说："吃吧，吃吧，陪我吃嘛，就是吃不了，我也愿意看着你。"

周小姐莞尔一笑，顾小勇也跟着傻乐。

快11点了，他准备回家，可晶晶拉住他说，要叔叔送他回家。顾小勇只好把晶晶跟周小姐送到家门口。走了好远，他一回身，看到周小姐还在楼门口默默地注视着他。

回家后，顾小勇睡不着觉了，脑子里老是晃动周小姐的身影。

“咋了？今晚玩得高兴，睡不着觉了，失眠了？”林森好像早看出了他的心思，老是对他神秘地笑。

“就是，你有啥不服气的？”顾小勇故意这样说。

往后，顾小勇呢，到福来彩票点去买彩票买得更勤了。

一个月过去了。这天，林森对顾小勇说：“明天，是个好日子，你有什么打算？”

顾小勇不明白：“啥日子？”林森说：“周虹的生日。”

顾小勇说：“你咋知道的？”

林森笑了笑，说：“信不信由你。”他见顾小勇望着他老张大着嘴，就说，“我今天中午从周小姐门口经过，刚好听到她跟一个女孩子说，明天是她生日。所以就赶忙告诉你。”

次日下午，顾小勇下班后就忙起来。六点钟，他给周虹打电话：“周小姐，我有点事请你帮忙，八点整，我在你家楼下等你见面。”

晚上八点，周小姐出来，顾小勇真的在下面等她。

周小姐问有什么事，顾小勇说：“你跟我走，到了就知道了。绝对是好事。”

于是，周小姐就跟在顾小勇的后面，被带到了吉祥楼二楼一个雅间。一进门，顾小勇就笑着说：“周虹，祝你生日快乐！”话音一落，顾小勇按下电视遥控器，顿时，生日歌从电视机里流淌而出。周虹看到桌子上摆着生日蛋糕和蜡烛，还有酒菜，激动的泪水不住地流淌，她抓住顾小勇的手：“小勇，谢谢你，我都忘了……”然后，在他脸上快速地吻了一下。

正在这时，有人敲门，顾小勇拉开门，是林森和幼儿园的唐老师。

周虹惊喜道："哥，你怎么也来了？"

顾小勇怔怔地对周虹说："什么？他是你哥！"

林森说："怎么，只许你找女朋友，就不许她认我这个哥。不该来时，请也不来，该来的时候，不请都会来。"说着，他拉了一下唐老师，"这是我的女朋友，光明幼儿园的老师唐颖。"

这一切来得太突然，顾小勇大张着嘴，好像在问：这到底是咋回事？

原来，周虹是林森的亲妹妹，林森姑妈没有女儿，就过继了周虹。周虹在郑晶晶家当保姆。今年初，晶晶的父母开车外出出了车祸，只剩下爷爷奶奶。周虹带惯了晶晶，见他失去了父母，更是把他当自己的孩子一样疼爱，她甚至有了不找对象，要帮郑家二老带大晶晶的想法。两位老人很感动，就出资给周虹开办了个彩票销售点。林森怕她越陷越深，耽搁了青春，就给她介绍对象，可周虹老是推辞不见。

前不久，林森的姑妈患了冠心病，更是牵挂女儿的婚事，就催林森帮周虹找个好的男友。林森想，就不能将带孩子与个人婚事做到两全其美吗？于是林森瞄上了顾小勇。为了让周虹对顾小勇有好感，林森出主意让顾小勇一步步与周虹靠近，果然达到了目的。

听了林森的解释，回顾往日一幕幕情景，顾小勇抓住林森的手，不由得问："那天让我给你送资料碰上晶晶，还有到中大广场去玩，全是你花费心思有意安排的，对不对？"

林森嘿嘿一笑："算你聪明。不过，我声明，让你送资料那天，遇到晶晶和周虹，纯属巧遇，也许这是真的缘分吧。"

顾小勇感慨道：“林哥，我们有你这样的大哥，是今生的福气。只是你有女朋友的事，咋这么保密呢？”

“该亮相的时候就不保密了嘛。其实，唐颖是我的同学。”林森说完看着周虹，继续说，“因为，我想等妹妹好事成了，一起亮相，这不等到时候了吗?”

周虹看了顾小勇一眼，红着脸低下头，说：“我是看他为人实诚，又爱孩子，才……才感动的……”

顾小勇赶忙走过去，拉住周虹的手说：“放心，我是真心喜欢孩子的，以后也一样。”

智审铁公鸡

八月的天气，正是秋高气爽、碧空如洗的好季节。

午后的阳光，暖暖地照在人身上，还有点扎人。

一阵马铃声由远而近传来。三辆马车，相距一丈左右，行驶在南阳的土路上。虽然车速不快，但还有轻微的尘土向后飘荡而去。

第一辆马车旁边跟着一个骑马的年轻汉子。车里坐的人，是个中年男子，尽管已经快五十岁了，可是，他脸上肤色还是那么红润，神态颇有些霸气。

“黄大老爷，车子已经进入蔡阳地界了，如果您累了，就下车找个地方，咱歇上一会儿。”旁边骑马的男子向车里探头道。

“不用，常言说，慢走当歇哩。还是走吧。”

“遵旨！不……”这人用手捂了一下嘴，改口道，“小的遵令。”

车里的男人指了一下骑马的男子，笑了一下，说：“王春！你真是没记性，下次别说错了嘴哟。再说错，我可要敲你的脑袋瓜子了。”

“是，小的记下了。”

其实，那骑马的男子汉，根本就没有说错。这车里坐的，真的是皇帝。只是，皇帝外出不想暴露身份而已，所以让随从改口，随从叫惯了口，这才出错。

这车里的中年人是刘秀，是大汉的皇帝刘秀。

自从在南阳郡蔡阳春陵（今湖北枣阳县白水乡）一带与哥哥刘縯起兵“反莽”以来，刘秀投绿林、克宛城、走河北，剿灭王朗，收编铜马等起义军，经过一系列的统一战争，先后削平关东、陇右、西蜀等称王立帝的割据军阀，使得自新莽末年以来纷争战乱长达二十余年的中原王朝，再次归于一统。

常言说，锦衣欲还乡，风光壮身威。刘秀戎马半生，“以车上为家”，统一天下后，勤于朝政，每日必亲阅奏章，夜里还要秉烛读书，他提倡节俭，整顿吏治，薄赋税，省刑法，一心让天下老百姓过上好日子。可是，自称帝后，他一直没有回过生养他的故乡，也不知那里的人过得如何了。想起当年在南阳时，经常被王莽大军追赶的日子，心里颇不是滋味。一日，他生出了想微服扮装后，到南阳春陵一带走走的想法。刘秀把这个想法说给皇后阴丽华，阴后十分赞同。于是，刘秀挑选一班卫士，乔装打扮后，驾上三辆马车，悄悄起程了。

刘秀带着随从，从洛阳一路向南，行了多日，很快进入了新野地界。陪同刘秀南行的大臣侍中傅俊对刘秀说，皇上这次南巡，势必有事遇上，为了在必要的时候出面处理事儿，请皇上找个可以公开的身份作掩护吧。刘秀觉得傅俊的话有道理，就说：“傅俊，那你给朕找个身份吧。”

傅俊说：“皇上的身份就是皇上，您要我给再找个身份，真的是难煞臣下了。还是您自己定夺吧。”刘秀想起了他当年随从“更始帝”刘玄征战时，曾被任命为太常的官位，就说：“好吧，朕再当一回太常大人，你们从现在开始，每到一地，就称我为太常大人，就说我们是奉命到各地巡查均垦田、减赋税情况的，便于了解民情疾苦。”

这一天，刘秀他们不知不觉就进入了蔡阳地界。

刚走到蔡阳县七方镇的迎春桥头，忽听有人拦路高呼：“青天大老爷，你要为小民做主啊！”

刘秀听到有人喊冤，忙叫人停下马车，吩咐差人把喊冤人带过来。侍卫王春跳下马，很快带过来一个胡子稀疏、衣衫破旧的干瘦老头。瘦老头听说轿车上是太常大人，扑通跪倒在地，连连磕头：“太常大人，您万里青天，体恤民苦，料事如神，今天，您一定要为小民做主啊！”

刘秀说：“好了，不要尽给我戴高帽。我身为太常大人，只想为民分忧。有何冤屈，状告何事？是呈状纸还是口述，快速告知于我。”

老头说：“小人当面口述。”刘秀说：“好，你仔细讲来。”瘦老头可怜巴巴地说：“草民姓顾名春晖，一家人靠种田务菜为生，前天同村恶人赵小二的驴，吃了我家地里的葱，我失手打死了他的驴，赵小二不赔偿葱钱，反而把我痛打了一顿。昨晚，他还趁着夜色把我的春香……把我的女儿春香侮辱了，求老爷高悬明镜，为小民做主啊。”

刘秀听了老头的话，皱了一下眉，说：“老人家，你说的可是实情？”

老头说：“小人说的句句是实。不信，有我的女儿春香和侄子顾晴为证……”

老汉说到这里，转过头高叫道：“春香、晴儿，你们快来！”

话音一落，从旁边的大树后，走出一个年轻姑娘和一个农夫打扮的小伙子，他们过来跪下，各自报上名来，自称“春香”和“顾晴”。春香神情忧郁，她低着头说：“我爹说的都是实话，昨天傍晚，我从亲戚家回来，一个人刚走到村口，被赵小二从背后扑上来按倒在地，我与他厮打，他说：‘你最好放乖点，你老子打死了我的驴，你就得拿身子来抵债。’我继续反抗，他打了我几个耳光，把我脸都扇破了，最后，这个没人性的东西，就糟蹋了我……后来，我的堂兄路过，扑上来踢了赵小二一脚，他吓得放下我就逃走了……大人你看，我这儿有伤，是赵小二打的……当时我还扯下了赵小二衣服上的一块布，请勘查对照。”春香说完，取出一小块衣片布料高举在头顶，旁边的小伙子则撩起姑娘耳边长发，果然，姑娘的耳前脸颊上有铜钱大的一块伤。

这时，名叫顾晴的小伙子也说：“大人，昨晚如果不是我从那儿路过，踢伤赵小二的腿，可能他还会把春香杀人灭口呢。请大人治赵小二的罪，还我妹子一个公道。”

刘秀问道：“小伙子，当时你踢了赵小二左腿还是右腿？”

顾晴说：“是左腿。”

刘秀说：“没想到遇上了这事，今天我一定要把这个案子断个清白。”刘秀暗想，我头一回出宫微服暗访，就遇上了这样的事，看来，民间的事儿还真不少啊。他马上派人去叫来此地的亭长，并传来了赵小二。接着，刘秀听了王亭长的建议，让人带上顾春晖父女一帮人，一起到了桥边不远的“文昌庙”的院子里审理此案。

很快，王亭长把赵小二给传来了，刘秀道：“赵小二，你昨晚胆量可不小，竟敢把顾春晖的女儿春香拦在村头给糟蹋了，你可知罪？”

赵小二说：“大人，我没有啊！我跟他顾春晖虽然有了矛盾，可我没有糟蹋他的女儿呀！”

刘秀说：“没有？有春香姑娘和堂兄顾晴为证，你还能抵赖？快说，你是怎样侮辱她的？快从实招来！”

赵小二惊慌道：“太常大人，我冤枉呀！小民我真的没有干这等伤风败俗的淫秽事啊！”

顾春晖听赵小二在太常大人面前再三辩解，急了，就瞪了他一眼，说：“赵小二！你纵然是巧舌如簧，坏事既然干了，想抵赖也赖不了的，从你身上撕下的一块衣服布条儿，还在春香手里呢！”

赵小二一听，又向刘秀磕头：“太常大人，我的腿前天中午跟顾春晖吵架时，被他打伤了，昨晚我在家让老婆给我用草药水医腿伤呢。昨天晚上，我是一直在家呀！我冤枉啊。铁公鸡，你真狠啊。”

顾春晖忙说：“太常大人，别信赵小二的话，他的腿是他在侮辱我家春香时，被顾晴踢伤的，这正好说明他的罪证确凿。”顾晴也说：“大人，赵小二他想抵赖。让他说清这块衣服上的布条，是谁的？请大人当面对证。”

刘秀觉得有理，就让侍卫把那块布条与赵小二身上的衣服进行对照，结果真的发现，赵小二身上的衣服衣边处少了一块，而这片布，正巧补上那个缺口。顾春晖和侄子见此情形，异口同声地说：“赵小二，这下你怎么说？太常大人，快治赵小二的罪吧，他是个真正的流氓、坏蛋，给我家春香还一个公道。”

刘秀一听顾家爷俩这话，摆手说：“大家别急，他赵小二一直说冤枉，还说是昨晚他一直在家待着，那就让人来证实吧。看他能怎样狡辩？”

于是，刘秀就让两个侍卫去附近村里把赵小二的妻子姜氏带来了。刘秀问：“姜氏，昨晚你用的什么药？”姜氏说：“奴家用的是‘鱼腥草’熬汤，与捣烂的‘破血胆’草药混合一起涂搽的方法，给我丈夫医伤的。”

刘秀吩咐侍从道：“王春、张洪，你俩带人领着姜氏快去她家，把她熬过的药渣包回来。”王春、张洪就带上姜氏去了她家，很快把一包药渣带回来了。刘秀仔细看过，问王亭长药渣可是鱼腥草？王亭长看了一下药渣，说是的。

刘秀沉默了一会儿，突然仰起头来，说：“顾晴，你救春香具体是什么时候？”

顾晴说：“我刚吃完晚饭，觉得没事，走到村头散步的时候。”

刘秀又问被告人赵小二：“你能说出除你妻子之外，这时候谁能证明你在家吗？”赵小二说：“能，同村的周二根。他到我家寻找他家的猫，我正巧在吃饭，他跟我说：‘小二，吃饭不招呼人，手里端着猪食盆。’我就请他吃了一碗饭，之后他就走了。”

刘秀问道：“你们请他吃的什么饭？”赵小二说：“馄饨疙瘩煮青菜。”

“行了。”刘秀摆摆手，马上让侍卫去把周二根叫来。

周二根来了，跪在地上低着头，刘秀盯了他半会儿，故意不说话，周二根不知太常大老爷葫芦里卖的什么药，偷偷抬头望着太常大人说：“大人，小人我……可没干什么坏事啊！”

刘秀还是不说话，又盯了周二根几眼，周二根更被弄得莫名其妙，刘秀突然问：“周二根，昨晚你可到过赵小二家里？”

周二根说："小人到过。"

刘秀问："去干什么？"

周二根说："我去他家寻我家那只爱乱跑的猫。"

"记得准是什么时候吗？"

"记得，是吃晚饭的时候。"

"你可吃过他家的饭？"

"吃了一碗。"

"吃的什么饭？"

"青菜煮的馄饨疙瘩。"

"几时离开他家的？"

"吃过一碗饭之后，就离开了，因他家药味太浓了，我受不了。"

刘秀说："好了，周二根，你可以回家去了。"

周二根一听，给太常大人磕了几个头后，急忙爬起来就走。由于惊慌，他走了几步，差点撞到两头驴子的身上。

驴子是庙里的道人外出骑用的。这时，正拴在场院边上的桃树上。刘秀见此情形，看了顾春晖和赵小二各一眼，没再问案子了，忽然对侍卫说："王春、张洪，你们快到村子里去弄一大捆葱来。"

侍卫得令后转身去了。

过了一会儿，侍卫把一大捆葱拿来了。刘秀令公差用刀把葱切碎了装在簸箩里，抬到驴子的面前，可两头驴子只是看了几眼簸箩，就把头转到一边去，啃地上的小草了。刘秀吩咐左右说："去向道人借些料来，加在葱里，搅拌均匀。"

手下人很快弄了两瓢麸子，加进簸箩的葱里，可两头驴子只是嗅了一下，还是不吃。

刘秀叹息了一声，转向案情上来了，他说：“顾春晖，我念你年老体弱，女儿又被人侮辱，一心要给你出气讨个公道，处治那淫邪的罪人，可是，你却说起谎言来了！还有你顾晴，你说昨晚上晚饭时节，你为救堂妹，踢伤了赵小二，可刚才你也听到了，周二根证实了赵小二那时候没有出门去，说明你们隐瞒了真相，不老实说出隐情来，还需要我大刑伺候吗？”

顾春晖支吾道：“这、这个……”

刘秀拍案道：“顾春晖，老实告诉你，你的女儿春香根本没有被人侮辱，本官已经断定你们说的都是谎话。”

“大人，我女儿春香真的被赵小二报复侮辱了，有春香从他衣服上撕下来的那块布料为证呀！”顾春晖高叫道。

刘秀不急不慢地说：“衣服布片的事先不说，来人，先打顾春晖四十大板，治他欺骗本官驴吃葱一事的谎言之罪！先打完了，再说别的事儿。”

“太常大人，饶命呀！我说，小民我说实话……”顾春晖见要挨打，知道隐瞒不过了，磕头如捣蒜般说了隐情……

其实，顾春晖挺有钱的，为人也很霸道，他的外号叫“铁公鸡”。他家养有两匹马之外，还养有六头驴子，二头公驴，四头母驴。母驴子全部租赁给农夫家犁田，公驴除了偶尔租给别人拉车犁田之外，主要是为附近的庄户人家的母毛驴配种。长期以来，他家单是这一行，就赚了好多的钱。可是，从去年下半年，赵小二家从外地买了一头驴子，是个公的，他也学着顾春晖的样子，给别家的驴子配种，配一次只收很少的钱。这样就搅了顾春晖家的生意，顾春晖想把赵小二的驴子收购去，可赵小二说啥也不卖，顾春晖气得不得了，就生出了惩治赵小二的办法。那天，顾春晖看见赵小二牵驴从他家葱地边走过时，他诬赖赵小二的驴子吃了他家的葱，要赵小二赔偿五两银子，赵小二不从，他就指派儿子和几个帮工上前行凶，打了赵小二的驴，又打了赵小二一顿。

昨天，顾老头听一个到新野办事的亲戚回来说，好像太常大人巡查到了这一带。做了坏事心虚的他，害怕赵小二拦路向太常大人告状，就思考对付赵小二的计策。

顾老头想来想去，突然想起了当时跟赵小二厮打中，撕坏了赵小二的衣服。他赶紧就到那儿去寻找，果然发现了当时赵小二落下的衣片。他捡起布片来，心中大喜，一条妙计随之就成了。于是，他回家对女儿春香和堂侄子顾晴说了计策。因为春香是他抱养大的女儿，她和堂兄顾晴相好已久，为了不让顾春晖反对，能顺利嫁给顾晴，她只好与顾晴听从养父顾春晖的安排，全力配合他的这一条反败为胜的计谋。随后，顾春晖就悄悄到路边等候，等太常大人路过七方镇时，就先下手为强，装扮成穷人，前来喊冤，想让太常大人判赵小二侮辱罪而治住他，以达到报复赵小二的目的。

刘秀听了顾老头的交代，拍案道："顾春晖，可惜你聪明反被聪明误。你来一讲案情，又把女儿带来做证，我就起了疑虑。其一，按照常理，女孩子被人侮辱，悲痛欲绝，一般是不愿出头露面张扬丑事的；其二，顾晴一口说他踢伤了赵小二的左腿，按照常理，在危急时刻，又是黑暗中，救人者一般是记不清踢中了对方哪儿的。所以，本官就按正面击破的方法，先审被告人，结果，层层剥蚕抽丝，终于当堂证实被告人罪名不成立，显出原告之言有谎言。最后，本官又验了驴吃葱之事，再次当堂询问，你又是说谎话，这不是再次显露出你是蓄意诬告他人的吗？记住，善恶各有报，但等时间到。”

“太常大人，小人已知错了，请太常大人饶过小人父子三个，我愿意加倍赔偿赵小二的损失……愿意接受大人的处罚，请大人轻判……”顾春晖老头一听，一下瘫在了地上。

刘秀心想，朝廷为了弥补战乱造成的人口减少、经济衰退的损失，改变民生凋敝、百业不兴的局面，在省减刑罚的诏令中，多次宣布释放刑徒，即“见徒免为庶民”，这样一来，对广大黎民百姓是好事，可对一些胆量大的庶民，却增长了一些人刁悍的习气。既然这回让我撞上了，我就要好好处罚你一下，让你们吸取教训。

于是，刘秀对顾老汉说：“顾春晖，你听着，本官还是念你年老，就依你所言，罚银子五十两，十两赔偿赵小二作为医药费，其余四十两银子，责令你在前面这条小河上架上一座桥，洗心革面，为当地百姓做点实事。当然，罚是罚，惩是惩，本大人今天不能减少你的惩处，罚银子之外，再各自对你们父女叔侄三人责杖三十大板。”

“小民听从大人的判决，马上照办，永不再犯……”顾老汉俯首表态道。

“太常大人真是大清官啊！多谢大人为民申冤！给我们壮了胆！”赵小二和围观的群众见顾春晖服了罪，喜出望外，齐声喝彩。

后来，刘秀回到洛阳后，人们才知道刘秀来过南阳一带，于是有人想起当时他在迎春桥智惩铁公鸡的情形，就说：“光武皇帝不扰民，蔡阳专惩铁公鸡。好，好，真是好皇帝啊！”

一笔写不出两个刘

一

刘刚跟妻子玉芳结婚五年来，日子一向是顺风顺水的，可没想到，最近却让他经历了一场“后院起火式”的惊吓。说确切点，是妻子那天傍晚的行动，让他狠狠地吃了一惊。

刘刚是大学毕业后，从内地到沿海特区打工的，因为他有文凭又年轻，所以在一家条件很不错的公司做着业务主管的工作。妻子邓玉芳运气也不错，在一家文化公司里做出纳员。两口子收入较好，在一个小区买了一套二手房，舒畅地住着两室一厅的房子。通常情况下，玉芳下班早半小时，所以她担负着长期做饭的“重要”任务。

那一天下午，下班已过半小时了，刘刚回家，打开电视机看了一阵星空频道的娱乐节目，还不见妻子到家。刘刚还想等一下，再摊开宣纸照例练上一阵书法，可咕咕叫的肚子已提出了抗议，他不得不关了电视机，起身做饭。洗菜、切菜、淘米、炒煮，搞得他这个生手手忙脚乱。

煎鸡蛋时，吃惯了现成饭菜的刘刚，不知道调味品是先放进鸡蛋里再煎呢，还是煎熟了再放进锅里。

这时，门开了，妻子玉芳匆匆而归。刘刚心里高兴，正想喊妻子快来救驾时，玉芳却边向卧室走边对他说：“刘刚，饭菜做好后，你先吃吧，我还有事，要出去一趟。”

真是活见鬼了！他心里嘀咕了一句。这时，只听见妻子开柜子翻东西，刘刚正想进去看看，无奈身负重任，锅里正煎着鸡蛋饼，已开始冒着淡淡的青烟了，哪能离身？等他盛出蛋饼正往碗里装时，玉芳已经匆匆出门去了。

天啊！这到底是怎么回事？有什么重要事，让她连家也顾不上归，饭也顾不上吃？出去看看究竟是怎么回事？！如今这年代，意料不到的事太多了！可不是，不久前，自己的一个朋友祥的老婆，就经常对丈夫说晚上去单位加班，朋友祥信以为真，后来，一个偶然的机会，祥才目睹，原来，妻子每晚竟在她一个老同学的怀抱里“加班”呢！

刘刚一边这样想，一边慌忙把几碟菜扣在锅里，就赶紧追出了门去。他确信今天肯定情况有点特殊。尽管“前追后撵，错路不远”，可由于刘刚东张西望，寻寻觅觅，到底没能跟上妻子。

“走中山路去瞧瞧，她上下班经常走那一段路！”刘刚对自己说。

拐过两条街，刘刚走到与中山路相交的十字路口时，果然目标出现了：只见街边的花池边，妻子玉芳正与一个三十多岁的男人面对面站着。刘刚脑子里嗡地响了一声。心跳加快了，忙隐藏到旁边的一丛绿化树后，密切注意目标的发展情况。他用敌视的目光注视着那边，见妻子正向那男人的手中塞着什么东西。那男人衣衫有些破旧，形容略显枯槁，旁边还站着一个四五岁的小男孩和一小女孩。

玉芳说：“志祥哥，拿着吧，这是五百元钱和两件T恤衫。要不是你下午在街上向行人乞讨，引起我的注意，认出你来，我还不知道你们也在这个城市，而且还落了难。你们先去吃点东西，再找个地方歇着，明天领着孩子回家乡吧。你说嫂子狠心与包工头私奔了，而且包工头走时，还卷走了你们建筑工人们的半年工钱，这都是早有预谋，你就是待在这里，人海茫茫，既找不到人也要不到工钱，苦了孩子们啊……我本想让你们到我家住几天，一是我太忙，二是刘刚这两三天不在家，也不方便，所以只好……听我一句劝，你无论如何得把两个孩子送回老家去……”

听到玉芳这样说，刘刚突然心一跳，再仔细把那男人打量了一下，心又突突地跳起来。原来，这男人正是自己老家的堂哥刘志祥！看着眼前这个一身脏兮兮，满面愁容，也来城里打工的堂哥，往事如家乡早晨的炊烟一样，便悠悠地浮现在刘刚的脑海里。

那是十多年前的一个夏季，一连半个月赤日炎炎，家乡十分干旱，稻田都快要干裂枯萎了。有一天傍晚，相邻的另一个乡下了一场大雨，那里的池塘和水库都蓄上了水，便支援刘刚他们这个乡，让他们开塘放水救庄稼。水来时，十五岁的刘刚抢先把水渠里的水拦到他家的稻田，就回家吃饭了。可是过了一小时，刘刚去看水，却发现自家的稻田的入口被人堵住了，渠水又被堂哥拦到他们田里去了。刘刚下到自家田里，发现他家田里还是干的。“这也太过分了吧……”他嘟哝了几句，又把水拦了过来。这时堂哥来了，一见这样，眼一瞪，不吭一声又用锄头把水拦截到他们田里。刘刚生气了，就边嚷嚷边回家去，准备把这事告诉父亲。他走到家门口时，刚好堂哥家的一只鸡，在脚前抢食吃，刘刚有气，就用锄头去撵鸡，不想手重了点，锄头一摆，一下把鸡给敲死了。堂哥回来后，得知他家的鸡被刘刚敲死了，就赌气追到刘刚家门口，把刘刚家的一只鸭打死了。从此两家人结为死敌，老死不相往来……

想起这些往事，听了妻子刚才对堂哥说的话，刘刚一下子明白了，明白妻子的无奈举动，也明白了她那颗善良而敏感的心。

噢！弄了半天，原来是这么回事，妻子是瞒着我，想化干戈为玉帛啊！他想，都是过去的事了，人不能老是活在过去的岁月里。何况，堂哥在打工途中，遭受了这样的不幸，流浪的人儿心悲凉呀！玉芳啊！你就是把事情说明，我也不会责怪你、阻挡你助人为乐的举动的嘛！毕竟，我们都是在异乡打工的人，都是刘家的后代啊！想到这里，刘刚从绿化树后面走了出来，叫声“祥哥”，向落难的堂哥走去……

刘刚将堂哥刘志祥与两个孩子，接到家里住了两天，给他们一人买了一身新衣服。随后堂哥在刘刚的劝说下，送两个孩子回老家去了。堂哥走时，刘刚又塞给他五百元，说：“祥哥，你放心地送孩子们走吧，回去把孩子们安顿好，再来我这儿，城里相对于乡下来说，好赚钱。等你回来后，我在这边为你找份工作，另外就是留心嫂子的行踪，把她找回来。两个孩子不能没有妈呀。”

二

堂哥走后的次日，刘刚就受公司的委派去外地出差了。时间一晃就过去了半个月，刘刚还没办完事回来。这些日子，妻子玉芳因工作忙，就把儿子涛涛全托在了幼儿园里。

这天下午，玉芳去银行办理财务手续，因为到了月底，银行里客户太多，队排得像一条长龙。时间在一分一秒地过去，队伍也在一点点地缩短。等她在柜台办妥当了手续，抬头一看钟表，五点过了几分钟了，离下班还有二十多分钟了。玉芳想回单位去，又怕路上搭公交车堵车，时间不够，反正到单位也下班了，就没回单位去，直接搭车回家来了。

进门后，玉芳小心地把包放好，喝了一杯水，正想坐下休息一下，再做晚饭。这时，门铃响了，她以为是丈夫回来了，应了一声，就去开了门。

“是刘刚吗？亲爱的，你可终于回来了？”玉芳欢声道。

门拉开了。可门外站着的，不是刘刚，而是两个中年男人。其中一个高个子男人向玉芳点点头，满面笑容，说：“这位女士，不好意思，打扰您一下。我们两人来找亲戚，他们就住在你们楼上805房。俺俩等了两小时了，还没见他们回来。我们想打个电话问问他们啥时回来，可我们的手机没电了，又口渴难忍，我想借您的手机打个电话，再讨口水喝，求您行个方便。”

玉芳分别打量了两个男人两眼，见他们一脸焦急的样子，善良的玉芳，不能说不字，嘴一动，说：“好吧。”就让这两个男人进了门，然后把手机递给了高个子男人。

玉芳招呼这两人到沙发上坐下，正要给他们倒水，却见高个子男人把手机关掉，很快装进了他的口袋；同时，跟在后面的矮男人，“哐”的一声把门关了，又上了门闩。紧接着，矮个男人迅速掏出一把水果刀，扑上来一把抓住玉芳的肩膀，低沉声音道：“不准叫喊，快把你家里的钞票全交出来！别不老实，我们已跟踪你几个小时了。快点！”

事发突然。玉芳猛吃了一惊，蓦然醒悟，今天我遇上歹人了！原来他们是打劫的！难怪他们未进门就要我的手机，原来早有预谋，早有策划，要控制我与外界的通信联络呢！

玉芳心一急，眼泪就出来了。“这些歹人啊，真是太狡猾了！”玉芳这样想着，她脑海里就闪现出了下午背回来的包，以及装在包里刚刚取回的三万元。那可是公款啊！可不能出一点事啊！一想到三万元，她就有点紧张了，本想镇定自己，可一张嘴，还是结巴着，她说：“你们、别、别乱来，这栋楼里住的人多，你们这样做，会被抓，会坐牢的……”

矮个男人把刀子在玉芳面前晃了晃：“少啰唆！你不给，我们就自己拿！”说完，朝高个子头一摆：“满屋里搜！”

高个子就去搜。先翻沙发，后揭床铺，接着床头柜，地上扔满了勤练书法的刘刚写的字，连电脑台下面的抽屉也不放过。可满屋子搜了一通，只在写字台抽屉里，找到了几十元零钱，却没见到玉芳背回来的黄色挎包。“那可是中心目标啊！藏哪儿去了？”

眼看要煮熟的鸭子怎能让它飞了，两个家伙哪能罢休。矮个子男人就把玉芳的双手绑在椅子扶手上，逼她快说下午取回的现钱，藏在哪里？

玉芳干脆闭上眼睛，不说话。

“真的跟我对着干？鲁智深落草二龙山，都是让人给逼的！老子让你犟！”高个男人气得打了她两耳光，把她的嘴角扇出血来，疼得她泪水横溢。

“你们这样做，是犯法！快放开我，放开我！”玉芳高声反抗。

“犯法？！到了此时，哥们儿顾不上了。要叫哥们儿不犯法，你就配合点儿。”

“哼！要我配合，做梦去吧。你们咋不心软点啊？”

见她还不屈服，矮个男人把明晃晃的刀子又晃晃，他要给玉芳点儿颜色看看。他知道女人最看重的是什么，那就挑重要的东西动一动吧。他拿刀子在玉芳脸前比画着，说要划烂她的脸皮，让她付出点代价。

“哼哼！你真牛啊！不愿配合，那好，对不起了……”矮个男人慢慢举起了刀子。

“叮咚——叮咚——”就在这时，门铃响了。

听见门铃响，玉芳正想大喊，以警示外面的人发觉后而报警。矮个男人却一把捂住了她的嘴。

“叮咚——叮咚——”门铃又响了，两个歹徒对望了一眼，高男人向矮男人示意别吭声。

好像外面的人挺难缠的，坚信屋子里有人似的。“叮咚——叮咚——”门铃又响起了第三遍。高个男人见门铃很固执地响着，搞得他们很烦，就轻手轻脚地一下拉开了门，门外兴冲冲地走进来一个男子。

“玉芳！玉芳！你在家啊——”进来的人，竟然是前几天回老家送孩子去，现在返回到城来的堂哥刘志祥。

三

刘志祥刚进门，门又被高个男人关上了。刘志祥还没站稳身子，高个男人就从背后扑了上来。刘志祥预感到了什么，猛然转身往旁边一闪，高个子男人扑了空，手中举起的一只花盆叮当一声掉到地上，碎了！刘志祥惊出了一身汗，也发现了被捆住的玉芳。他暗想，难怪屋内有灯光，可门铃响了好久不开门，原来，屋子里有“狼”啊！情急中，刘志祥从身上的背包中摸出一支手枪，对准高个子男人：“不准动！我是便衣警察！”

出人意料，高个子男人吓了一跳，急忙逃到矮个儿男人身边。两个人相互看看，知道事情麻烦了，两个歹徒一左一右，快速地一起扯住玉芳的双肩，威胁刘志祥：“把枪放下！否则，我们杀了她！”

刘志祥眼一瞪：“不许胡来。你们先放了人质！不然，有你们好受的！”

“对不住了，这是你逼我们的。”可两个歹徒不松手，还扯着玉芳向门口移来。“现在有两条路，要么你放了我们，要么，我们杀了她。”

刘志祥又大喝一声：“你俩聋了？放开人质！”可两个歹徒狞笑

道："给你说过了，你别逼我们。若想这娘儿们没事，快放我们出门。不然，这刀子不长眼睛……"

刘志祥见两个歹徒已经移到了门边，忽然大喝一声："站住！"随即手往包里摸去，他一下掏出一样东西来，手一挥。呼的一声，只见一块黑东西飞了出去，高个子应声倒下。

矮个男人见此情形，害怕了，就用刀子抵住玉芳的胸部，另一只手去开房门。刘志祥又往包里摸了一次，只见他手一扬，矮个子男人也哎呀一声，倒在了地上。

玉芳虽然摆脱了歹徒的控制，却因为紧张，又受到惊吓，晕死过去……

几分钟后，警察和120急救车先后赶来了，当警察把被刘志祥捆住双手的两个歹徒铐上后，赞许地对刘志祥说："做得好！一个人对付两个歹徒还这么轻松，手段不错嘛！"

刘志祥憨笑了一下，说："这、这叫人急生智。当时，面对歹人，我还真有点措手不及呢。那明晃晃的刀子乱挥，一急，我就想到，这时有枪多好，于是，我想到了包里的东西。我用路上给侄子买的玩具手枪没吓住两个歹人，就把从老家带来的两个上等砚台，扔了出去，真可惜啊，两个混蛋，我把带了几千里路的砚台，给报废了。"

看来，凡事都有因果关系吧。这次刘志祥回老家，安排好事情后，走的时候，他想给堂弟带点东西。可他想想，生活在城里，啥都有，他不知道给堂弟带点什么东西好。后来，他赶集时，见集市上有摆摊卖古董的，他就围观，发现有砚台，心里一亮，就买下两块子母砚台，专门给爱好书法的堂弟刘刚带来了。可没想到兴冲冲的刘志祥一进门，却是那样的情形，当时为了救弟妹玉芳，他就把两个砚台当武器扔了出去，击昏了歹徒。要知道，刘志祥这两年一直在建筑工地上干活，很多时候，他干着往脚手架子上抛砖头的活儿，他在下面抛，架子上面一个人配合着用手接，为了准确，一般上面接的人要求下面抛的人，把砖头往他的眉心处抛。接砖头的人，头一偏，顺手一捞，就把砖头接住了。这种递料法，又稳当又不费力。刘志祥抛了两年砖头，不知不觉，早练出奇特功夫来了。所以，当砚台往歹徒眉心处飞去时，又稳又有力，一下就击昏了他们。

四

玉芳被送进医院后，住了一天一夜，就恢复了体力。她刚出院回到家里，得到消息的刘刚就从外地赶回来了。

“志祥哥，玉芳能够险中求安，这回可全是你的功劳啊！太谢谢你了！”当他得知是堂哥在危急时不顾个人安危救了玉芳，并且保住了妻子藏在冰箱底层的三万元后，紧紧抓住堂哥的手，称谢不已。

刘志祥说：“如果再说谢字就见外了。自己人还客气什么啊？！咱们谁和谁呀？一笔写不出两个‘刘’字嘛！”

这次，堂哥大显身手的事，被市报社的一位记者知道了，记者上门采访了刘志祥，并在报上做了报道，刘志祥很风光地出了一回名。

因为有报纸的宣传报道，堂哥的身份提高了，过了两天，刘刚很快在丽景花园住宅区给堂哥找了份在物业公司做物管员的工作。帮堂哥安顿好住处，办好了上班的手续，兄弟俩去街头餐馆吃了一顿便饭。分手时，刘刚把一个信封掏了出来。“这是一千元，上回买砚台你也破了费，这钱你就当这些天的生活费吧。”因为刘刚仍旧过意不去的是堂哥花了六百元，在老家为他买的两个砚台，虽然打破了，不能用了，可心意已收，他知道堂哥手头不宽裕，便把提前准备好的装着一千元钱的信封，塞给堂哥。

可堂哥脸一黑，说：“你这样做，这不是俗气了吗？我在这里上班，不是包吃住吗？再要这样，我就不去你家了。快把钱收起来。”两个人像打架一样，互相拉扯，最后堂哥硬将钱塞回给了刘刚。

刘刚怔了怔，只好把钱收起来，心想，也罢，再过一星期就是堂哥的生日了，他决定等堂哥生日时，好好为他在“火锅城”包一桌子，庆贺一次，再抓紧时间帮他把老婆找到。

刘刚把帮堂哥找老婆的事，认真地放在心上，见了认识的人，就请他们帮忙打听堂嫂的消息。现在，他的期望就是，他想让哥嫂早日团圆。

堂哥生日的这天上午，刘刚急切地找到堂哥，急慌慌地说：“快请个假，跟我快走。”

刘志祥不明所以，忙问：“出啥事了？”

刘刚说：“嫂子有踪影了。”

“啊？真的？”

“我也是突然之间知道的。”刘刚就详细地说了原因。

其实，上次采访刘志祥的那位记者，叫王松，是刘刚大学的同学。昨天，刘刚与他又见面了，王松告诉刘刚一件事，说在本省梨城市，有一个包工头出了车祸，因为是酒后驾车，在过一座小桥时，轿车失控，把桥护栏撞断，车就掉了下去，没入江水中，所以，只伤了人，车竟然没事。真是奇特事件。有人给报社报料后，王松奉命去采访这起车祸，见到受伤人，无意中得知与包工头同在车内受伤的那个女人，是包工头的秘书，而且，这女人是与刘刚老家同属一个县的人。“想不到，你的老乡也做起别人秘书来了。”王松觉得有趣有问题，所以，他特意把这事讲给刘刚听。

刘刚听了这事，并没在意王松的特别挖苦之意，他心中只反复琢磨着这件事，琢磨了一会儿，便多了个心眼，就问清受伤人的详细地址。之后，他反复考虑了一番，下定决心，当天就悄悄跑到梨城市那名包工头接受治疗的A医院，去暗中侦察，这才发现，那秘书，竟然是堂哥的老婆邓大妹。所以，他一赶回来，就找堂哥来了。

刘刚带上堂哥，连忙赶到了梨城市的A医院，将这一对男女逮个正着。

“真是意料之外呀！真是想不到啊！”刘志祥一见这个包工头，竟然愣住了，连连摇晃脑袋，就像做梦一般。

刘刚奇怪，说：“哥，你咋的了？”

“我吃惊啊！我过去一直被蒙在鼓里，这是啥事啊！”刘志祥说。

因为刘志祥认出来了，这位躺在医院的老板，他再熟悉不过了，他就是当初自己打工的工地上，员工们很少能见到面的名叫孙群英的大包工头。让刘志祥惊上加惊的是，这个孙群英，竟然是他多年没再见过面的自家当年上中学时的同学孙狗旦。那时，这小子成天穿一件皮夹克，骑辆自行车，在学校操场上转来转去的，看见打球的同学，就从背后用车轮子顶人家一下，往往把人家顶一跤。他学习成绩不好，却总爱耍小聪明，上课也爱搞小动作，还爱欺侮女同学，经常不按时交作业，老师经常教育他呢。后来，听说他初中没毕业，就外出打工了。多年不见，这小子，山鸡变凤凰了，还改了名字。弄了半天，发现是老乡，难怪老婆邓大妹会和他在一起呢。

五

刘志祥与孙群英正交涉，冷不防，从门口冲进来两个骂骂咧咧的男子，刘志祥以为是孙群英的打手，赶来救驾来了，正要抵挡，可这两个汉子扑上前，一把抓住孙群英，抬手就打："你不是兔子，却胜过兔子。你可真会跑啊！看你今天还要往哪儿跑？"

"别打坏了他，我还没跟他算清账呢！"刘志祥竭力拦住了他们。这才看清，冲进来的汉子，其中一人是上次在玉芳家，被他送进公安局的歹人。

"你们这是咋回事？"刘志祥忙问。

"你问这个姓孙的！他做了啥事，让他说吧。哼！想玩我们，我搞死你。"动手的汉子指住孙群英的鼻子，恨恨地说。

"不要光激动，到底咋回事，说清楚嘛！"刘刚说。

"好，做了丑陋事，就不怕别人说……"这人瞪着刘志祥，细说起来。

事情是这样的，这两个凶巴巴的人，不是进局子的歹人，而是上次被刘志祥用砚台砸倒后，送进公安局去的那矮男人及同伙的兄弟。这个长得像"矮男人"的人，是那矮男人的亲弟弟。因为，孙群英拖欠矮男人他们四万元的建筑材料钱，上一次，孙群英被逮住后，逼急了，就给矮男人他们写了一张四万元的支票，可矮男人他们到银行取钱时，才得知是空头支票。钱取不到，可欠别人的限期债务不能拖，他们一急，就见财起意，铤而走险，想了个歪主意，俩人见玉芳背着包从银行出来，就跟踪打劫起玉芳了。结果，穷凶极恶时，却被弄进了公安局蹲了班房。

矮男人他们虽然进去了，但债不能烂，只好由其两位兄弟代讨。这两个讨债人虽然多方打听，可没找到孙群英，前天，他们突然看到一份报纸的一篇新闻报道，说有个姓孙的老板出事住院了，他们把报纸上说的情况进行了多方面的分析，最后确定此人就是孙群英，可他们还不放心，又与记者进行了联系，终于弄清了这人的真实身份是孙群英，也就知道了他现在的踪迹，就赶到医院来替代哥哥们讨债了。

“孙群英，孙老板！你今天栽在我们手里了，就得给我们一起清算了。”刘志祥瞪着孙狗旦说。

“今天把他弄进公安局去！让他好好蹲班房去……”刚来的讨债人说。

“别！别！有话好说，好说，我欠债还钱，这账我认，有债，我还，我全认……”新旧债主怨恨交加，齐聚一堂，孙群英无路可退，无话可说，也怕了，只得乖乖地把拖欠的款给付了。

“还有，邓大妹，你咋办？孙老板，你说我老婆大妹咋办？”刘志祥厉声追问道。

“大妹，你就跟志祥回去吧。我赔偿你们三万元的损失。不，我赔偿四万元。志祥，我不该拐骗你老婆，我有错，我处罚自己。”他啪啪地在自家脸上打了两个嘴巴。“志祥，看在过去，咱同学一场的分上，你就饶了我吧。您大人不记小人过啊！”

“志祥，我错了。我再也不胡跑了。我要悬崖勒马，回头是岸，跟随你好好过日子。”邓大妹见孙群英不敢要她了，也低下头，面红耳赤，在自家脸上也打了一个巴掌，向刘志祥直赔不是。

刘志祥见他们认错了，想想，该收手时就收手，叹息一声，答应了：“好吧，看你们有悔过诚意，我就饶你们一次。”

这样，刘刚的堂哥刘志祥不但找回了老婆，获得了赔款，还讨到了拖欠已久的八千元工钱。

回到市里，邓大妹一下变了，乖得像只小绵羊似的。因为，她见刘志祥有了工作，而且单位还不错，穿得也干净，一时变得人模人样的，真是时来运转，病树开花，她很高兴，突然就像变了一个人似的，对刘志祥言听计从，对他也关心体贴多了。每天刘志祥上班时，邓大妹不但早早替他做好了早餐，还总是帮他拿衣服、擦鞋子。走的时候，邓大妹“啵”地给他送上一个吻，还把他送到门外。刘志祥下班后，看到妻子总是做好了饭菜，等他回家呢。

刘志祥看到家又团圆了，和睦了，觉得现在过的这等像模像样的日子，全是刘刚的功劳。于是，星期天就买了些礼物，跟邓大妹一起到刘刚家里致谢。当刘志祥拐弯抹角地向刘刚说出特来道谢的意思时，刘刚说：“哥，你别谢我，要谢，就谢你自己吧。老话说，帮人等于帮自己嘛。再说，你不是早就说过‘一笔写不出两个刘’嘛！我们是啥关系？是掰不开的兄弟！其实，只要人心齐，泰山移，世上没有办不好的事儿！今后，只要你俩好好过日子，就是对我们最好的感谢了。”

说到这儿，刘刚想到一件事，说："哥，上次我曾打算在你生日时，要给你庆生日的，结果，后来耽搁了。今天，我就借大家聚在一起的机会，出去吃个饭，庆祝哥嫂团圆吧。"

"好，这个提议，我们答应。"刘志祥爽快地应道，他把"们"字说得很重，而且满面春风的样子。

◎第四辑

不速之客

玉锦缘

南宋时代。陕南洋州府有个叫王德玉的秀才，长得个子高高，相貌堂堂，又有满腹的才学，可就是一样不好：骄傲轻狂。

这一年，他去京城临安赶考，因为穿得华丽，又骑着高头大马。路上，他被几个小毛贼盯上，把他用绊马索绊倒，劫上山去，抢了他的钱袋子和马匹，又脱了他华丽的衣服，把他赶下山来了。到了这种地步，他那清高骄傲劲儿，一点不减，宁肯饿死也不肯要饭的，当然更不屑于偷了。只好瞅没人的时候摘点儿野果充饥，硬撑着往前走。

这一天，他行到安庆地界，正饿得头晕，忽见前面有片桑林，心想，眼下正是麦黄季节，该是桑葚成熟的时候。

赶忙跑过去一看，不由大喜，只见紫红的桑葚一串一串的，像玛瑙一样醒目，馋得他口水直流。到这时候，他还没忘了脸面，瞧瞧四下没人，这才攀下一根桑枝像小鸡啄米一样把桑葚快速地往嘴里送，弄得满脸颊和嘴唇紫红，他一点也顾及不上。正吃得香甜呢，忽听树上有动静。往上一看，嘿！一个采桑姑娘扶着树干儿，睁着一对黑葡萄似的大眼睛，似笑非笑地望着他哩。

王秀才的脸腾地红了。不过他的脑子转得快，心想，反正我的脸面已丢了，不如我也戏弄她一回，使大家一般灰溜溜，她也就顾不得笑话我了。

如此一想，马上吟道："绿枝窈窕北枝长，狂风一吹如筛糠！"

姑娘一听，这人北方口音，就明白了："噢，这是说我呢。绿枝窈窕北枝长，'绿枝'就是谐音说'女子'，他的意思是'南方的姑娘身材窈窕、柔弱，北方的小伙子个子高高、刚强，全身都是优点。当一阵儿狂风吹来，南方的女子就如风中嫩枝条儿一般，被吓得如筛糠似的打战'。哼！你都如此模样了，还嘴硬哩！"姑娘便应声答道："昨日刚强全不见，只因肚里已绝粮。"王秀才一下被触着了痛心处，顿时张口结舌，气得转身就走。

采桑姑娘不依不饶，又续了几句："大比文章占一半，机智妙策细思量。九曲明珠穿不过，回来问我采桑娘。"

王秀才桑葚没吃得几颗，肚子仍旧饿着，想到饱满的桑葚，香甜的味道，真想扑上去再吞几口。可是，他是说什么也不愿意回那片桑林里去了，只好一步一步往前挪。眼见前面绿树丛中隐隐露出一角青瓦白墙，王秀才暗暗发誓："到了前面人家，说什么也得讨口吃的，脸面是顾不得了。"可是真到了村庄边，他还是开不了口。心里暗道："去下一户吧。"可他一户一户人家地走过，也没好意思开腔。最后到了村尾了，眼前是一条小河，过了小河已没有人家了，王秀才便怔在一棵树下，拿不定主意是否要回去向人家讨吃的。

正在这时候，一个老头提着篮子走过来。篮子虽然盖着布，王秀才还是嗅到了饭菜香。

王秀才再也忍不住了，拦住老头说：“老大伯，请……请给我点吃的行吗？我——”

老头打断他的话说：“不行。我这里确实有饭有菜，还有几片肉呢。可是不能给你吃，因为我要拿它当礼物去请教先生几个难认的字。”

王秀才一听来了精神，把手一伸说：“拿来。”老头问：“拿什么？”王秀才说：“拿饭、拿菜、拿肉来。”老头说：“我不是给你说了吗？我要拿去孝敬先生的。”王秀才说：“你不用去问他了，把饭菜给我吃了，我给你说。”老头还是说：“你行吗？我还是先让你看看这几个字……”王秀才摇晃了一下脑袋，说：“不用担心，寒窗读书十余年，天下没有我不认得的字。”

老头一听，嗯？真狂得可以呀。当下说：“那好吧，看你也饿得急了，饭菜可以先给你吃。不过，你要念不上来这些字，你就得听我的安排。”

王秀才自恃才高，毫不犹豫，风卷残云般把饭菜吃得精光，抹抹嘴说：“什么字啊？拿来我看。”老头笑嘻嘻地递过一个纸团，王秀才展开一看，脸涨得通红，作声不得。

老头笑吟吟道：“怎么，念不出吧？那你可得听我安排了。”老人从篮子底层拿出来两件七成新的衣服，又从身上摸出一块银子，约有四五两重，塞在王秀才手里：“喏，把这些东西拿着，赶考去吧。”原来，纸上写的是：“绿枝窈窕北枝长，狂风一吹如筛糠！昨日威风全不见，只因肚里已绝粮。九曲明珠穿不过，回来问我采桑娘。”

王秀才得此资助，向老汉作了几个揖，转身就往前走，顺利地到达京城。他凭着真才实学，三场大考，王秀才一路过关斩将，中了一甲进士。到了最后一关：皇上亲自出题选状元。

皇上出的第一道题是：一个富人和一个穷人走在偏僻的野外，遇上了一篮子肉饼、一水桶小活鱼，另有一个一亩大的水塘，还有一辆马车，二十吊钱，一个受伤的老汉。试问，两个人会如何选择拥有这些东西，说出理由。王秀才说："富人会选择一篮肉饼和马车，再抢上那二十吊钱而后离开；穷人会选择一桶活鱼，再选择鱼塘养鱼，接受老汉，让老汉跟他一起生活。因为民以食为天，穷人只要有饭吃，就会安居下来。而富人日子好过会更贪婪，想到繁华的地方，去过更好的生活。所以说，治理天下的策略，就是让老百姓有饭吃。穷人总是大多数，只要多数人有饭吃，就不会生事，天下则太平了。"

皇上听了，点头称好。接着命内侍拿出一个盘子，掀开上面的锦被，盘子里滴溜溜滚着一颗龙眼大的夜明珠。皇上说："这是一颗九曲明珠，它上面穿丝线的眼儿，在里面拐了九道弯，谁能想出好法子，用丝线把它穿上，就是新科状元。"

王秀才一听，哟！这采桑姑娘够厉害啊，她能知道皇上出什么题。可是，我还偏不去问你！我要做好这道难题。只见他不慌不忙，跪下奏道："启禀万岁，臣有一法，可以一试。"众人奇怪：九曲明珠上的眼儿那么小，里面还拐了九道弯，丝线又那么软，怎么个穿法?

只见王秀才拿了一根绣花针，穿了丝线。众人心想："绣花针那么长，怎么拐那九道弯？"又见王秀才拿起钳子，"啪！啪！"的两声把绣花针折得只剩下针鼻儿。

众人看得真切，心说："这样短是短了，可是再短，它自己也不会拐弯呀？”

王秀才附耳对旁边观看的太监说了句什么，太监点头而去。一会儿，太监拿了块黑乎乎的东西进来。王秀才把它放在地上，把穿着丝线的针鼻放进九曲明珠的眼儿里，拿着九曲明珠在黑东西上面轻轻晃了几下，丝线便穿了出来。原来，那黑东西是一块磁铁，这妙法儿是王秀才一路上几乎想破了脑袋才想出来的。

王秀才中了状元，被吏部委任为淮南府通判。他一来感念采桑娘对自己的帮助，二来自己并没有返回来问她就把九曲明珠给穿过去了，需要找她炫耀一下。于是就骑着高头大马趁赴任之便，让仆人抬着千两银子去找采桑姑娘。可是，走了好多天，回到了老头赠银的地方，打问来打问去，也没人知道老头姓啥；再问采桑姑娘，大伙都说这儿采桑姑娘，没有一万，也有五六千，找谁去啊？

王秀才不死心，在村头的店里住了一夜，次日，他又到当初吃桑葚的桑林里去。那里仍没有采桑姑娘的影子，却看到了一张纸条，挂在一棵桑树上，上面写道：

绿枝窈窕北枝长， 秀才得中状元郎。
九曲明珠虽穿过，可知九曲出我掌？

王秀才一想，是啊，九曲明珠我是穿过去了，可是那上面的九曲洞是怎么琢成的？王秀才怅然若失，把那一千两银子全部捐给这地方，在当地的河上修了一座九曲桥，起名叫“状元桥”，还在村庄中心办了一所学堂，请村里的村长经办，聘任先生教当地的孩子读书。学堂取名

“贤惠书院”，竭诚为此地培养人才。

王德玉不再骄傲轻狂了。赶到任地，他为官之余，认真学习各种知识，修身养性，清廉为官，努力为任职之地的老百姓办好事。

第三年，由于他政绩突出，被提升为湖州知府。在赴任途经安庆地段时，他特地停留了几日，到四处走走。这天下午，他到了一个风景不错的山岗游玩，忽听一阵歌声从林荫下传来：“绿枝窈窕北枝长，秀才得中状元郎；做官留名只一任，采桑养蚕天下裳；七十二行都有智，不分高下乐洋洋……”

王德玉不禁吃了一惊，听声音听内容，这不是当初自己高中状元回来时，百访千寻皆不见的采桑姑娘吗？这真是千寻不如巧遇啊！

王德玉急忙悄悄地走过去。姑娘还在树上边采桑边唱歌，他扑通一声跪在树下，磕个头说：“恩人，昔日的落魄受恩之人，在此向恩人拜谢大恩并请罪了。请恩人责备在下昔日对您的冒犯和不敬之处。”

树上的歌声停了，接着一阵窸窸窣窣的响声后，那女子竟然下树来了，一张俏脸儿只在王德玉面前一晃，便扭身提着篮子边走边朗声笑道：“请罪只宜犯罪人，举手相帮人本分；过往之事不堪提，快回州府理民事。萍水相逢只一面，往后你我陌路人……咯咯咯……”姑娘大笑着，扬长而去。

姑娘的走路姿态和随意之间流露出的才华和人品魅力，深深地把王德玉的心牵引而去了，他觉得这就是自己功成名就之后，三年来一直没有成婚，而潜意识里等待的人啊！现在，等待的最佳人选终于出现了，还呆怔什么啊？！他见姑娘走远了，急忙爬起来，悄悄尾随跟踪而去，终于看清了此女子的住处。

次日，早晨天刚麻麻亮，采桑姑娘开门一看，吓了一跳，只见门前跪着一人，脸上和肩膀上尽是露水。她急忙返身进屋叫出老爹，父女俩仔细一看对方，这不是那个状元郎吗？

“你这是……”父女俩异口同声问道。

“老伯，昔日你们父女对我的大恩大德，就不用再絮叨细说了。现在，我要向您的女儿求婚，请老人家将女儿许配给我为妻吧。我会疼爱她一生的。这是聘书和庚帖。”王德玉从怀里掏出提前写好的帖子，高高举起。老汉迟疑着，说：“状元郎，你可不要开玩笑，我们乃布衣小户人家，可不敢高攀官宦之人。”

王德玉说：“大伯，晚辈昨晚在贵宅门外跪了一夜，难道说晚辈这样做还不算有诚意吗？”

老汉转头望着女儿说：“锦儿，你看这事……”采桑女悄悄地把爹的衣襟一拉：“人家跪了一夜，再不扶人家进屋子饮茶歇息，恐怕就得出人命呢……我去给贵客沏香茶去……”锦儿姑娘说完，一双明亮的眸子含情地瞧了王德玉一眼，红着脸，进屋去了。

老汉是个聪明人，听女儿这样说，哈哈哈大笑起来，上前去扶王德玉：“请状元郎进屋叙话。”王德玉站起来拍了一下巴掌，等在房子后边的听差的，一声吆喝，抬着聘礼就进来了。很快，老汉为宝贝女儿锦儿和状元郎选定吉日，让他们拜了高堂，入了洞房。

次日，王德玉向妻子请教一直悬在心坎上的几个猜不透的问题：一、锦儿怎么知道皇帝点状元时会考丝线穿九曲明珠呢？二、那上面的九曲洞是怎么琢成的？

锦儿叹了口气，说：“我家原来祖辈都是皇家玉器加工房的工匠。

我爷爷为皇家磨制了好多玉器，包括皇帝喜爱的九曲明珠的洞眼，也是他老人家给琢磨而成的。后来，有一年，因为我爷爷在制作一件宝贝时，喝了点酒，出了点差错，皇帝责备了他一通，把爷爷从总管匠师降成了工匠，爷爷看出了皇帝御用匠师的潜在危机，就有了离开皇家的心思。又过了两年，爷爷在一次做宝贝器具时，有意用刀切掉了左手食指，随后，以身残为借口向皇帝请辞差事，告老还乡，皇帝答应了。随后我们就回到了老家，以养蚕制丝为生。爷爷为了不让我家后辈再做玉器匠师，就将九曲琢空之绝技烂在心里，拒不传给我父亲和我。我只知道爷爷是用一种秘制的药水，将宝珠浸泡旬日后，再用特种器械琢空，具体的技法已失传了。”

王德玉点头说：“原来这样，这等于九曲洞是出自你的手掌，不虚言啊。”接着问道：“夫人，那么，你怎知皇帝会考我丝线穿九曲明珠洞眼呢？”

锦儿说：“我小的时候，跟皇上的六公主在一起玩过几次。知道六公主最受皇上宠爱，皇上把这颗九曲明珠赐给她戴。有一次公主把丝线弄断了，她很要强，一定要亲自想法子把线穿上，由于白天想晚上想，不吃不喝，体质下降，得了重病，又不愿服药，后来六公主竟然病死了。皇帝知道公主的死因后，非常伤心，所以常常拿女儿未能完成的难题，在重要场合来考别人，用以纪念女儿。三年一次的会考是选拔人才的盛会，而且，六公主不死的话，今年该是十八岁成年了。所以，我料想皇帝会考这个智慧难题纪念公主的。”

王德玉听了妻子之言，赞叹道：“你真是聪明之极。我得此娇妻，实在是打上灯笼都难找啊！好，明天你们父女就跟我一起到湖州府赴任去，我要让你发挥自己的聪明才智，早点协助我处理政务。”

锦儿听了，双手叉腰说：“那还用说。这叫作嫁鸡随鸡，嫁狗随狗，你当官来我监督，百姓往后少忧愁。”

鲤鱼精

许少君是个书生，家住太湖南岸湖畔。他从小失去双亲，家境贫寒。由于许少君聪明好学，在方圆十里很有名气，他的伯父伯母经常接济他一点钱物，希望他日后能有出头之日。

后来，伯父年岁大了，对他接济少了，许少君便垦出一片荒地，种些蔬菜自给自足。

许少君常常去湖边的鹰嘴岩上背诵诗书。一天，当许少君又在鹰嘴岩上背文章，感觉肚子有些饥饿，正欲回屋做饭时，只听几声吆喝，一个中年打鱼人向他喊道："少先生，读书人伤脑筋费精神，买一条鱼回去补补身子吧。我今天出湖运气好，捕到了一条红鳞鲤鱼，以便宜价格卖给你吧，我还是头一次捕到这么好的鱼呢！"

许少君本来不打算买鱼，可听到这中年男人说捕到的是一条鲜见的鱼，便走过去看看稀奇。中年男人把船靠过来，捞起舱里的大鲤鱼给了许少君。

说来也怪，这条鲤鱼见了许少君，好像不停地向他点头。再看它的背上，还插着一小半截鱼叉，伤口还不断地往外流血。许少君动了恻隐之心，就掏出自己仅有的一吊钱，把这条鱼买了下来。然后拔掉它背上的鱼叉，回家去取来草药粉末敷在它的伤口上，用布片包扎好，轻轻地把它放回湖水里。

一天晚上，许少君坐在灯下，补着衣服上的破口子，缝着缝着，他的指尖被针扎了一下，疼得他皱眉咧嘴的。他想，假若我能有个媳妇该多好啊！衣服破了有人缝，肚子饥了有人端来香喷喷的饭菜……想着想着，他不由得“唉”地叹了一声，自言自语道：“不嫌贫贱又好心的姑娘，你在哪里啊！……”

突然，传来了咚咚的敲门声，许少君感到纳闷，这么晚了，自己又住在最偏僻的地方，谁还会来我家呢？他放下手中活儿，打开门一看，只见门口站着一位窈窕动人的姑娘。他结结巴巴地说：“姑娘深夜来我寒舍，有何贵干？”

姑娘羞怯地说：“我叫红凌，因走亲戚迷路了，能否在你这里借宿一夜？”

许少君一听，心里乱了方寸：“这……这个……”支吾起来，他望望外面漆黑的夜和姑娘那可怜巴巴的表情，最后没把拒绝的话说出口，点点头请姑娘进了门。

可是，到了第二天，那红凌姑娘却没有走的意思；第三天，第四天，还是没有动身的打算，第五天夜里，他睡到半夜的时候，发现身边滑溜溜地多了个人，一个软绵绵的姑娘的身躯挨着他，他一阵激动，不由紧紧地搂住了她……从此，许少君与红凌姑娘过起了甜蜜的夫妻生活来了。红凌给了许少君一两银子，让他去买了一辆纺织机回来，她在家织布，然后让丈夫每个月把布拿去城里卖了钱，回来补贴家用。男读书女织布，两人日子过得其乐融融。

这一年秋天，红凌怀孕了。快分娩时，红凌叫许少君在屋子的后院搭两间小茅房，在小茅房中放一张床和一口大水缸，叮嘱他到时候不能去茅房，也不能往里偷看。见他办完这些事，她又嘱咐他到镇上崔记小货店的隔壁，去请一个姓刘的老太婆来接生。

许少君都答应照办了。接着，妻子就搬了进去。

第三天夜里，许少君只听茅房里传出“扑腾扑腾”的水声，但他就是不敢靠近茅房。天快亮了时，茅房里传出了婴儿的啼哭声，接着刘老太太抱着一个婴儿出来了。许少君望着自己又白又胖的儿子，乐得合不拢嘴。这老太婆很实在，帮许少君把他妻子照料满月才离开。

可是，婴儿满了一百天后，却整天啼哭不休，怎么哄都不乖。妻子轻叹一声，又进入生小孩子时的那间小茅房。

一会儿，妻子双手捧着一颗绿莹莹的珠子出来了，拿珠子在孩子眼前晃了晃，孩子立即止住了哭声。可是，妻子将珠子一拿开，孩子又接着啼哭不休。无奈，妻子只好用绸布缝了一个小香囊，装上珠子挂在孩子的脖子上，孩子才不哭不闹了。后来孩子一天天长大了，脖子上不用挂那个装着珠子的香囊，也能吃喝玩耍安静自如了。许少君要妻子把珠子收藏起来，可妻子说，还是挂在孩子的脖子上吧，这是一颗宝珠，能治百病，有它庇护着孩子百病不生。

妻子照样织布，而且织出的布，花样更多，卖的价钱更高，他们的日子越来越好了。慢慢地，许少君读书没以前那么用功卖力了。有时，他到城里去卖布，卖了布有钱了，竟然在城里还要住上两天才回来。妻子劝说他用功读书，别耽搁时间，许少君很不高兴，他听烦了，就取出酒饮起来。

儿子满一岁后的一天，许少君从城里回来，告诉妻子：县官老爷的娘不知得了什么病，许多医师都医不好。县官老爷急得像热锅上的蚂蚁一样团团转，他让师爷写了一张布告贴在县城门口，布告上说，谁能治好县官老爷母亲的病，就赏给黄金十两。许少君看了布告，想起妻子曾说过儿子颈下那颗能治百病的宝珠的话。因此，他就回来拿来这颗宝珠，去给县官老爷的母亲治病，想挣来十两黄金，待日后作为上京赶考的路费。

妻子听了许少君的想法，劝他别操那份心，也别贪图那笔小财了，只要安心读书，以后上京赶考的路费一定为他凑够。许少君听妻子这么说，轻叹一口气，捞起一本书低头默读起来。

可是，次日天一亮，妻子却发现儿子脖子上的宝珠不见了，到处叫喊丈夫，也不见他的人影了。红凌知道是许少君偷偷拿了珠宝，去给县官的老娘治病去了，便轻叹了一声。

吃晚饭的时辰，许少君终于一瘸一拐地回来了。妻子关切地问他去县衙的情况，许少君低着头满面羞愧地一言不发。问急了，许少君长叹一声，说：“娘子，我对不起你呀……”

原来，许少君拿了宝珠去了县衙，很快就治好了县官他娘的病，县官大喜之后，便起了贪心，他知道许少君这颗宝珠是无价之宝，便拿出十两黄金给他。许少君当然不答应给他宝珠，县官就心生一计，假装说：“许少君不同意就算了，放他走吧。”

谁知，许少君还没有走出县衙大门，就给两名捕头拦了回去。两名捕头按倒许少君后一搜身，就搜出了那颗宝珠，然后，许少君就被县官以假借为县官老母亲治病为名，偷走了县衙的宝珠，念他是一时糊涂，又为县官母亲看过病，故不深究，只追回宝珠，乱棍将他打出县衙。

妻子得知许少君失了宝珠，心中十分痛惜，她知道丈夫太想发财了！只重重叹了一口气，就招呼夫君先吃饭，再从长计议。这时，只听门外一声洪亮的声音叫道："红凌仙子，快快出来随我二人回归太湖龙君府中听候处治，若不从令，将受万世枷锁之苦……"许少君的妻子一听到这震耳的呼叫，全身颤抖了起来。

许少君见这情形，一把抓住妻子的衣袖道："娘子，你怎么了？这是怎么回事？"

妻子满脸哀怨地说："事到如今，我也不必再瞒你了，我是太湖龙君的外甥女，是湖中的红鳞鲤鱼仙子，几年前，我常在湖里伴你诵读诗书，在心中暗暗爱上了你，后来你又救了我一命，我更铁定了心嫁给你，陪伴你一生。只是，你不该不听我的话，偷出宝珠后又被县官抢去，那宝珠本是我用千年的法力练成的法宝，是我的镇身之宝。如今，我失去了宝珠就失去了法力，只得乖乖地随二位神差回去了……"说着，妻子已泣不成声。

原来，县官得了宝珠后，兴奋万分，就命人把它悬挂在衙门口派人看着，让过往的人都见个稀奇。宝珠的奇光异彩，直冲城外，正巧被两位四处寻找红凌仙子的神差发现，他们便赶去收回了宝珠，以此寻找到了她的踪迹。

许少君听得心如刀绞，悔恨万千，他抓住妻子的裙带，请求两位神差成全他们，让妻子留下。但无济于事。只见两位神差凶狠地扯住妻子的胳膊，推推拉拉地向湖边奔去。

许少君抱起床上的孩子，追到湖边，只听见妻子的声音传来：“往后，你要好好养育我们的孩子，把他培养成一个有作为的人。”

许少君一下跌坐在地上，差点急昏过去。他不停地说：“我听话，我听话，我不会再惹你生气了……”

可是，妻子已经远去，再也听不到他的话了，他也再看不到妻子的芳容了。

许少君不吃不喝，在家伤感了一天一夜，可孩子不见了娘总是啼哭不休，他更加烦恼。绝望中他呼地抱起孩子跑到湖边大叫：“红凌，我随你来了……”

眼一闭，就准备往湖里跳……

就在这时，只听一声震耳的吼声传来：“站住！”

随着吼声，一个人奔跑过来。许少君停下循声一看，是大伯！

老人上来一把抓住许少君的衣袖，“啪”“啪”就是两个耳光：“混账！真没出息！你不想活就算了，可孩子还小，他可不想死啊！”大伯瞪了许少君几眼，一把抱过孩子边走边说，“从今往后，孩子由我们两老来抚养，我就不信，你一个大男人，就只有死的这点勇气？要死也得死远一点，免得死在家乡，给先人们丢脸！”

许少君蹲在地上，呜呜地哭了好久。他终于想明白了，穷苦人家要想团团圆圆过好日子，不受人欺侮，只有发愤图强，好好读书，考上功名才能扬眉吐气。

从此往后，许少君又过上了以前那种日子，一边耕种那点荒地，一边熬更守夜地努力读书。好在大伯一家时常来接济他，不是给他送米，就是给他送钱。就这样，许少君的日子还算过得去。

在许少君的努力下，两年后，他不但考上了举人，不久又赴京城考中了进士。放榜后，许少君差点欢喜得晕过去。拜谢完主考老师后，他用乡亲们送给他的没花完的盘费，买了一匹高头大马，立即从京城荣归故里。

到了家门口，许少君发现自家那寒舍竟大开着门，还飘出饭菜的香味。他进入屋子，竟吃了一惊，原来屋子里有好多人。见他进来，一个女子迎了上来向他喊道："相公，你回来了？"许少君闻声仔细一看，惊得嘴巴张得老大。这不是已经离去快三年的妻子红凌吗？他惊喜道："你、你，你怎么回来了？"

"你都中进士了，他们敢不放我回来祝贺祝贺吗？"红凌笑容可掬地说。

这时，许少君的大伯及伯母，还有那个曾为妻子接过生的刘大婶也走了过来，他们一齐向许少君贺喜。大伯说："侄儿，其实，你有如今的荣耀，可全是侄媳妇红凌姑娘的功劳啊！没有她的精心策划，你未必就有现在的好结局呢。侄儿，你福分真不小啊！"

"这到底是怎么回事？"许少君听得一头雾水，急忙问道。

"其实，红凌并不是什么仙女……"刘大婶大声说起来。

原来，许少君勤奋读书，颇有才华的名声传到了十里之外的崔家庄，崔员外的女儿红凌姑娘十分羡慕他的才气，并对他心生爱慕之情。她对父亲说出自己的心思，说要嫁给他。可是她父亲根本就没把穷秀才许少君放在眼里，自然不答应。红凌就把心事说给她的丫鬟，丫鬟就跟她商量说先找个理由试试许少君的人品如何。于是，丫鬟就托她打鱼的老爹，用一条鱼，试验了一下许少君，发现他心地很善良。后来，红凌姑娘下定决心，就偷跑出来，跟许少君结了婚。至于她说她是鲤鱼仙子，主要是不想让许少君知道她的真实身份，故意编造身份哄他的。当时她的员外父亲知道她与人私下结婚的事，虽然很生气，可见生米已煮成了熟饭，也就既不认她也不管她了。但红凌的妈妈惦记着女儿，常让奶妈刘婶偷偷给红凌送些钱物过来。

可是，后来日子稍好些了，许少君却慢慢变了，不但失去了志向不爱读书，而且心里老是想发财。红凌看到丈夫变得庸碌起来了，心里很急，就跟她的两个哥哥偷偷商议要挽救许少君，他们答应了。随后，两个哥哥就借助许少君失了宝珠之时，假扮成神差，赶来把红凌押了回去，用此方式给许少君来个迎头打击，让他夫妻分离，让他痛悔，从而达到了让他奋发图强，考取功名的目的。

在这近三年中，红凌虽然离开了许少君，可暗中给了他不少帮助。因为他大伯每次送来的物品，以及孩子的抚养费都是红凌提供的。

许少君听得一愣一愣的，回想往事，百感交集，他握住妻子的手说："贤妻，你真是我今生的恩人啊！常言说，一个篱笆三个桩，我可是一个男人三个帮呀！福气真不小啊！"

守望良心

一

十七岁的王娟娟，连省城都没去过，这回却要出远门了，要到那种据说是下面的一个镇都大过老家县城的大城市开大眼界了，她高兴得一连两夜没睡好。人一高兴，话就多，可不，仅在两天之中，她就分别向村里的四个小姐妹说：“等我到了那边，一稳定，就把你们也带过去挣大钱。告诉你，那边的光景大着呢，听说呀，一个镇的规模，比咱们这儿的市区都大、都繁华得多哩。”四个姐妹都听得眼睛放光，连声说：“谢谢，谢谢！”

王娟娟看到四个姐妹对她巴结讨好的样子，心里舒畅极了。心想，姊妹们多，未尝不是好事啊！

说到这好事，还得从王娟娟的大姐说起。王娟娟家住陕南南沙镇狗耳村。她的父亲叫王全德，是老实巴交的农民，老夫妻俩一共生了三个女儿。大女儿叫王雪，高中毕业一直在外地打工。今年十月，打工两年的大姐回家探亲，在家住了两星期，眼看要返回打工的工厂了，她决定把两个已没再读书的妹妹也带出去打工。

深秋时节，天蓝水碧，陕南满山红叶。王雪与二妹王梅、三妹王娟娟收拾好行李，辞别满脸皱纹、头发花白的爹妈，跟邻村三位青年男女一起，兴冲冲登上了南下的列车，朝广东东莞进军。

准确地说，这天是十月二十五号，王娟娟姐妹几个乘坐的这趟列车，像一条使不完劲的长龙一样，钻山钻雾，毫不疲倦地在襄渝线上奔波了大半天。天渐渐黑透了，车里的人腰也疼了，人也疲乏了，一个个东倒西歪，进入了梦乡。不知大伙儿睡了多久，一直靠在座位上玩手机游戏的王娟娟，感到有点内急了。她伸了个懒腰，揉揉眼睛坐直腰，正要去厕所小解。突然，她发现过道对面的座位旁边，一个男青年半蹲半跪在地板上，用铁夹子在一个中年男人的裤口袋里夹东西。

王娟娟心里咯噔地一跳，脱口喊："啊！车里，有小偷！"

她急忙扭身看身边的二姐，二姐睡得正香；王娟娟又扭头去看小偷，那小偷工作得很投入，眼看衣袋里的钱就要夹出来了，还不满十七岁的王娟娟第一次见到小偷"工作"，紧张得把脸都憋红了，她想，也许睡觉的大叔口袋里有好多钱哩，再过几分钟那些钱就不是大叔的了，没钱了他出门在外就可怜了！不能让可耻的小偷得手这不义之财！想到这里，王娟娟身不由己地放开嗓子就喊："不好啦，车厢里有小偷呀！"

坐在身边的二姐，被喊醒了，她迷惑地望着王娟娟，说："怎么了？啥事？"

王娟娟又大声喊道："快看啊，那边小偷正在掏那蓝衣服大叔的钱包哩！"

这两声叫喊，像是一枚针，冷不丁刺在掏口袋的小伙的头上，他一惊，手一抖，人往旁边一挪，停止了动作。车厢里的一半乘客被喊声惊醒了。大家睡眼惺忪地四处乱瞅，小声问身边的人发生了什么事。

王娟娟见大家醒了，心里才稍松了一口气。然而，却糟了。背后有一只大手，一把捏住了王娟娟的肩头，跟着“啪”的一个耳光，扇在她的脸上：“臭丫头，活腻了还是咋的？！”

“真不识相，小杂种不想再坐车了，让她下去算了！”几乎在同时，另一个男人边骂着，边伸手捏住了王娟娟的另一个膀子。

正在这时，刚才掏人家口袋的那位男人，奔过来了，只见他双臂往上一抬，哗啦一声，把车窗拉开了。“去你的！下去——”两个男人胳膊一抬猛往前一送，在众人惊愕的目光中，将王娟娟从窗口扔了出去！然后，这三个人打声口哨，飞一般向另一节车厢奔跑了过去！

被这闪电般又凶猛又吓人的一系列动作惊呆的二姐王梅，终于哇地哭了出来：“天啊，我的妹妹哟——”她趴在黑乎乎的窗口上呜呜悲号，六神无主，事出突然，她被惊吓蒙了。

她一哭，隔了几排座位坐着的大姐和同路几个男女青年，都奔了过来。这时车厢里乱成了一团，大家都围在黑乎乎的车窗口向外张望，一时不知所措。这时有人提议：“赶快报警。到8号车厢去。”

“对，别耽搁时间，快报警。”身边人催促。

王雪姐妹俩立即就向乘警办公室奔去。

乘警听说有人被歹徒扔出了车窗，也吃了一惊。一边组织人在列车里搜寻歹徒，一边跟铁路派出所联系。尽管有车内乘客被扔出了车外，但列车不能随时停车，只有等到了下一站后，再请车站派出所帮助寻找被抛弃乘客的踪迹。

二十多分钟过去了，乘警们在车内没有搜寻到歹徒的踪影，列车已到另一站。王雪姐妹赶紧下车，在乘警的指引下到了车站派出所。派出所早已安排好了三位警员，驾驶摩托车与王雪姐妹等五人，沿着铁路沿线，地毯式搜寻受害人王娟娟。

一连两天，王雪姐妹俩与三位警员一起，反复搜寻王娟娟遇险范围内的二十公里铁路沿线，没发现王娟娟的踪影和尸体，就连一只鞋子什么的也没发现。无奈之下，第三天下午，心急火燎般的王雪姐妹俩商议一番，就往家里赶。她们暗想，出门时为了安全起见，三姐妹各分装了一点钱，是不是娟娟被扔出车外，命大没受到伤害，又见赶不上前面的人了，只好回家去了？可是，等王雪姐妹二人急忙返回家后，哪有娟娟的人影？

父母俩听说小女儿在途中遇了难，踪影全无，放声大哭起来：“我苦命的孩子，你在哪里啊？当初让你打什么工嘛！这回你一定凶多吉少哟……天啊……”

这么一来，一家四口人，愁容满面，吃不下饭，睡不着觉，坐立不安。

二

常言说，天无绝人之路。其实，那天王娟娟被歹徒扔出车窗外，不幸中的万幸是，她飞出窗外，黑乎乎中好像受了命运的眷顾，没有落在悬崖下和河滩等危险的地方，而是掉落在一片荆棘和灌木混杂的斜坡上的刺蓬架上。当时已快近黎明时分了，朦朦胧胧中她呼喊救命，被二道庄镇一个赶早到镇上卖豆腐的周姓老头，费了很大工夫，才砸塌了刺架，把王娟娟救了下来。随后，她被老头送回他家。

周大伯快六十岁了，老伴死得早，家里只有一个儿子，在外地打工，平日他专做卖豆腐的小生意。他把王娟娟带回家里，给王娟娟熬了一碗姜汤，让她吃下。为了驱除王娟娟心理上的生疏感，周大伯就跟王娟娟拉家常，从她嘴里知道了她的身世以及这一次出门的遭遇经历，老人很气愤，大骂道："真是林子大了，啥鸟都有！这些丧尽天良的小偷，啥事都做得出来！对这么小的孩子，也下得了手，真是该遭雷劈啊！"他让她在这里调养些日子，等伤好了再送她回去。因为王娟娟被扔下车来，受了惊吓，着地时又扭伤了脚脖子，走不成路，身体很虚弱，老人当天也没上街了，到山坡上给弄了些草药回来，放在碓窝里捣烂，给王娟娟敷在脚脖处医治脚伤。

第三天，周大伯上街卖豆腐去了。下午两点左右，王娟娟正躺在床铺上休息，门响了两声，有人进来了。王娟娟以为周大伯赶集回来了，就喊道："大伯，今天收市这么早啊？"可没有回答声。她正诧异，房间门被人推开了，一个人出现在她的面前。王娟娟仔细一看，猛吃了一惊，这人正是在火车上扔她下车的歹徒之一，掏口袋不成拉开车窗推她下去的那个"蚕头眉"小伙子。真是冤家路窄啊！

"呦呵——小东西命可真大呀！不但没死，还跑到这儿来耍赖来啦？"很显然，"蚕头眉"小伙子已认出王娟娟了。

"你、你跑到这儿来，干什么来了？"王娟娟惊慌地说。她知道自己处境危险，心咚咚地跳个不停，禁不住慢慢往床边移动，准备趁对方不备而逃走。

这时“蚕头眉”把头一仰说：“哼！干什么？想不到吧？这是我的家，我就不能回来……”说到这里，他突然停住了，他猛然醒悟了：这妞儿怎么在这里？会不会……他机警地向四下望了一番，确信没有警察埋伏，就扑上来一把捏住了王娟娟的下巴骨：“把你的手机交出来！”因为，他也没想到会在这儿遇到受害人。仇人相见，分外眼红！他想，若不缴获她的手机，她就会随时随地报警，招来警察的。小妞的手机，在他心里，就像是一个没有确定时间的定时炸弹。

王娟娟一口咬定：“我没有手机，你让我交什么？”

“蚕头眉”低沉声音道：“胡说，那天在火车上，我就分明看到你在玩手机，你想骗我？”

王娟娟解释：“那是我姐姐的手机，我当时玩了一会儿，就塞回她口袋里去了。”

可“蚕头眉”哪里肯信，就用手在王娟娟身上搜查，王娟娟就左右扭转身子挣扎。一个挣扎，一个要搜，拉扯中，扯开了王娟娟的外套，里面的紧身薄毛衣把她的胸脯勾勒得鼓凸凸的，这更衬托出王娟娟的水灵艳丽和美好的身段。“蚕头眉”一下瞪直了眼，只见他嘴唇嚅动，脸红脖子粗，他不由自主地凑上脸去边吻王娟娟，边在她身上乱摸。眼看要解开王娟娟的裤子了，王娟娟猛然朝“蚕头眉”手腕上咬了一口，“蚕头眉”疼得一声尖叫，啪地扇了王娟娟一耳光，又扑上去撕扯她的衣服：“真巧啊！老天有眼啊！你在火车上让我受了经济上的损失，今天，就拿身子来补偿我吧……”

“臭流氓！畜生……”王娟娟反抗中又趁机朝对方左手背上咬了

一口。

“蚕头眉”啊地叫了一声，忍着疼，又一巴掌打在王娟娟的脸上。“竟敢咬我，竟敢跟我来硬的？我立马弄死你！”他气疯了，理智丧失，目露凶光，一把卡住王娟娟的脖子：“不听话就得死。反正你不死，我就没好日子过！你死，你死……”

王娟娟被卡得嗯嗯乱叫，死命掰对方的手，双脚乱蹬……

三

周大伯昨天一天没去镇上，买惯了他豆腐的好多老客户都没买到豆腐，很失望。特别是镇上的两家常常让周大伯供应豆腐的餐馆，更是等得着急。今天见周大伯来了，都围上来买豆腐。所以，周大伯的豆腐三四个小时，就卖得差不多了。午后一点多，还剩七八斤豆腐，他惦记着王娟娟，因为有病的人不能饿，想早点赶回家去，给这孩子做饭。周大伯就踩着三轮车子在街道上来回叫卖，削价处理豆腐。半小时后，豆腐终于卖完了，周大伯拐到肉集市上卖了三斤排骨，踩上车子往家里赶。他准备回去炖汤给王娟娟喝。

周大伯走到家门前，发现门开着。他想，他出门时，听从王娟娟的要求，大门是锁上的，现在，屋门咋大开起来了呢？

周大伯停好车，正取车上的东西，忽然听到屋内有嗯嗯唧唧的声响，出啥事了？

周大伯觉得不正常，没顾上提东西了，赶紧跑进屋子，就看到了

"蚕头眉"把王娟娟卡得嗯嗯乱叫，双脚乱蹬的这一幕。

"住手！"周大伯一声呵斥。老人见情况紧急，奔过来猛扇了"蚕头眉"一耳光："畜生！你想干什么？"

"蚕头眉"回过头，看见周大伯说："爹！你怎么把这个小仇人留在家里啊？她在火车上坏我的好事，如今你还对她……农夫与蛇的故事你没听过？她不死，会害得我被抓的……"

周大伯压根就没想到他骂过的"丧天良的、该遭雷劈"的坏人，居然是自家的儿子，真是惊异万分，顿时气得嘴发抖，不由自主地又"啪"地一个狠狠的耳光打过去，把"蚕头眉"打个趔趄。"混账！她不是蛇！你、你……原来你、你……你娘死得早，我好不容易把你拉扯大，叫你好好读书，盼望你有出息，你却书不愿意读，生意不想做，硬要出远门去打工，我还以为你这两年在外面混得好呢，想不到原来却是干这种可耻的买卖……你，你，对得起你死去的娘吗？你还不去向公安局自首去！"

蚕头眉一把拉着周大伯到门外，苦着脸说："爹！不能呀！今早晨我跟兄弟们'做活'时，把一个反抗的男人给捅了几刀，那人肯定活不了，我现在只能远走高飞了。爹！我回来想拿点钱，求您了，把您攒下的钱给我一两万元，我马上就去南方。否则，我被抓，您就再也没有儿子了。"

周大伯闻言，头嗡的一声响，差点栽倒，他忙一把扶住桌子。缓了一会儿，周大伯才扭过脸去慢慢地说："既然这样，你、你自信能走得掉吗？"

"蚕头眉"讨好地凑上去："爹！你放心，我哥们儿已把一切都准备好了。等我回来拿到钱，回去一碰头我们就出发。不过，这个妞儿绝不能留着，虽然警察想不到我会回家，可刚才咱们的那些话，她都听到了，不除掉她，儿子在外面是待不安宁的。”

周大伯瞧了儿子一眼，收回目光，坐在凳子上，想到儿子说“否则被抓，您就再也没有儿子了”时的可怜相，他的心里针刺一样痛。“老伴呀！你早早地走了，留下我一人，受苦受累，拉扯孩子长大，可现在，他不成器，他犯了事，黑了良心……我该怎么办？老伴呀！你说我该怎么办？”周大伯喃喃自语。但是，他扭头看到王娟娟睡的房门，脑子里顿时又闪现出火车上的那一幕：窗子被人拉开，窗口推出一个人，那“啊”的绝望的惨叫声似乎划破夜色的图画，在他眼前不停地闪；接着，他的眼前似乎又闪现出另外一个画面：一个男人身中一刀，“啊”的一声大叫，一下倒在地上，可是，一把带血的刀又向男人狠狠捅去、又狠狠捅去的画面不停地闪……难道这些受害人，就没有亲人吗？人家就不是爹娘生的吗？这是一条条无辜的鲜活的生命啊！

周大伯心在颤抖，他用手捧住脸，低着头，他不经意间触到耳后的一块伤疤，顿时，他脑子里又涌现出一件往事……越想，他心里越是一团乱麻。

这时，儿子来到身边催促说：“爸，你快下决心呀！”周大伯一下抬起头，儿子又说，“爸，我就知道你不会不心疼儿子的，对吧？”看到儿子说这句话时有点得意的样子，周大伯的心又一疼，他终于下了决心，便沉着脸说：“好吧，我知道咋做了。现在，你只操心自己怎样脱险吧。那女娃子，是我弄回家来的，由我来处治吧。你放心，爹做事情，从来都是干净利落，想得周到的。你先出去！我给你弄点吃的后，你再拿上钱赶紧走人，免得夜长梦多误事。”

“蚕头眉”却摇摇头，说：“我就不吃东西了，爹！时间紧，您快拿钱去。”

“好吧，那你先等着。”周大伯锁上王娟娟的房门，就去了另一个房间拿东西。

可是，当老人返回来时，发现“蚕头眉”已撬开王娟娟房门进去了。周大伯心里一跳，忙跟进去，只见“蚕头眉”又卡住王娟娟的脖子，卡得王娟娟嗯嗯直哼。周大伯手举小木盒大喝一声：“周建军！你给我住手！”

“蚕头眉”并不想放手，继续用力卡着王娟娟，卡得王娟娟直翻白眼。周大伯彻底绝望了，大吼道：“你还磨蹭啥啊？还想不想要这盒子里的钱走人啦？你若是不住手，我就一把火烧了它。滚出来！”

周大伯见儿子不停手，说：“那好，你也别走了。”说完就“啪”地打着了打火机。

“蚕头眉”只好松了手：“爸，别、别烧！”急忙放开王娟娟，然后“唉”的一声叹息，奔出房门来。

周大伯来到儿子身边，颤抖着手，把盒子递向儿子，“蚕头眉”喜滋滋地捧住盒子，正要打开盒盖数里面的钱，周大伯忽然一把夺过盒子，对儿子说：“先别急着看钱，你听我说。”

“蚕头眉”不明白父亲又怎么了，望着父亲说：“您还有什么事？”

周大伯把儿子带到中堂里轻声说：“儿子，你这一走，不知何时咱们父子俩才能再见面，你、你不想给爹……你把你身上的羊毛衫脱下来，留给爹吧。”“蚕头眉”一听父亲的提议，爽快地说：“好的，我差点忘记了，这个留下应当。”就动手脱身上的羊毛衫。他交叉双手刚把衣服脱到头上，谁知周大伯迅速举起小木盒，“啪”地一下拍在“蚕头眉”衣服包住的后脑勺上。“蚕头眉”应声倒下去了。

周大伯拿来一根绳子，流着泪，颤动着手，把“蚕头眉”的手脚分别捆上，然后锁了门，飞快地朝镇上奔去。

四

半小时后，派出所的警察赶来了。两个民警把躺在屋内的“蚕头眉”周建军铐上双手，押向门口的警车。

“蚕头眉”走出屋子时实在不甘心，他恨恨地对周大伯说：“爹！我想不到你竟然会亲手把我送进警察局。你好狠心啊，我恨你。我恨你这个当爹的！没想到，你竟然没有一点亲情观念。”

周大伯说：“娃儿，你愿恨就恨吧。我让你一人恨我不要紧，我不能让天下的人，都恨我、骂我是个糊涂蛋。我读书不多，但我明白，为人，既不能做伤天害理之事，更不能忘恩负义啊！”

“蚕头眉”站住，回头瞪了父亲一眼，说：“忘恩负义？什么意思，我是忘恩负义？”

“什么意思？自小我教导你的话，还少吗？”周大伯往屋内一指，“你知道这女孩子是哪里人吗？”

儿子眼一瞪，说：“我管她哪里人？就是天上的人，又咋得？”

“娃儿，人要想活得自在，见利忘义的事千万不能做，杀人害命的事，更是想都想不得。就是咱养个鸡鸭，养上一月，也有点感情，也不能把他弄死吧。何况你是对一个无辜的孩子，对我接到家来的可怜孩子，咋能下黑手啊！做这样的事，不管是谁，我都绝不答应。”

“可她不是我的朋友，是敌人……”

见儿子毫不为所动，周大伯叹息一声，说：“娃呀，不跟你讲道理了，听我讲个故事吧。”

那是二十世纪七十年代初，周大伯当兵时，奉命参加阳安铁路线的建设。一天黄昏，他跟一个战友到附近的山涧里去洗浴，不料洗得久了一点，突然跳出一只豹子，战友拉上他就跑，可是豹子追赶速度更快，把后面的周大伯扑倒在地，抓伤了他的肩膀和脖子，他昏死过去……就在这危险时刻，一位老猎人赶来，与豹子搏斗起来，后来豹子被打死了，老猎人也受重伤了。周大伯在医院躺了三个月，等他康复出院后去拜谢老人时，才知道这个名叫王世洪的老人，在打死豹子的第三日，就去世了，而且他的家人随后也跟随老人已出嫁的女儿，迁居到他乡去了。周大伯致谢无门，直到后来退伍回乡，也没机会向王家人表达谢意。几十年来，他心中一直默默怀念着恩人，心存愧疚。同时，他脑子里经常闪现人与豹子相斗那惊险的一幕，他越发觉得英雄的伟大，也感到生命的重要意义。他想，一个人，一个平头老百姓，尽管一生再平庸无能，也要珍惜生命，做个正直有良知的人，不给社会制造麻烦的人。

没想到，周大伯救了王娟娟后，无意中问她是哪里人，王娟娟照实说了。周大伯一听，不由得心里一动。为啥？因为狗耳村，就是当年周大伯受伤的那个地方，也是那老猎人当年住的地方。见到王娟娟，犹如见到恩人，周大伯百感交集，心潮起伏。见到王娟娟后，周大伯夜里老是梦到当年的老恩人王世洪，这几天他一直在想，人家在那种生命危在旦夕的情形下，毫不退缩地救了我这个毫不沾亲带故的外人，那简直是用人家的命，换了我一命，那是为什么？分明是因着一个义字，守护着自己的良心。当一个人发现别人受邪恶力量的伤害时，要及时挺身而出制止这种伤害，这才是有道义、有人格的正常人！否则，按乡下人的话说，他就不是吃饭长大的。

“爹，你老糊涂了，分不清亲疏关系。这两件事，根本就不一样，也没啥牵涉的。”

“谁说没牵涉？我讲这个故事，一是要你学会感恩，二是要你做个……”

“别说了。”蚕头眉打断父亲的话，“我为什么要感恩？我只知道人要想活得更好、更舒服，就要敢闯、敢做！唉！我遇上你这样的爹，算我倒霉。你这样做，对得起俺娘吗？”“蚕头眉”周建军又叹息了一声，跺了一下脚，转身就走。

周大伯说：“娃呀！你爹我活到五十七岁了，啥事没经历过，啥苦没吃过？对黑白、香臭，我是分得最清的。在你眼里，我是没有亲情的爹，但我只能这样做。我对不起你娘，都怪我以前没有教育好你，你看你……现在，只有让公家代替我教育你了。我不能亏了社会、亏了我的良心啊……”

警车呼啸而去。周大伯听着远去的警笛声，无力地坐在门前的石凳上，怔怔发呆……

突然，一只手搭在老人的肩膀上，耳边还伴随着哽咽声。

周大伯转过头，是王娟娟。她拄着一根棍子，凄然地站在老人身边。其实，刚才老人与儿子针锋相对地斗争时，她一直待在屋内的床上惶惶不安，默默地流泪。父子俩的那些对话，她都听到了，由于涉世未深，头一次面对这样的事，她当时真的是不知如何应对，心乱如麻，忐忑不安。她不停地问自己，“难道那天在火车上我做错了吗？我真的不该到这个家里来，可我当时怎么知道是这样呢，大伯救我真的有错吗？”她想不明白，也不知道答案。当她听到警车开走了，外面什么声音都没有了时，她知道周大伯把儿子交出去了，她知道老人为难啊！也知道老人肯定难受得不得了。所以她就支撑着出来了。

“娃呀，你咋出来了？”周大伯看着王娟娟。

“大伯，都是我不好，我害得你们……”

“娃呀，你没有错！你真的没有错！是我没教养好儿子。”

“我太小，真的不知道该咋办才好……”

“你啥都别想，只管养伤，大伯做事，自有大伯的道理。其实，你人还小，以后会明白的，人活在这个世界上，不管做啥事，最后，都有一个应得的结果哩。”

王娟娟听了老人的话，眼泪哗哗地流着，她伏在老人肩上，呜呜地哭起来。以前，只在学校里读死书，看什么都是好的，现在，刚走上社会，就遇上一些始料未及的事。这人生之路，真的不好走啊。世事原来竟是如此复杂啊。

五

秋风一天比一天凉，满山满坡坎上的秋叶已经簌簌地落得满地都是。地里的菜苗什么的，都没精打采地缩着脖子，在期待着春的脚步早日来临。

这一天，是十一月十六日，也是周大伯的儿子周建军被抓后的第十二天，王娟娟的父母得到女儿的消息，夫妻俩欣喜地赶来周家，接她回老家去。出门分手时，王娟娟竟泪水盈眶，经历了这件事，不知不觉，王娟娟好像突然长大了好几岁，也懂事了不少，她抓住周大伯的手说："无论怎么说，因为我，害得您父子反目，我对不住您！大伯，往后您一个人，可要多保重身体，做事悠着点，别累坏了。有时间我就来看您……"

周大伯说："放心走吧，孩子。还是那句话，大伯不是糊涂人，我做的事，从不后悔！大伯是铁打的身躯。再说，这些年，我一个人都挺过来了……"

嘱咐的话都说了，可王娟娟还是有些舍不得离开周大伯的样子。王娟娟的父亲叹息一声，忽然提议说："娟儿，你就认周大伯为干爹吧。"王娟娟当即跪下说："干爹，您没有了儿子，可还有我这个干女儿呢，往后我会孝敬您的。"

此语一出，仿佛一丝春风在荒原上徐徐吹过，又像是含苞的花蕾迎来了一夜春雨。周大伯立即老泪纵横，去扶起了王娟娟，说："好，好！我老汉有福呀，天上掉下来个好女儿！"

王娟娟转身把提包一放，一把握住周大伯的手："干爹，我不走了，今后，这里就是我的家，我会尽心尽力伺候您，让您有个愉快的晚年。"

周大伯把干女儿拉到凳子上坐下，说："女儿，我少个靠不住的儿子，多了一个有良知又懂事的女儿，这是前世修的福啊！明天，爹就把我积攒多年的十万元拿出来，去给你在镇上开个农副产品经销店，咱爷俩鸟枪换炮，正式大干一场，因为，我现在终于有了得力的助手了……"

六

春姑娘用无形之手赶走了严寒，终于转回了可爱的人间。河水涨了，树木发芽了。

仿佛一转眼间，又是次年四月初了。已经跟周大伯在镇上开了农产品销售及山货收购批发门市部的王娟娟，听说干爹的儿子周建军因犯故意杀人罪，被法院判为无期徒刑，她就劝说干爹去看望一下儿子。可周大伯一听提到那不争气的儿子，就来了气，一口回绝不去。

王娟娟说："建军哥被判为无期，就有希望了，我上学时，法律课上老师讲过，老师说，法律也有灵活性，如果犯人在狱中表现良好，可以根据表现，报请上级部门更改刑期的，比如无期犯人，如有立功表现，可以按照政策规定改为有期，只要改为有期，就可以根据表现再得到不定期减刑的待遇。"后来在王娟娟的多次劝解下，周大伯才答应去看儿子一回。

五月二十八日，周大伯在王娟娟的陪同下，到狱中去探望了儿子。当时，周建军见到了父亲，把头低下去，既不叫爹也不跟老人说话。过了一瞬，周建军抬起头，只看了周大伯一眼，便怔在那里。当他看到旁边的王娟娟时，依旧怒气冲冲地瞪着她。

可王娟娟不生气，把拿来的东西放在旁边，向周建军示意，是带给他的，然后抓起话筒示意跟周建军说话。周建军怔了怔，没动，王娟娟又要求他两次，周建军才不耐烦地拿起听筒："臭丫头，有啥话，快说。"

王娟娟说："见到我和你爹，你别生气了，你现在如何对待我，我都不会放在心上的；不过，如果不是我出现在你家里，你爹采取了这种措施，也许你现在已经没有机会在这里了。这些日子，我也想明白了一些道理。不知你想过没有，如果你当初逃走，也许，你可能会再犯事，或者在抓捕时拒捕，这样你会被警察当场击毙的，在电视里这样的事，咱都看得多了。那样你连恨我、恨你爹的机会都没有了；进来了，相对来说比你走江湖安全多了，只要你表现好，你会一步一步得到减刑，直到出狱。我会等着把你爹交给你的。"

听完王娟娟的话，周建军不再吱声，用手指不停地在桌子上画着一个又像是文字，又像是字母的图案，他这么反复地画着，不看任何人一眼，可他眼睛里满眼是泪，也许他已经有了自我人生的悔恨了……

这年十月二十八号，王娟娟和周大伯又来到了监狱。他们是第二次来探望周建军的。这回，父女俩给周建军带来了一条红梅香烟和一件特别的礼物：一条仿玉心形吊坠链子。

周建军见到周大伯，第一次开口叫了一声“爸”。周大伯说：“儿子，今天是你的生日，所以我和娟娟特意赶来探望你。我们带给你的这条仿玉心形项链，希望你戴上它，时时伴随你，当然，这个项链的用意是，希望你能收回你那颗放荡的心，做个实实在在的人。人活一生，路长得很咧，总得做点靠谱的事。虽然爹当初狠了心，可是……”

周建军打断周大伯的话，说：“爸，您别说了。经过这些日子的洗练，我已经明白了，世界上没有不疼爱自己孩子的父母，只是，每个父母疼爱孩子的方式不同罢了。谁不希望自己的孩子，活得比别人好呀！有时，绝情原来是更深情。爸，我知道您当初是恨铁不成钢啊！我长这么大，没有记住您的生日，可您，却记住了我的生日。爸，我不是人……这条烟，您拿回去自个抽吧，算是我第一次买给您的。”

周大伯这时流泪了，他说：“儿子，爹是老实人，不善于表达自己的内心，其实，我每天干完活儿，歇息的时候，心里就会想起你……好好改造吧。”周大伯说完，忽然放下话筒，转身就走。

“爸，我会努力改造，争取早日出狱的……”周建军大声地说，虽然隔着玻璃墙，周大伯没听到，但是，老人的心分明已经听到了儿子的声音。因为，父子连心啊！

良心秤

一

唐肃宗至德年间的某天，宣州举子刘太真到长安会试，不幸落第，在他回乡途经陕南时，忽然想到造纸术发明家蔡伦长眠的龙亭看看。于是他就改变了行程，到了洋州。

这天，刘太真到龙亭游览完蔡侯祠出来，眼看天色不早了，就到龙亭街上找了个客栈想住一晚。他放好东西后，走进客栈旁边的小酒馆，只见一个年轻人边喝酒边撕书，一本书快要撕完了。刘太真觉得好奇，就询问青年为啥要把书撕毁。

青年说他叫包谊，是兴安府人，也是考试名落孙山，心里烦闷才来龙亭镇游览的。可是凭吊了蔡侯后，想到自己苦读十几年，弄得家徒四壁，还是不能考取功名，越想越绝望，就不想再读书了。刘太真就劝包谊别绝望，老话说，留得青山在，不怕没柴烧。刘太真要了酒菜，邀请青年一同吃喝。两个人谈话投机，随后同住一家客栈，交往密切。

第三天，刘太真与包谊到谢村古镇游玩。走到老街中端，忽听一老者大喊："卖良心秤，三文钱一个。"刘包二人听到"良心秤"三字，便好奇地围了过去，只见老人手中拎着一个五寸长的小木棍样的东西晃来晃去。刘太真问老人，这是何物？老人说："这个叫'良心秤'。秤杆是用大爷山的杨木做的，这东西最有灵性了，雨天和晴天质地变化不一样，秤杆时弯时直，给人的感觉就不同，但是公平却在拿秤的人的心中。此物小巧，便于收藏，我们这里出外走江湖的人，都带一个在身上，既能保佑平安健康，又可以提醒自己揣着良心做人。"刘太真和包谊拿到手中细看，果然秤杆和小秤砣啥的都有，觉得有趣，便各自买了一个装在包袱里。

下午，忽然下起大暴雨，他们便找家客栈住下。这雨一下几个时辰，溢水、汉江河水暴涨。次日上午，他俩到江边看江景，虽然河中水大浪高，只见两只运货物的船在江中漂浮。刘太真对包谊说："咱们各自猜测，这两只船为何要在风浪中急驶，他们到底要干啥，谁猜对了，今天的饭钱由对方出。"包谊说："好，我猜，这是两只在江中趁机想发财而捞东西的船。"刘太真说："不对，这应该是执行命令的船。"两个人坚持己见，争论起来。

这时，他们看到有几个人向江边跑来，手中还带着长绳子。其中有两个人竟然跳进江水中，向船那边游过去。只一会儿工夫，江边又拥来更多的人，他们帮岸边的人拉住跳进江中的人拴在船上的绳子，协助船老大，终于将两只船拉靠上了岸。

于是，这两只船的身份也搞明白了。原来，他们是给江对岸上游的王财主运货的船。王财主老娘明天过生日，派人买了几十坛谢村镇的黄酒与其他货物，这两只船向对岸运送时，浪太大，船失去了控制，顺滋水而下，眼看就要驶入滋水与汉江的交汇处的险滩。船老大发出求救信号，在岸上观看到的谢村镇一些水性好的小伙子，便纷纷跳入江中援助，险情这才被排除了。

刘太真胜了，就说："看看，还是我的眼光准呀！"说着拉上包谊到了一个小饭馆吃午饭。吃饭时，刘太真太兴奋了，向饭馆的客人嚷嚷着说，这是赢来的饭，不吃白不吃，又招呼两个跑堂的过来喝一杯。因为包谊输了很没面子，现在听刘太真又大声张扬，便指责他对人不敬。刘太真说："赢为王，败是贼，你该敬我。来，给我倒酒。"包谊控制不住了，说："好！"说完居然抓起杯子，砸过去，刚好砸在刘太真的额头上，额头瞬间就流血了。自然，饭没法吃了，两个人也不欢而散。随后，两个人各自收拾行李回故乡去了。

二

仿佛是眨眼间，几年过去了。刘太真已经进士及第，而且步步高升，当了礼部侍郎，可那个包谊，却还名在孙山外。

那一年，又是京试的时候。一天，刘太真在考官包佶家里翻看应试人的试卷，看到其中一篇文章，随便读了几句，不想文章朗朗上口，不禁被文章的才气吸引住了。再看卷子的作者，竟然是包谊，顿时，那些往事一下涌现眼前，刘太真便沉默了。

出榜之前，宰相审定拔出的卷子之后，对其中中榜的一个人选不太满意，便询问刘太真有没有发现考生中还有冒尖儿的。刘太真忽然想起了包谊，但是否推荐他呢？刘太真犹豫不决。晚上，他又在想白天宰相问他的事，忽然，他想起了当年买“良心秤”的事，那个老者“揣着良心做人”的话好像又在耳边响起，刘太真心想，既然包谊果真有才，做人还是讲良心，不要计较个人恩怨吧。于是，次日便向宰相推荐了包谊。宰相一看那份卷子，文章果然不错，就大笔一挥，选取了这份卷子，结果，包谊中了进士。

一天上早朝，皇上向大家亮了一份奏折说：“各位爱卿，最近山东有官员上折说淄州不断出现贩运私盐的事，严重损坏盐道秩序，地方上屡禁不绝，希望朝廷派员彻查此事。众卿认为派谁去查办此事合适？”宰相说：“臣认为让刘太真去最好不过。”皇上点头应允了。

刘太真带着几个助手，悄悄到了淄州，不去驿馆不进官府，装扮成百姓，在一家客栈住了下来。接下来，他带了一个随从，到各个盐肆及档口去转悠，了解行情。他觉得，盐肆每天出出进进的买盐人不少，秩序基本正常。然后，刘太真又带人分成三组，轮流数次到城外几个较大的村庄走动，从侧面了解到村民食用的盐，都是到城里的盐档口去购买的。不存在有人贩运盐的事情。那么，有官员上报说这一带有人贩运私盐，究竟咋回事呢？

这天，刘太真到一家大酒楼喝酒，有个老汉带着十几岁的小姑娘进来唱歌，旁边一个人称楚爷的三十多岁的富家公子，让小姑娘一连唱了三首曲子，赏了姑娘三两银子。刘太真觉得此人出手大方，随后与其交谈。刘太真问楚公子做什么赚钱的买卖，楚公子支吾着不说，刘太真又问了一遍，楚公子随口说：“只是贩运一些大枣而已。”刘太真暗想，贩运大枣也能发大财吗？

傍晚，从酒楼离开时，刘太真让随从肖东平悄悄跟随在楚公子的后面，发现楚公子回到了一个很大的宅院，墙高院落大，门禁很严，非常人之家。刘太真让他此后与随从伍珉一起，对这楚公子家多留意。

次日夜晚子时，肖东平发现有两辆满载货物的大车驶出楚宅，一路悄悄向南大街驶去。肖东平与伍珉一路跟了上去，最后这两辆车停在一个院门前。跟车的工人敲开了院门，把货车驶了进去。肖东平看清了院落外的牌号，竟然是盐肆。

当刘太真听了肖东平的汇报后，心里明白了八九分。刘太真详细做了安排，并派人去十里之外的地方，调动在那儿待命的十多名军士。

第二天夜晚，一更左右，埋伏在楚宅附近等候了多时的刘太真，发现楚宅内又驶出来两辆运货马车。两辆车驶离楚宅百步远时，刘太真带人将货车包围了，查看车上货物，全是食盐。刘太真手一挥，押送货车的四个人全被擒拿住。接着刘太真派三人看住盐车，带人押着一个车夫回到楚宅，让车夫打开门后，刘太真带人冲进楚宅，发现后院一个大库房内存有五十多担食盐。刘太真将刚惊醒的楚公子当场拿获。刘太真押着楚公子到了州衙，亮明身份，刺史赶紧配合刘太真审讯楚公子。在证据面前，楚公子很快招认了他贩运私盐的事实。

原来，楚公子叫楚定陶，他花了些银子，从山东都转运盐使司长史马勋的手中，获取了盐引（运输凭证）。但是，他获取这个资格后，并不是帮盐课司转运，而是到昌邑、莱州两处盐场灶户（煮盐场）家，出示转运券后，用低价收购灶户完成盐课后的余盐，再运到本州的盐档，买通盐官汪盛以正常价格卖给盐档，赚取这份差价。同时，楚定陶还把从灶户手中低价收购的盐，私卖给一些胆大的小盐贩，让他们贩运到外地售卖。

听了楚定陶的交代，刘太真吃惊不小，楚定陶虽持有盐引，但他偷天换日，已犯了组织和贩卖私盐罪。刘太真马上将楚定陶押入大牢，然后派人速去将盐官汪盛拘捕了。

三

该查的查了，该捕获的捕获了，接下来，刘太真派助手肖东平带领那十名军士，悄悄去楚宅埋伏下来，等待时机以便抓捕那帮常在楚定陶手下分销私盐的小盐贩。但是，他们等待了六七天，一个也没抓住，看来，这些小贩发现楚定陶出事后，可能都外逃了。

这天，刘太真带着助手和十几名军士，将楚定陶和汪盛押回京城去交由刑部审理。当他们出城走到周村附近的小淄河边时，忽听一声呼哨，只见河边的草丛中，先后跳出五十多个手持刀棍的大汉。坐在囚车里的楚定陶一见这情形，突然仰天大笑道："哈哈，楚暄，来得好，快来救我。"原来，这些人是楚定陶被捕时，翻墙逃跑了的弟弟楚暄纠集的一些小私盐犯，他们想拦截囚车，劫走楚定陶。

刘太真指挥几个随从保护好囚车，让其他十几名军士列队迎敌。谁知，这些劫道的都是些不要命的人，他们仗着人多，一拥而上，虽然刘太真的手下人都是经过训练的军士，但双拳难抵四手。过了一会儿，匪徒死了二十多人，但是刘太真的军士已经战死九个了，连他在内，只剩五个人了。刘太真拔出剑来,护在囚车旁边。匪徒慢慢向囚车边包围过来。囚车里的楚定陶又叫喊起来:“快杀了这个狗官。快呀,快上来杀了他。”

两个匪徒在楚暄的催促下,向刘太真冲过来。护在刘太真身旁的肖东平见情况危险,大吼一声,挥剑刺死了扑上来的一个歹徒。但是,就在这时,肖东平的肩膀却被另一个匪徒刺了一刀。血顺着他的肩膀一滴一滴地往地下流。肖东平又大吼一声,挥剑又杀死一个匪徒。但是,匪徒们越围越近,眼看他们四个人就要被匪徒们乱刀砍杀,刘太真不由得仰天道:“苍天,天理何在……”

四

突然,嗖嗖嗖的几声弓箭声响过,旁边的匪徒应声倒地。随之,又是几声飞羽响过,又有几个匪徒应声倒在地上了。

刘太真他们正觉得诧异,接着就见几匹快马飞奔过来,马上的勇士冲入匪徒之中,刀枪挥舞,奋勇冲杀,一眨眼间就杀死了十几个匪徒。剩余的匪徒拼命抵抗,但这时又有二十几个步兵赶来,围住匪徒与他们打斗起来,匪徒们死的死,伤的伤,最后只剩不到十个,终因寡不敌众,被这支队伍统统擒获了。

刘太真正在惊喜之间,领头的官员飞奔上来对他行大礼:“钦差大人遇险,下官相救来迟,请大人恕罪。”刘太真扶起来人,竟是包谊,他不由得迟疑地道:“包大人的救命之恩,刘某感激还来不及呢,何言恕罪?你是怎么知道我们遇险的?”

包谊说："因为刘大人不记恨我昔日的粗鲁无礼，才让我有了救你的机会啊。这几年，我也一直难忘当年咱们买'良心秤'的事。"

其实，这些年包谊为那年在谢村因一时激动而伤害了刘太真一直心怀歉意，每当他整理东西时，看到那个'良心秤'，就会想起刘太真，总想有机会时当面向他道歉。但他苦于不知刘太真在哪里。等包谊中了进士，感谢恩师时，从宰相口中得知他受刘太真举荐而中进士的内情后，更是感慨万端，更觉得有愧于人家。稍后，他想上门对刘太真感谢一番，并重叙旧情，就打听刘太真的住所，这才得知刘太真奉命到淄州办差事去了。正觉得遗憾，恰巧这时，吏部要分派他们差使了，宰相问他想去哪儿，包谊心里还想着刘太真，就说想到山东省做官。于是，包谊就被朝廷派往青州做刺史了。

到青州后，包谊就想找个机会感谢一下刘太真，两人见上一面。可是，由于刘太真一直是暗访，他没机会见到刘太真，就派了几个人，暗暗寻找到刘太真的踪迹，并嘱咐他们在暗中保护刘太真。今天，他听说刘太真已经结束了私盐案的调查，并且已经押解着囚车，向京城出发了。他正招集人马，准备出城去向刘太真当面拜谢送行。这时，忽听有人大喊："不好了！"只见一名他派去跟踪刘太真的属下，慌慌张张赶来报告说，刘太真的队伍在小淄河边，碰上了匪徒的劫杀，情况十分危急。包谊一听，立马就带领一队人马，前来救援了。

听了事情的原委，刘太真拉住包谊的手说："兄弟！是'良心秤'得以让咱再次重逢啊！"包谊说："是的。当年我买的那杆'良心秤'，至今一直保留着，有空咱再把玩把玩。"

刘太真说："一定。其实，我的那杆良心秤也还在啊！"

有个男孩叫“洞眼”

春末夏初时节，兰冰冰在叔叔的活动下，从外婆家所在的小镇上的中学转入了离家很近的省级重点中学——富平中学里读高一。

这天下午，兰冰冰吃过饭刚到学校，就从收发室收到一封信。

她一看，信封上没贴邮票，也没有寄信人的姓名地址。信封的最下面，只写着“内详”二字。看字体是男生写的。

十六岁的兰冰冰，第一次接到男生的来信，心不由一阵乱跳。她本想把信揣进口袋，可强烈的好奇心使她很想马上一睹信中的秘密。她深呼一口气，四下瞧瞧，见没人注意到她，就抑制着咚咚乱跳的心，连教室都没有进，跑进操场边的竹林里，小心翼翼地拆开信封来。只见精致的信纸上，只有一句话：“嗨！明日下午，能穿上你那条粉红色的长裙吗？”

信上没有称谓，下面也没有署名。粉红色长裙，是她姑姑结婚时，从省城托人给她捎来的礼物。她嫌太惹人眼，只穿两次便压入箱底，一次是原来的学校，另一次是刚来这个学校的第二周穿过一回。

怎么会有人提起它？而且，是她转来这个学校还不满两个月，知道的人就更少了。

俗话说，“爱屋及乌”，细微处最是有心人，难道说有男生对我……兰冰冰这样想着，她的脸便不由得红了……

次日上学时，兰冰冰就兴冲冲地翻出那条长裙来。它的确漂亮，暖洋洋的色调，旋转起来像一个从天而降的花仙子。

兰冰冰望着镜子中的她，可看来看去，都觉得自己长相一般，平时很少有男生注意自己，她想不出这条长裙意味着什么。兰冰冰又想，这会不会是一个恶作剧呢？可是，强烈的好奇心驱使她穿上长裙，要回到学校去看看到底会发生什么事情。

整个下午，甚至不甘心的她，带着揭开谜底的渴望，直把裙子穿了两天。兰冰冰在校园里走来走去，除了几个女生跑上来看看长裙的款式，问问价钱外，什么事也没发生。

根本没有一个男生有任何小小的反应，哪怕向她吹声口哨也好。可是并没有。

第三天回到家，兰冰冰感到一种难以名状的失望和惆怅，她觉得，竟然被人捉弄了。

她脱掉了长裙，把它甩在床下，再也不想穿它了。

随着时间的流逝，兰冰冰很快淡忘了这件事。直到第二学期第五周的一天下午，又一封神秘的信，经门卫送到了她的手中。

兰冰冰本不想再读它，可好奇心又驱使她拆开了信封。信上写道：

“好心的兰冰冰小妹，当你收到这封信时，我已毕业离校了。我是个个头不高，生性腼腆的男孩。我四岁时，就失去了母亲，是在爷爷和父亲的拉扯下长大的，一直缺少女性的呵护和爱抚，因此，从小对女性就有一种神秘感。

“在我读高一下半学期的一天，我在上厕所时，禁不住好奇心，趴在墙壁的小洞上，偷看了隔壁女厕一个正在上厕所的高三女同学，女生发现后，揭发了我的劣迹，我遭到了校长和班主任赵老师的严厉处罚。从此，我名声扫地，同学们讥讽我、疏远我，还给我起了个叫‘洞眼’的外号，我更加自卑了。逢年过节，同学们都能收到同学赠送的礼物，而我总是一无所有，看到身边女同学鄙视我的目光，我痛苦极了，很想得到女同学的谅解和安慰。可我从小到大，从来没跟女孩通过信，更别指望有女孩给我心灵的慰藉或送礼物给我了。

“当初你收到纸条的那天，是我在高中的最后一个生日。周围没有人在意我的生日，我很伤感，我想要一份生日礼物，特别是一份女孩子给我的礼物。你回家的那条路，我也经常走，所以我早就注意到你了。我看你是个性格温和的人，就在心里悄悄已把你当成了陌生的‘熟人’。于是，我冒昧地写了张字条，谢谢你真的能穿上那条粉红色的长裙，满足了我的渴望。你知道吗？那一天，我在远处心里微笑着注视你，眼眶里却蓄满了泪水。谢谢你给了我人生中的珍贵的礼物，谢谢！我会永远铭记于心中。

“现在，我已到南方打工三个月了。上个月，我打工的电子厂举办‘中秋夜新声歌咏大奖赛’，我鼓足勇气，上台朗诵了一首自己创作的新诗词，竟被评为二等奖，得了五百元奖金。尽管奖金不多，但是我从这次赛事中，找到了自信，看到了人生的价值，看到了奋起的希望。由此，我更想到了你当初给我的那份心灵挽救的特殊的礼物，使我放弃了自卑的心态，感受到了人间的温馨！为了感谢你，我用所得的奖金买了一条金项链，已随信用包裹邮寄给你，请查收。项链的坠子是一块小玉石，它象征着你那颗纯洁的心，希望你戴着项链，能保佑你一生平安。昔日的洞眼（王明东）祝愿你早日考上大学。”

看完信，兰冰冰的泪水已不知不觉地流了下来，她只觉得天地在一瞬间，忽然变得更加宽广、亮堂了。

这时，她不由得想起小时候听熟的一首歌：有个女孩名叫婉君……于是她情不自禁地哼唱起来：“有个男孩叫‘洞眼’，有些往事虽然依然清晰，但他已走出灰暗，迈进阳光地界……”

她为啥想摸我的手

两年前的那个春天，二十三岁的我，从武警部队退伍后，在珠江三角洲某镇一家效益如日中天的皮具厂里当了保安。

时间像流水一样，转眼就到了初秋。那天下午上班后，我在3号车间门口监督工人们打完考勤卡，刚转过身还没在执勤台前落座。突然“扑通”一声，靠近车间门口工作台旁，一位女员工直挺挺地晕倒在地板上。我吓了一跳，一愣之后，惊叫道：“不好！有人晕倒了！”

我赶忙跑到女工身边伸手把她扶坐起来，车间主管也闻声奔了过来，他见女工脸色苍白如纸，嘴唇发紫，颤着声音向车间其他员工喊道：“快来几个人，给她弄点水喝下去！”

我一听，忙说：“别耽误时间了，快送医院吧！”说完，我突然想起老年人说过，人晕倒时的抢救措施是掐人中穴。

于是，我慌慌张张向这女工的鼻穴上掐了几下，好像没啥反应，我赶紧抓住她的两条腿，招呼身边的两位员工一起动手，抬起女工，沿三楼楼梯一直把她抬到楼下工厂大门口。我拦了一辆出租车，塞给司机二十元钱后，急忙把病人抱上车送到了医院。

当我与车间主管及另一位女员工一起，在急救室门口等待医生抢救病人的时候，我忽然想到自己执勤的岗位，没有人替换，我就匆匆提前赶回厂里值班了。

上班一忙，也就把那女员工去医院的事忘到九霄云外去了。

一天，又到上班时间，我正在车间门口监督员工们打卡。这时，突然耳边有人说："保安，你好！那天的事，我真不知道该怎样向您致谢才好！"

我闻声回过头一看，只见身边站着一位中等身材的女孩，她脸儿红红的，望着我局促地搓着双手。

"你是？谢我？谢我什么呢？"我压根就没反应过来，也没想到她说的是什么事。

女孩见我莫名其妙地看着她发蒙的样子，脸更红了，她不由得抓住我的手，说话也结巴起来："就是你……哦，你忘了吧？就是上周星期四下午上班时，我突然晕倒了，我听老乡阿秀说，是您把我抬下楼去，送进医院的，还出了的士费，真的麻烦您了……"

"噢！是这事呀！"我明白了。

我急忙抽回手说："那天晕倒的就是你呀，我回来上班一忙，把这事给忘了，也没顾上再去探望你。"

其实，那天我见有人晕倒，风风火火地只顾救人，而且她散乱的长发几乎遮住了脸颊，我压根就没看清晕倒人的模样，又因为我刚到这个岗位上值班不满一个月，连车间里员工们的名字都叫不上来，自然就认不准人了。

我问她：“你身体恢复了吗？平时要多保重身体哟！”我边说边认真打量她。

“谢谢您的关心！”女孩这样说着，不由得又握住了我的左手。

在人多的场合，我真不好意思了，急忙挣开她的手，退后一步站着。女孩继续说：“那天到了医院，我被抢救醒来后，医生连续给我输了两天的葡萄糖液，昨天又休息了一天，感觉没事了，所以，今天我就来上班了。”

我胡乱地点点头，怕她又来握我的手，就说：“你身体刚康复，上班慢慢做事，别累着了。”

也许她见我躲躲闪闪的，也有些不好意思了，就微微一笑，说：“再次向您致谢了！那、那我上班去了！”

本来以为这件事到此就完事了，没想到次日夜晚，下班后我洗澡后又洗了衣服，正坐在宿舍里与另一名叫阿祥的保安下象棋时，门外突然有人问：“刘涛在不在宿舍？”

我拉开门一看，竟然是我帮过的那位女孩。

女孩在另一位女孩的陪同下，走进了我们的宿舍。刚见面，她又一下握住了我的右手，嘴唇微微翕动着，像要说什么，却没说出来。

我的心不由得一跳，回头望望同室的保安阿祥，他正站在我的后面。我的脸红了，尴尬地急忙从女孩手中抽出自己的右手，忙招呼她们入座。

女孩从同伴手中接过一个塑料袋，眼睛亮亮地望着我，说：“今天晚上，不用加班，本来想请你出去吃顿饭，但怕您推辞不去，所以，我们就买了几瓶啤酒，随便聊聊吧。”她打开塑料袋，取出四瓶啤酒，两包花生、一包麻辣鸡爪和十几颗皮蛋，摆了一桌子。

“既已如此，我只好恭敬不如从命了。”我马上动手开了啤酒瓶子，开始斟酒。

我们一边吃喝，一边东一句西一句地闲聊着。这时，我才得知那天帮助过的女孩名叫吴莉。

其实，吴莉人挺漂亮，口齿伶俐，也挺健谈的。从接触来看，我觉得吴莉是个对人蛮真诚的人。我已把吴莉当作一个很好的朋友看待了。

只是，我心中暗想，吴莉是不是有心理怪病？为何一见面，总是爱握我的手呢？

一个女孩子，为什么会这样？我感到很诧异。

在这个皮具厂当保安，每隔三个月，要轮换一次岗位，从第四个月起，我被调到宿舍区值勤了。

一个星期二的下午，四点半左右，我正在宿舍门口的值班室里值班。有两个穿花格子衬衫的男青年要进宿舍找人。我说上班时间厂外人士不能进去，他们硬要往里面闯，我强硬地拦住了他们。见他们骂骂咧咧地走了，我正要进值班室去，没料到这两个家伙又返回来了，而且不知从哪儿弄了块苹果般大的石块，从后面向我偷袭过来，见我被击中了后脑袋，这两个家伙奔逃而去。我一手捂住流血不止的伤口，一手扶住铁门摸索着挪进值班室，支撑着打通了前面总值班室的电话，我就倒在了地上……

次日上午，我正躺在病床上昏昏沉沉的，蒙眬中感觉到有一双手，在我脸上来回抚摸。那双手，时停时动，而且有嘤嘤的哭泣声。

当我睁开沉重的眼睛时，我看到了一张挂着泪水的脸，一张美丽但充满忧愁的脸。我终于认出来了，是她——曾经多次握住我的右手颇显激动神情的吴莉。

这时，她见我醒来了，双手握住我的手，忘情地抚摸着，她哽咽着说：“刘涛，想不到，你竟吃了这么大的亏，你可要挺住啊！”

说着，她用另一只手，抚摸着我缠着绷带的头，又流着泪说：“我多么希望这横缠竖绕的绷带，是缠在我的头上……我真想不通，这世上，为什么不幸的事总是降临在善良人的身上啊……”

尽管我当时头又闷又痛又沉重，难受得不得了，但我还是故作轻松地说：“不要紧，阿莉，放心吧，我觉得只不过像被恶狗咬了一口一样！过几天就会好的。”

吴莉听我这样说，又一下抓住我的手，慢慢地摩挲着，嘴里喃喃地说：“假如真的是这样就好了。可是、可是你的脸色告诉我，你的伤并不轻啊！”

为了不让她难过，我赶忙岔开话题：“现在是上班时间，你怎么跑到医院里来了？”

“我是早晨上班后，才听同事们说你的头被人打破了，我当时吃了一惊，不知道你伤成什么样子了，就向主管请假想来看望你，可是主管说这两天厂里正赶货，任何人不能请假。我磨了半会儿嘴皮子，主管都不答应，我就假装上厕所，跑出来了。”

我一听，赶紧说：“阿莉，咱厂的厂规你不会不知道吧？请假未获准私自出厂，轻则按旷工罚款处理，重则按自动离厂处置，要除名的。你赶快走吧！快回厂里去！”

吴莉头一仰：“我管不了这么多了，我不回去！”

“不回去，耽误半天要丢工作的呀！”

“工作有人的生命重要吗？”吴莉又握住了我的手，“你知道我为什么老是握住你的手忘情地抚摸吗？因为我每次看见你这双手，我心中有一个声音在呼喊：这是一双充满爱心，曾经给了我延续生命的机会的手！这是一双救过我命的手啊！我在广东打工四年多了，以前我在别的制衣厂看到那些不同地域的员工，在生产淡季里为了抢货做，吵骂起来后，甚至拿起剪刀相互乱捅的情形，每当想起这些时，我的心就在发凉；而上一次，与我互不相识的你，却在那样的危急关头，像关心自己的亲姐妹一样来抢救我，这是多么令我感激啊！所以我忘情地敬重你这双帮过我的手，钟情你这双手。这一回，你要有个三长两短，我心里好受吗？我还到哪里去再找这双手和手的主人啊！”

听了吴莉这番发自肺腑的语言，谜底解开了：我心里有一种东西在激荡，我明白了，吴莉往日那种喜欢抚摸我的手的“怪癖”，不是可耻的行为，而是一种真情流露，是一种善良的回报和人间美德！

我觉得心里既温暖又舒坦，我差点感动得流出泪来。我一把抓住她的手，紧紧地摇晃着……我没勇气赶她走了，她一直在医院里待到第二天下午才回到厂里。

这一次，吴莉私自出厂，真的被我言中了，她被厂里“炒了鱿鱼”。原来，这次她们车间未能在出货期间内赶出货来，厂里受了损失，她刚好碰在风口浪尖上，谁也留不了她。

吴莉失去了工作，干脆跑到医院来专职陪护我。有她在，我只得像个小学生一样乖乖地服从她“狠心”给我下的养伤的命令。

直到我出院后，吴莉才重找了工作，在另一家皮具厂做了产品质检员。那些日子，我过得既艰难又快乐，艰难是来自我肉体上的，快乐是吴莉给我受伤的精神的一种补救，是上帝公平的补偿。有几次，我都想跟随自己的情感冲动，向这个美丽的女孩子说出一句大胆的话：“吴莉，我喜欢你！”但是我没有。我只是压抑着自己，暗想，吴莉确实是一个很好的朋友而已。

没想到这次的流血事件，让我因祸得福，因为我用流血的代价保卫了工厂宿舍的安全，回厂上班不久，我被提升为保安队长。

三个月后的一天，我请假到广州火车站去接两个从老家来的老乡，由于老乡未能按时到达，我又在火车站多等了一天。

次日下午，回到厂里后，老板找我去谈话。原来，昨夜工人们加班时，厂宿舍被人盗走了两口皮箱，闹得满城风雨。我是队长，而且在我离岗期间出了事，我有重大责任。老板说要罚扣我一月工资，我提出要向公安机关报案，查清案情制裁作案者，可老板说报案后影响不好，会败坏厂里名声的，坚决不答应。我一气之下，提出走人，于是我一赌气，次日就离开了该厂。

事后不久，我从留在该厂的老乡口中得知，我这一次离开，是遭了别人的陷害：原来，这个厂有两个本地的保安，老是上班迟到，而且请别人代其打考勤卡，我曾几次批评过他们，因此他们对我怀恨在心。那天他们知道我去了广州，就趁工人加班时，钻进宿舍，从院墙上把两口皮箱掷出去转移走了。

得知这一真相，我决定，虽然自己离开了厂，但我还要找这一职位的工作，甚至更好的工作，让那两个暗中陷害我的当地保安好好气一气。

吴莉听说我离厂了，马上请假租了一套房子把我接了过去。我没有推辞。这时我就像回自己的家一样自在，因为，我看到吴莉的目光，我觉得我该如此听话，才对得住她。

由于我一心想找个好工作，错过了许多进厂的机会，也花光了手中仅有的一点积蓄。两个月的房租和花销都是吴莉给的。事后我才知道，那时吴莉的父亲正患严重哮喘病住院呢，正需要用钱啊！可她未提过。其实，她给家里的钱、给我的钱，都是她背着我向工友借的。

后来，通过竞争，我终于在一个三千多人的大型电子厂找到了行政助理的工作。上班后，我送给阿莉的第一份礼物就是一份情书。吴莉看完情书，说："我终于迎来了这样的时刻！"

我说："该来的一定会来的。你怎样也躲闪不过。"

她说："我以为你看不上我呢。"我说："我敢看不上吗？因为我看见你精心照顾我的样子，我就知道你会一生都这样照顾我。所以，我就想把自己，永远、永远地交给你了。"

吴莉轻轻地捶了我一粉拳，嗔道："我当你是个爱情傻瓜呢。"

我笑着说："原来是，但现在已不是了。因为，在磨难中抗争命运的这双手，已把我们拉到了一起！也把我敲打醒了！"

日子很快就要到元旦节了，我决定在元旦的假期，娶了我亲爱的新娘。

十二月二十二日这天下午，我把我的想法告诉吴莉，吴莉羞涩地点头答应。随后我们商定，就在工厂旁边的小饭店里请几个最好的朋友，办两桌酒席，简简单单地把婚事办了。打定主意，我赶紧着手准备，并发送了请帖。接着，我到"欣美饭馆"去订席位。

出了"欣美饭馆"的门，我看到旁边小商店门口有个小伙子不停地用眼睛瞪着我，一副凶巴巴的样子，我有些不明白，仔细看了他两眼，根本不认识呀，我没理他，便匆匆地走了。

婚期的前一天下午，我突然收到了一封短信，有些奇怪地拆开一看，信上写道：

“刘涛小子，你还好吗？我叫周大刚，是吴莉的老乡，也是你的情敌，你的对头（当然是暗情敌和暗对头了）！我苦苦追了她多半年，可她却对我爱搭不理的，我很苦恼，差点儿寻了短见。后来，我发现，她竟然喜欢你，我气坏了。为了击败你，惩罚你，我就花钱请人对你做了两件事：一、宿舍打破头事件；二、买通保安偷走皮箱给你栽赃陷害。想不到，我苦心策划的两次事件，都未能将你击倒，反而促使你与吴莉的爱情更加成熟了，你成功了，小子！现在我彻底服输了。我也想通了，你能娶到吴莉，真是艳福不浅啊！是你们有缘！小子，我一个大男子汉这回明人不说暗话，往后咱井水不犯河水。我祝福你了！小子，再见！……”

我读完周大刚的信，禁不住嘿嘿地笑起来。

因为，想起往事，我不但不生气，反而觉得自己有了巨大的成就感……同时，嘿嘿，这个春节我也有了两份意外的礼物！

从这件事上，我也明白了一个道理：一个人，无论做任何事情，只要坚定信念，挺住，就能赢。善良和坚毅，是通向成功之路的得力助手，是看不见的无价之宝。

为了那个小秘密

安鱼是个性格内向，对自己要求严格的人，在特区美迪电子厂上班八年来，一直勤勤恳恳、踏踏实实地工作着，各级领导对他都不错。

可没想到，上星期新到的王厂长，一上班烧出的头把火就是：调整产品结构，优化人力资源的重新组合，这样一搞，一下子宣布一百余名员工立即精减下岗，回家待业。

而安鱼正是这一百余名不幸被王厂长快刀斩落树下的“一片落叶”。

通知发下的那一天，安鱼回到家里，磨蹭到吃罢晚饭，才有些结巴地对妻子说：“厂里面要革新、整顿，我不幸成为被调整人员，从明天起，我就不用去上班了，所以，这往后，洗洗烧烧的家务事，就暂且由我来干吧……小全也不用送托儿所了，就让我带些日子吧。”说着，他匆匆拾过碗筷，像是有谁会跟他抢似的，匆忙朝厨房端去。

对于安鱼的献媚，妻子陈梅似乎有些意外，却也不在乎，顺手拾起沙发上的毛衣，边织边说：“这么说，我得好好感谢你们厂长，让我过上悠闲的日子？”

“那当然，不过，事已如此，也没办法……”第二天早晨醒来，安鱼发现妻子上班去了，儿子小全也不在家，兴许是妻子带走了。安鱼下床拖着鞋子在屋子里转了一圈，方才发现桌子上压着一张纸条：

阿鱼：你可醒来了。早餐在电饭煲里，皮蛋剥好了，调料也加好了，牛奶凉了你再温一下，愿你早餐吃得味美而尽兴。小全我也带去上托儿所了。

记住，在你背后有个理解你、支持你的妻子。一切困难都会化解的。有句话说得好：大石挡道，弱者视它为拦路的猛虎，强者把它看作前进中的阶梯！难道不是如此吗？！我对你是有信心的！你不会让我失望的，是吗？——爱你的梅晨留字。

读罢妻子的留言条，安鱼的心有些不平静了，他的思绪如脱缰的野马般奔涌起来。妻子好温柔、好宽容、好聪慧、好贤德啊！而自己太愧疚了。他手捏纸条，知道自己不有选择了。只有发愤图强，重新在事业上干出成绩来，才能不辜负妻子的一片真情挚爱！你从此安鱼将主要精力用在提高业务能力和外语水平上。

苍天不负用功人。三个月后，他终于抓住了一次机遇，战胜了三十余名竞争者，应聘到一家合资电器厂任生产部副经理，开始了他的新生活，新事业。

在去新厂上任的前一天下午，安鱼很深情地吻了妻子，万分感激地说：“谢谢夫人这几个月来对我的支持和鼓励！让我怎么报答你呢？”

妻子用含情的眸子“溜”了他一眼：“这个嘛，不用了，其实我也欠着你的……”说着，她透露了一个秘密。

其实，安鱼原先所在的电子厂，下岗人员中并没有他，倒是有妻子陈梅的女友周小芳的丈夫刘思亮。为了帮助小芳夫妇解决困难，陈梅就以他的名义，私下给厂里写了一份自愿下岗离职申请书，把名额让给了刘思亮。

安鱼听得一愣一愣的，禁不住问道：“你、你为什么要这样做？”

陈梅说：“虽然不是迫不得已，但是只有这样做，才是恰当的办法。我不能见死不救呀。你一定会问为什么？原因是，刘思亮被精减后要是再找一份较满意的工作比上天都难，况且小芳工资又低，他们一家马上会陷入经济危机。而你有潜力，比起刘思亮来，前途要广阔得多。我认为你下岗后，或许反而能找到更好的事业！”

说完，陈梅向他讲了另一个隐藏了好多年的“故事”。

原来十几年前的那个冬季，陈梅正在她老家的县城读中学。一个星期六的下午，已有两个星期没回过家的陈梅，骑着自行车从学校回家时，问同村的周小芳回不回去，小芳说她不回去，要陈梅返校时到她家给她捎几块钱就行了。陈梅就一个人骑着自行车向家里赶去。

走到离家里有二三里路的鹰嘴岩山口时，忽然有一个中年男人，飞奔过来对兴冲冲正往前骑车的陈梅叫道：“快停下来，前面正在放炮呢，危险！”陈梅只顾哼着歌儿往前赶路呢，根本没听到别人的叫喊，就照旧边哼着歌，边踩着自行车急行直奔。

那中年男人见陈梅一瞬间又往前奔走了一百米，就不要命般挥着双手跺脚朝陈梅嚷道：“嗨！你这疯丫头，我告诉你前面修路正放炮呢，你还是直往前跑，你不要命了，我还要命呢！”说罢，这男人转身往旁边的山洼里躲藏去了。

就在这时，从另一个山洼里冲出一个矮个儿中年男人，飞奔过来，一把从车子上拉下陈梅，把她推倒在地，这男人一下扑在她身上……这时，连续三声巨响，陈梅只觉得身边像下了一场沙石雨一样，等沙石雨停了，盖在她身上的男人呻吟一声，滚向一边，陈梅起来，才看清这个中年男人是小芳的爸爸，他刚才为了救陈梅，左腿被飞起的乱石砸得血肉模糊。大家把小芳的爸爸送进医院，医生说他的左腿被砸断了，成了粉碎性骨折。后来，小芳的爸爸虽然接合了腿骨，可出院后落下了残疾，走路一瘸一拐的……

听了妻子的解释，安鱼睁大眼睛望着她，他半天才如梦初醒地说：“我的好老婆呀，你可真会明修栈道，暗度陈仓，用心良苦哟！不过，你这一颗知恩图报的‘感恩的心’倒是挺让人感动的呢！”

说完，安鱼慢慢移近妻子，就吻了她一下。陈梅笑着一把推开他：“正经点，小芳两口子马上就要来了，他们不知从哪知道了这件事，说要来祝贺你……”

陈梅正说着，门铃响了，安鱼拉开门一看，小芳两口子已站在门口了……

突然消失的头痛病

一

进入四月份以来，鑫苑小区的居民们，遇上了前所未有的头痛事儿。行走在小区中的南边通道时，就不由人不唉声叹气，甚至骂骂咧咧的，这些居民们中，悲叹声最大、头痛最厉害、烦恼最深切的，当数六号楼的居民陈国钦一家人。

鑫苑小区的居民们，为啥会如此烦恼头痛呢？这事得由半个月前说起。

半个月前的一天，鑫苑小区的物业管理部门，突然在小区里贴出一张告示，说是因为管理该小区四年以来，由于长期收不齐某某两幢楼的四五家业主的物管费和水电费，导致物管部门财务烂账积压日久，工作信心完全丧失，经公司负责人与业主代表商议决定，本月三十号起即中止托管合约，从明日起撤离该小区。随着物业管理部门撤离的同时，物业管理部的工人，竟然把小区中的四辆垃圾小推车也搬运走了。

物业管理人员走了，铁箱垃圾小推车也不见了，日常朝铁箱垃圾车中放惯了生活垃圾的居民们，就在原来放置垃圾车的地方，随手将垃圾袋一扔，然后看也不看，就昂首离开。以前，有物管人员时，每天晚上，值班的工人就将白天扔满垃圾的小推车推出小区，把垃圾倒进小区南边一百米远处的垃圾池中，再把铁箱垃圾小推车拉回来，放在两幢楼之间的指定位置，供居民们使用。如此反复地运作，日积月累，已经成了一种生活习惯。

而如今没有垃圾车了，垃圾就往放车的地方扔。这样一来，两天下来，小区院落四处放过垃圾车的地上（两幢楼共用垃圾车），垃圾就堆成了小山。又加之有的居民骑摩托车经过时，把一些垃圾袋子轧破，地上真是满目狼藉，脏乱不堪！

有的人就骂起来，说："这是什么事？没人打扫垃圾了也就是了，但垃圾车也被人偷走了，真是穷疯了！"有的居民听说物业公司撤走的原因，就骂那些不交物管费的。有的人则骂业主代表们，说他们没跟物管公司搞好关系，没起到代表作用，他们是既想当代表，却不愿意理事，是鼻孔里插葱，装象哩！是他们因失职才弄得小区里环境一团糟的。这些代表应当好好给大家一个交代！

业主代表老罗和冯超听到了这些话，心里难受极了，感到这些话，就像是突然刮起的大风吹来了一阵沙尘，虽然不能把人淹埋，但是沙尘却进了眼睛里，让人十分不舒服。两人嘀咕一番，就去找撤离的那个物管公司，要求他们退回垃圾车。物管公司说，垃圾车是他们出钱买的，现在还有那些烂账摊着，就用垃圾车抵债了。坚决不退给小区。

老罗和冯超没要到垃圾车，又气愤又没面子，为了让这摊烂事儿有所好转，两人商量了一下，只好自己掏了一百元钱请外面的工人来把四个垃圾堆清理了。在清理完垃圾堆之后，冯超写了个告示，贴在了小区的大门口，说本小区因为物业公司撤走，已无工人清除垃圾，请居民自行把垃圾拿出小区，扔到街边的垃圾桶中。

告示贴出后，小区的许多居民似乎没看到，仍旧往原来放过垃圾车的地方，乱扔垃圾。过了两天，垃圾又堆成了小山。冯超实在看不过眼，哀叹一番，又找了外面的工人来把垃圾清理运了出去。冯超打印了几张物业公司已撤走，请居民自行把垃圾带出小区的告示，张贴在四个放过垃圾车的地方。

这样一来，渐渐地，有素质的居民，开始自行把垃圾带到小区外面的垃圾箱中扔掉。

但是，六号楼的居民陈国钦一家人，却头痛不已。因为，他家住在六号楼的底层。原来的垃圾车，这些年一直放在他家的房子外面，供五号楼和六号楼的八十多户居民放垃圾用，而且垃圾车的位置，距离他家的厨房窗口不足六米远。现在，没了垃圾车，也有半个月了，冯超自行出钱也清理过垃圾了，可五号楼和六号楼的那些居民，仍旧往他家窗外不远的地方扔垃圾，等着别人替他们搬运垃圾哩。

陈国钦每次从外面回来，走到那堆臭烘烘的垃圾跟前，不由得气愤起来："这些人呀！素质真够差的！你把垃圾提到小区门外，扔到街边的垃圾箱中，只不过六十米的样子，难道多走几步，腿就走断了不成？你的垃圾，你都不愿意拿到外面去，难道想让天上掉下个人来帮你清理垃圾不成？"

"是呀！这样的人，简直没一点素质！"陈国钦的妻子红梅也气愤地说，“现在都不交物管费了，你还不把垃圾拿到小区外面扔掉，还等着让谁替你们搬运垃圾呢！不知这些人心里，是啥想法？”

陈国钦说：“这些乱扔垃圾的人，都是图方便，自私自利！他们这个月都没交物管费了，难道心里没数？不会不知道是咋回事吧？告示也贴过了，这分明是偷懒耍滑！”

二

气归气，陈国钦回到家，立即打开电脑，在文档中打了一段话，作为公告，大意说：因本小区物业管理部门早已撤离，用户水电的抄表和费用核算、收缴任务，由各楼的住户们自行执行，现已从每幢楼的一单元往后开时轮流开了，所以，住户们已经不用交物管费了，也无工人打扫清运垃圾。小区是我们的家园，公共环境卫生需要大家共同维护。请居民们每天把生活垃圾带出小区，扔到街边垃圾箱中，有环卫车运走。谢谢大家配合！

写完，陈国钦到街边复印店打印了几张“告示”，他拿出去贴在显眼处，特别在他家楼外的垃圾堆旁边的墙上，也贴上了一张。然后，他与妻子找个编织袋，把楼前的垃圾清运到外边，扔进街边的垃圾箱中。

本以为，这样一番公告，用和蔼而有礼貌的语言，温和地告知大伙，居民们应当不会再在小区内乱扔垃圾了。

谁知道，第二天下午，陈国钦回到小区，发现他家楼前的地板上，又扔了几包垃圾，而且地上还散堆了不少垃圾。再看旁边他贴的那张告示，已经被人给撕掉了。

把公告撕掉，又往那儿扔垃圾，这不是故意跟人作对吗？嘿！很稀奇呢！这小区还有这样的二百五呢！

陈国钦十分恼怒。回到家，他把这事跟妻子一说，妻子一听也十分气愤，怒冲冲地说："唉！我在这个小区住了快十年了，没见过小区里还有一些会走路的'猪'哩！他们难道不会听人话吗？像这样的人，还有脸装腔作势地在城市里生活呢！真可称是人世间的'活宝'呢！"

两口子这样唠叨了一会儿，心里委屈，很想找个人诉说一番，他们就去找业主代表冯超。

冯超听了陈国钦的诉说，无奈地说："你看这事麻烦不麻烦？我公告也张贴了，自家出钱请人也清运过两次垃圾了。这些胡搅蛮缠的人到底想干啥？只说人家物管部要撤走哩，遇见这样的人，能咋样？有物管人员时，一些人不肯交纳物管费，现在人家走了，不用交物管费了，无人给咱们服务了，小区处于自行维护状态，一些人又不愿意自己清运垃圾！这些人，怎么不通点人性呀！"

"是呀！既不想出钱请人服务，又不想自家维护环境卫生，他们到底要咋样？"红梅接过话大声说。

冯超说："要不这样，咱今晚先把那些垃圾清扫出去，然后，我想个办法，再警告大家一番，再看看情况。说不定会有一些改变。"

陈国钦说："好吧，就这样。冯哥，你在家想办法吧，我跟红梅去把那些垃圾清扫出去。堆在那儿实在让人看着难受！"

第二天下午，陈国钦和妻子回到小区，路过那个放垃圾车的地方时，发现昨晚上他们将垃圾清理得干干净净的地板上，又扔了七八包垃圾。有的垃圾还撒了出来，地上乱七八糟的一摊，十分脏乱。

而就在垃圾堆的旁边，竖着个三尺高、两尺宽的五合板做的木牌，木牌上红色的墨水用毛笔写着几个大字：维护环境卫生人人有责！在此乱扔垃圾者，全家死光！

陈国钦说：“一看这木牌，就知道是冯超做的。”

“可是，如此难听的话，都摆在这儿了，还有人乱扔垃圾呢！”妻子红梅叹道。

陈国钦说：“你看这些人顽固不化得很实在哩！”

红梅说：“是啊！现在的人，自私自利的不在少数！我真是服了。”

“唉——”陈国钦长叹一声，说，“气愤归气愤，咱们还是把这垃圾清理一下吧。”

“不要瞎操心！”红梅拉了陈国钦一把，说，“你吃多了？”

“你这话是啥意思？”陈国钦看了妻子一眼，有点不明白。

红梅说：“你想想呀，你把它们若是打扫干净了，他们一看，扔的垃圾，有人打扫走了，心里挺得意，更来劲了，明天继续会往这里扔垃圾的。让它堆吧，堆上几天，他们看没人义务给他们打扫清理垃圾了，也许会不往那儿扔了。”

陈国钦听红梅这么一说，想想，确实有几分道理呢。只好摇摇头。跟着妻子回家了。

三

往后几天，陈国钦和红梅各忙各的，虽然心里很讨厌那些垃圾，但不再去理会垃圾堆的事儿了。

自然那个乱扔垃圾的地方，垃圾不但没少，反而在一天天地增多起来。

过了三四天，天气突变，那天下午下了一场大雨。这一来，那些没人管的垃圾被雨水冲得七零八落，有的垃圾袋因放了几天，袋里的东西腐烂了，现在被雨水一泡，流得到处都是。地上稀汤流水的，要多脏有多脏。

傍晚红梅下班回来，路过那个地方，被臭气熏得直呕，忍不住站在一边骂起来："这些缺胳膊少腿的'东西'，把垃圾扔在这儿，是等你爷爷你奶奶替你们清运吗？你们能把垃圾拿下楼来，就拿不到小区门外去吗？真是连猪都不如了；人家那些猪，还知道跑到距离食槽几米的地方屙粪哩，小区里，是人居住活动的地方，你们却把垃圾扔到自家活动的地方……"

正叫嚷着呢，陈国钦回来了。他说："老婆，别骂了，省点力气吧。先做饭，上了半天班早饿了。吃了饭再理会这事吧。"红梅瞅了丈夫一眼，没说话，向自家的门口走去。

吃完晚饭，陈国钦对妻子说："咱们还是把外面的垃圾，打扫清运一下吧。这回不打扫，咱们实在受不了了。只当是锻炼身体哩。"

妻子说："这事，真是搞得人头痛死了，现在咱是打扫不是，不打扫也不是。把垃圾打扫清运了，还有人胡整，不打扫吧，受害的是咱们。唉！这都是些啥人啊……反正，想干净是干净不了的，这次，我是不会打扫的……”

陈国钦叹了一口气，没说话，却拿起垃圾斗和扫帚，向门外走去。红梅嘴上说不参加，可见丈夫拿起工具出去了，她只好到阳台找到一个小铁铲和一只大塑料袋，也跟着出去了。

陈国钦用铁铲把地上垃圾，慢慢地铲拢，然后装进垃圾斗，又把红梅那只塑料袋也装上垃圾，两口子一人提着一包垃圾，向小区门外七十米远的街边垃圾桶里搬运，就这样来来往往，搬运了十二三趟，才把这些垃圾清运完毕。接着，陈国钦回到家，打开电脑，用打印机把他上次用和蔼而有礼貌的语言告知大伙因物业撤离、无人为居民服务、需自行把垃圾拿到外面扔到街道垃圾桶的那张告示，又打印了两份，贴到了他打扫完垃圾的地方。然后，两口子才回家洗澡、休息。

第二天上午十点左右，红梅上班期间，因为有一个文件忘在家里了，但等着急用，她只得打出租车回家来取。

红梅回到小区，刚走到六号楼前，她发现，就像是土匪进村打劫刚离去的似的，地上又东倒西歪地乱扔了好多袋垃圾！

一见这情形，红梅气不打一处来：“嗯呀！还真是‘野火烧不尽，春风吹又生’啊！这些人啊！不骂你们几句，你们心里真不舒服呢！简直不通人性了！”红梅抬起脚，几下把两个垃圾袋踢散，“你们喜欢脏，就好好地脏吧！反正大家都在一个小区呢！”

红梅进屋取了东西出来，看了地上一眼，觉得刚才发火是多余的，有点过分了。这些人乱扔垃圾，本就不对，自己再把垃圾袋踢散，离我家这么近，这不是更脏自家吗？想到这里，她又返回屋里，取了一把扫帚，把散了的垃圾扫堆。

正打扫着呢，从对面的五号楼的楼洞里走出来一位老阿姨。虽然红梅跟阿姨不太熟悉，但都在一个小区住，经常打照面，好像她姓王。红梅说：“阿姨！你看我昨晚刚跟老公打扫了垃圾，花了一小时，清运得干干净净，才过一夜，又扔了些垃圾，明知道没人给咱们服务了，还乱扔垃圾。这就不能让小区干净上一两天吗？干净了住着不舒服吗？”

阿姨说：“就是呀！这其中一些人，就是没有集体观念，没觉悟！个人不讲形象也别害别人嘛。多走几步路，累不死人的！”当阿姨知道红梅是上班期间回来拿东西时，阿姨说：“姑娘，你上班去吧，这地上的垃圾，我来打扫。扫完，我把垃圾运出去。反正我又不用上班，有时间哩！”红梅说声：“劳驾了。”就去上班了。

第二天一早，陈国钦受单位委派到南方出差去了。偏偏下午三点左右，红梅的妈妈走路时摔了一跤，被路人送进了医院。红梅得知消息时，正在陪公司领导在仓库检查货物库存情况，她赶紧向领导请假后，心急火燎地到医院照管妈妈去了。妈妈原本有癫痫病，这回是老病复发才摔倒的，但是，她摔倒时把头摔伤了一个口子。医生说本来人老了，这回摔得也重，要留院观察治疗一星期。红梅的哥哥在外地工作，爸爸前年又过世了，这照顾妈妈住院的责任，自然得由她全权负责承担了。

一个人像被绑在医院里一般，红梅每天要陪妈妈到检验室做常规检查、拿药、服侍妈妈打针、准备吃的喝的，她每天跑上跑下，忙得就像个陀螺似的。日子就这样往后熬着。

八九天时间在三点一线和无数个重复烦琐的动作中熬过去了。这天下午，医生说经过观察治疗，红梅妈妈的病情没有大的变化，她妈妈的伤口基本愈合，癫痫病也控制住了，给开了一些药，说可以出院了。红梅帮妈妈办了出院手续，把妈妈送回家，安顿了一番，眼看天快黑了，这才回家来了。因为她记得妈妈摔倒那天早晨，出门前她泡了几件衣服在盆里，准备晚上回家洗的，结果中午妈妈就出事了，她一到医院就是八九天，丈夫陈国钦也没回来，不知衣服现在泡成啥样了。她得赶快回去瞧瞧。

四

一走进鑫苑小区的大门，像是有一道看不见的咒语在暗地里发挥奇异作用一样，红梅心里忽然一紧，那个令人头痛的病，又在心头萦绕。近十天没回过这儿的家了，她不知道六号楼前那个令人深恶痛绝、清除了又复生，像缠人的噩梦一样搅得人不能安生的楼前不该有的垃圾堆，现在会堆成什么样子呢？

红梅带着几分忧愁的心情，慢慢地走到六号楼前，情不自禁地向那个讨厌的地方看去——没想到，那地方却出人意料地空空如也！不会吧？她不相信地睁大眼睛向附近又打量了一番：周围的场院地板上果真空空如也！

这是怎么回事？这是不是在做梦？“难道这个地方真的干净了？难道小区又恢复到一个月以前的样子了？半月前那些顽固不化的人，真的觉悟了吗？”红梅嘀咕着，在地上绕了几个圈圈，似乎不敢相信自己的眼睛。

“这不是红梅吗？好久没看到你了！”突然，有人跟红梅打招呼。红梅转身一看，叫她的是住同一楼四楼的刘姨，她手提一袋青菜，从小区外面进来了。

“刘姨啊？你可回来了？”红梅精神舒畅地招呼刘姨。原来，刘姨数月前到她那嫁到外地的女儿家去探亲，一去就住了几个月，前几天刚回来。

红梅说：“刘姨，你看现在物管走了，垃圾车也没了，前一晌，咱楼前可够脏的了，一些人偷懒耍滑，不愿意往外面运垃圾，每天楼前垃圾堆成了小山，烦死人了！这几天我没在家，现在回来，楼前终于干净了……难道那些难缠的人有出息了？”

“是啊！只要好好下番功夫，那些难缠人，就有出息了！只要抓住个典型，老话说擒贼要擒王，治病要治根，只要瞅准拿稳就刹住了歪风，我们总不能就这样脏乱下去嘛……这不，场院地上已经干净三四天了，看来，这回是没事了。”刘姨笑眯眯地说。

红梅听刘姨这样说，有点疑惑：“刘姨，您啥都知道了？您肯定知道为啥没有人乱扔垃圾了，我都被乱扔的垃圾，脏怕了啊。”

“放心！往后就不会了。不然，我跟五号楼的王阿姨，可就是白费了心了……”

原来，红梅陪妈妈住院后，五号楼的王阿姨打扫了两天垃圾，可这地方老是垃圾袋“不绝种”，王阿姨清扫了几天垃圾，也有点灰心了。就在这时，四楼的刘姨从外地回来了，她得知情况，也很气愤，就跟五号楼的王阿姨商量，决定每天下午到晚上，她们扫完垃圾，就躲在旁边观察，看看到底是谁先往这儿扔垃圾的。因为，扔垃圾倒垃圾大多是晚饭后的时间。一般情况下，当有人往那里扔了垃圾后，后来的人就会照样也把垃圾往地上一扔就跑了。人都有偷懒和看样子的毛病。开始，她们现场发现几个往楼前随手扔垃圾的人，就上前当面说他几句或劝告解释一番，让其下次不要这样做了。

后来，垃圾虽然少些了，可还是不绝迹。她们就增加守护侦察的时间。经过几天的观察，她们发现垃圾中，有一些尿不湿和婴儿不能再用了的小衣服，经分析，认为是有婴儿的人家扔的垃圾。刘姨和王阿姨刻意地一番查访，得知只有五号楼的三楼西户，女主人刚生小孩不满三个月。这说明，这场院中那些不肯绝迹的垃圾，就是她家继续乱扔下的。这算是最后一颗“老鼠屎”了！

有道是兵来将挡、水来土掩。有了新情况，就得有新的应对良策。刘姨和王阿姨商量一番，次日吃过午饭，她们两人边打扫垃圾，边望着对面三楼高声说：“有婴儿的人家注意了，下次再往小区里扔垃圾，我们就把垃圾拿到你家门口去。小区外面就有垃圾桶，你把垃圾扔在小区，老让别人帮你效劳好意思吗？”

这一招果然有用。从当天晚上起，地上再没有垃圾了。一连四天了，楼前都干净着呢。

听了刘姨的解说，红梅长舒一口气，觉得心里一下轻松了许多，仿佛天也高了许多。那个多日里令人头痛不已的病，突然一下消失了！

红梅说：“刘姨！谢谢您了！这真得好好谢谢您和王阿姨哩。”

“这孩子，谢啥呀！小区是我们的家园，我们自己的家，我们把它弄干净了，住着舒服了，还用说谢自家吗？其实，咱小区这些日子出这样的事，虽然让人头痛、心烦，可是，我们体验了一回，发现有一些人，还是有那点公德心和自知之明的。就像这家……”刘姨说完，往旁边墙上一指。

红梅顺手看去，发现刘姨指的地方，贴着一张纸，上前一看，竟然是一份道歉书，大意是说，因他们家对保姆要求不严，导致了乱扔垃圾搞坏小区卫生秩序的事儿多次出现，给大家带来困扰，影响了附近居民的生活，现真诚地向小区居民道歉。署名是：五号楼302住户何永胜。

“这是怎么回事？”红梅看过道歉书，有点不明白。

刘姨见红梅疑惑，便说：“这是居民素质不断提高的见证，说明大家都在进步呀！”

刘姨接着便说了事情经过。那是她们清除“最后一颗‘老鼠屎’”的前两天。

那天，她们守候在垃圾堆旁边，碰上一些往楼前扔垃圾的人，就上前当面说他几句或劝告解释一番，让他们下次不要这样做了。后来，垃圾虽然少些了，但是往后，她们发现每天还有好几袋垃圾扔在地上，说明有人还是顽固不化。那天黄昏，她们就躲在一边看着，一会儿，一个年轻女子拎着垃圾过来，四顾无人，扔下袋子就跑了。刘姨和王阿姨跟上去，把她拦住了，一问，原来她是对面楼三楼一对姓何的退休好多年的老职工家的保姆。于是，她们就上门去找保姆家老职工当面说明情况，得知老职工夫妇身体欠佳，平时很少下楼，所有事务全靠保姆打理，所以才出了这样的事。老职工十分愧疚，于是教训了一番偷懒的年轻保姆，还写了一份道歉书，贴在了小区的墙壁上，公开道歉向大家赔不是。

刘姨说："小区是我们的家园，既是自己的家，人人得尽一份责任。只要大家共同努力维护，功夫下到家了，把毒疮剜了，苍蝇就无处下蛆了，你说，到了这份上，能不干净舒适吗？"

红梅听刘姨这样说，心想，真是这道理，就咧开嘴笑了。刘姨也笑了。

一炮冲天定输赢

一、路遇

可能陈望春从来就没想到，这天进趟城，还会遇上了一件让他改变命运的事儿。

那是初秋时节的一天。

正当正午，陈望春到城里去看望朋友，路过一片小山丘前，忽然听见一阵凄凉的女人的哭声。他好奇地停住脚步，又听了一会儿，听出哭声来自那片低矮的树林里，伴随着哭泣，不但有男人粗暴的叫骂声，还夹杂着一个男人低低的求饶。

陈望春好奇地走上山丘，发现一个高大富态的男人，正在指挥身边的下人"收拾"一个躺在地上的老汉，而老汉身边一个年轻的女子，则一边护着老汉，一边向对方求情、哭泣。

陈望春看不过眼，就走过去说："打架的，逞够了威风过足了瘾，也该停下来了。人已经被打倒了，难道你们想把人打死吗？"

富态男人一听有人插嘴，转身看到是一个年轻的男人多管闲事，就说：“狗拿耗子。他是你爹？”

陈望春说：“不是，他肯定是你爹。以少欺老，我一看你就是畜生不如的不孝之人。”

富态男人听了这话，气得眉头皱成疙瘩，瞪着陈望春怒吼道：“哟？这是谁家铁链没拴紧，跑出来一条野狗！兄弟们，打这个狗杂种……”

一声令下，富态男人的家仆帮手中，一个身体壮实的汉子举起鞭子就向陈望春头上抽打过来。陈望春也不躲闪，看准对方来势，一把夺过鞭子，反手抽了那人腿上一鞭子，那家伙疼痛得捂着腿直跳。

另一个家仆，趁陈望春不留意，从后面操起木棒，向陈望春打过去，陈望春伸手抓住木棒，又一把抓住这家伙的衣领，把他提了起来，接着往旁边一扔。这家伙跌倒在一丈开外，不住地哭爹喊娘。

富态男人一看对方不好惹，说声“撤退”，让家仆们扶起受伤的下人，急忙骑上马，向马屁股上紧紧挥了两鞭子，一溜烟溜走了。

陈望春扶起老汉。老汉却咚地跪下：“恩人！谢谢您的救命大恩，老汉给您磕头了……”连连向陈望春磕了几个头，感谢恩人的救命之恩。陈望春赶紧把他拉了起来。接着，老人却坐在地上，放声哭了起来。

陈望春觉得奇怪：“大伯，坏人已经跑了，你们不回家去，却又哭什么？”

老汉说：“恩人，你救了我田老汉的一命，可那麻老爷跑了，往后，我家可没法过活了呀……”

陈望春一听，更是一头雾水，忙问：“这是怎么回事？”

老汉只是伤心流泪，却不回答。陈望春更急了，问道：“大伯，有啥缘故，快说呀？”

田老头唉的一声长叹，说了事情的原委。刚才跑了的富态男人叫麻五爷，是本县龙门镇的富翁。今天早晨，一个十三四岁的小子带了几个人在这个山丘上打猎，那小子追赶一头小鹿时，把老汉家一头在山岗上放牧的刚生下才三个月大的小牛犊，误当猎物给射杀了。老汉发现后，赶来揪住小子要他赔偿，可这小子挣脱老汉跳上马背就逃。谁知，惊慌中，这小子刚跑了几十步就从马上掉了下来，把小腿给跌骨折了。老汉心软，见那孩子受伤，就不想跟对方计较了，示意对方走人。那小子则在同伴的救护下被抬走了。

那些人走了，老汉正在一边收拾小牛犊的尸体，一边自叹倒霉。一会儿，来了一伙人，领头的自称是麻五爷，说是有人把他儿子的腿打折了，特来拜会对方。老汉这才得知，刚才跌折了腿的小子，是麻五爷的儿子。老汉就把事情原委说了，可麻五爷硬是不信，他说，如果真是他儿子射死了牛犊，他们赔偿得起，但是老汉不该打断他儿子的腿。麻五爷却说，人比牲畜值钱，张嘴就要一百五十两银子的医药及疗养费。老汉苦苦哀求，请对方饶他一回，减少数额，少要一点。可是麻五爷说，就算是他儿子射死了小牛犊，除去赔偿牛犊的二十两银子，老汉还得拿来一百三十两银子现场结账。如果拖到明天，就得付一百四十两银子。

老汉真是欲哭无泪。恰在这时，老汉的女儿冬梅来了，麻五爷一看冬梅长得漂亮，就有了邪念，他假惺惺地说：“田老头，如果你实在拿不出来现钱付清账，我给你两个办法，你任选其一：一、你可拿你的女儿来抵债，我不会亏待她的；二、你可用你家的田地契约来抵债。这两个条件，你要马上选择决定，当场兑现，我可不想在这儿久等。”

这两个条件，都像是要田老汉的命。老汉只有冬梅这一个女儿，哪能让麻五爷把女儿讹诈去！再说，土地是百姓的生存之本，他家三口，共有五亩薄田，如果把它们抵给了麻五爷，往后他家靠什么来生活？

老汉坚决不答应这两个条件。麻五爷大骂了老汉一番，问他还有什么抵债条件。老汉流着泪说：“就算你儿子的腿是我打断的，血肉债用血肉来抵。你若答应一笔勾销，就可以当场打断我的一条腿。”麻五爷应道：“可以。”

冬梅一听，拦住爹，哭着说不行。她说愿意用地契来抵债。她不顾父亲反对，很快回家取来了地契交给了麻五爷。她扶住父亲正要离开，麻五爷却拦住了她们，麻五爷沉着脸说：“慢着，你们地契上的田地太少，不够抵债。田老汉你得用抽打七十鞭的皮肉之苦，来抵消一部分，否则此账不能两清。”

田老汉听了又气又恨，为了抵债，不顾女儿的再次拦阻，答应让麻五爷抽打七十鞭子。

于是，麻五爷就让下人狠狠地打起老汉来了。他还说，如果田老汉能挨上二百鞭子，地契他麻五爷就不要了。狡诈的麻五爷暗想，只要老汉承受不住毒打，他的女儿一定会心疼老父，答应跟他去他们麻家抵债的。这样，就白得个美人了。

可是，田老汉刚挨了四十鞭子，陈望春就来救下了他。麻五爷见再占不到便宜，便趁混乱中，拿上地契溜走了。

二、逃生

陈望春见老汉是为地契而哭泣，很为老汉的遭遇气愤，他把老汉父女俩安慰了一番，让她们回家去，说他会想办法把老汉家的地契弄回来的。陈望春把田老汉父女送回家，才继续进城去办事了。

次日傍晚，陈望春潜入麻五爷家中的后花园。三更后，麻府一片寂静，陈望春摸到账房，将田老汉的地契寻到，拿了出来。次日，他把地契还给了田老汉。田老汉地契失而复得，高兴极了，当他听说地契是陈望春夜入麻府暗中取回来的，又害怕了。

陈望春说："怕什么，地契在谁手上，谁就是田地的主人，而且地契上的名字他们还没换掉，拿到哪里去说这也是你的地契。"田老汉觉得有理，就让女儿用好酒好菜感谢陈望春，还留陈望春住了两天。当田老汉看到陈望春与冬梅在一起互敬友爱的情景，不禁心中有了想法。老汉把想法跟老伴说了，两人一商量，老伴也觉得两个年轻人是郎才女貌。老汉问陈望春的身世，陈望春如实相告：由于父亲和爷爷都在一场农民起义中先后牺牲了，所以，他和母亲在亲戚家的劝说下，就隐居在乡下，过平静的小民生活。但是，因性情耿直，他从小练成了一身十分了得的武功，一有时间，他就会干些劫富济贫的营生。

老汉听了陈望春的身世和家底，一阵唏嘘声，他很赞成陈望春的为人。心想，把女儿嫁给这样的人，真是嫁对了！就把欲许女儿给他的话挑明。两个年轻人是心有灵犀，早就相互爱慕，自然都没意见。

过了一个月，田老汉伤势基本好了，就选了个好日子，给陈望春和冬梅办了喜事。

陈望春在田老汉的提议下，把老娘接过来，两家合住在一起。

一天，陈望春去龙门镇上买东西，看到镇上有好几家在凄凉地办丧事。围观者不少，大家的神情都很异常。陈望春一番打听，原来麻五爷凭借财富，趁机放高利贷敛聚钱财，逼得不少人家家破人亡。陈望春十分气愤，次日夜晚，他潜入麻五爷家，准备偷他的不义之财救济灾民。

陈望春在麻府转了一圈，没发现值钱的东西。他又去了账房，还是没有发现与财产有关之物。他想，莫非麻某已有戒心，把东西藏在他的卧室了？既然来了，一定不能空手而归!

后半夜，陈望春看到院内漆黑一片，就准备撞进麻五爷的房间里，搜索他的财宝，准备携带些银钱出来救死扶伤。

当陈望春潜到麻五爷的睡房门口时，听到麻五打鼾的声音。

陈望春心想，这老东西今天肯定没想到我会来他的卧室。今晚干脆先绑了他,再拿了他的银票去救济穷人。走时,把麻五带到野外去冻一夜。

陈望春用刀轻轻地拨开了房门，刚要进门时，嗖的一声，一支冷箭射了过来。陈望春一闪，躲了过去，接着又是“嗖！”“嗖！”的两声，两支利箭射来，陈望春又轻巧躲过了。

刚站定，两个黑汉子手舞钢刀从黑暗处冲了上来。陈望春挥刀迎了上去。打斗了十几个回合，陈望春边打边退，刚退到后门前，又冲上来两个汉子。陈望春知道今晚情况不妙，发起神威一阵厮杀，那几个汉子处在了下风。

陈望春正想借此机会脱身而退，后门的暗处，又跳出来了一个汉子，向他攻了上来。陈望春发了一声怒吼，一连向最后这个汉子砍了几刀，那汉子抵挡不住，中了一刀，“哎哟”一声倒向地上。

陈望春心里一阵轻松，正想飞奔而去，这时，他却遭了暗算。冷不丁，一股黑黏黏的东西射向了他的眼睛。他的眼睛只觉得一阵酸辣的味儿刺入骨髓，顿时眼前一片黑暗。

接着，陈望春的腿就被什么东西套住了，接着身不由己地摔倒在地上。

今晚，陈望春被麻五爷请来护院的五名黑道高手团团围攻，用装了石灰水的喷水枪，射中了眼睛，终因寡不敌众，陈望春被对方撒来的大网罩住，生擒活捉。原来，自上次麻五爷夺得的地契莫名其妙地失踪后，他为了安全，就请了几个武林高手来当护院了。

凶残成性的麻五爷，正恨死了陈望春呢，既然捉住了，就将他用铁链绑了，游街示众一番后，麻五爷咬咬牙，叫来一个高个儿家丁，叮嘱了几句，家丁点头而去。

这天半夜时，麻五爷在几个家丁的簇拥下，押着陈望春，来到镇后那座荒山顶上。

麻五爷说：“陈望春，你屡次得罪我，太让大爷我失望了，有你，我就不得安宁。今天，麻大爷我要送你回老家，见你祖宗去！”

陈望春听麻五爷这样说，就破口大骂：“麻老五，我咒你八辈子祖宗，你心狠手辣，坏事做尽，丧尽天良，你不得好死……”

麻五爷打了陈望春一个耳光，怒吼着：“死到临头，你还嘴硬！”转身对下人道，“都手脚利索点，送他走！”

手下七手八脚地挖着地上的土。很快，坑挖好了，麻五把陈望春推下坑去，给活埋了。

陈望春死时，他的妻子冬梅已有了几个月的身孕。

她得知陈望春的死讯后，哭得死去活来。她跪在地上，给陈望春烧了一堆纸，向他死去的方向磕了几个头，然后坐在地上发呆。她深知麻五爷是蛇蝎心肠，怕他斩草除根来追杀自己，便收拾了一些金银细软，要举家外逃。可田老汉夫妇说年纪大了，说啥也不愿走。他们催促冬梅快走。

冬梅只好带上婆婆，连夜逃往广东。进入衡阳地界时，一路颠簸的婆婆，得了重病，不几天就病逝了。安葬了婆婆，冬梅盘缠已经用尽，由于挺着个大肚子，她又无法给人做工挣钱，只得沿途乞讨，晚上蹲屋檐下，或者睡桥墩下，狼狈至极。

一天晚上，冬梅又在一间破庙里过夜。刚安顿下来，一阵猛烈的疼痛袭来，本就又累又饿的冬梅，哪里经得起这样的折腾，浑身汗如雨下，她呻吟了几声，一下子就昏了过去。

冬梅醒来时，却发现自己躺在一间温暖舒适的客栈里。

她吃力地抬起头，仿佛要寻找什么，只听旁边有人说："醒了，她终于醒过来了。"接着，一个丫鬟装束的女子走到跟前说："恭喜夫人生了个千金。"

冬梅顾不得对方道贺，却茫然地说："你是什么人？我这是在什么地方？"

丫鬟说："也是夫人福大命大，我家娘娘乃当今皇上的爱妃，因有孕在身，前来岳山祈求神灵赠她一个阿哥，回途时，却要生产了，没法，只好去了一座破庙，正好碰上你也在那里生产。娘娘如愿生了一位阿哥，心里一高兴，便吩咐下人把你也带来客栈调养。"

冬梅听了，慌得挣扎着站起来，让丫鬟领她起来去拜谢娘娘。娘娘果然很是和善，关切地问她为何相遇在这样的地方。冬梅悲悲切切地把事情的经过，都一件一条地说了出来。

娘娘沉思了一会儿，说："广东这么大，你去了也不一定找得着你的叔叔，你不如跟我去京城吧，我和你同时沦落到这座破庙，不算是前世有约，也可算是今生有缘。"

冬梅望着娘娘，心想，自己既无安身之地，又刚产下幼儿，真是身处艰难境地，弄得不好，连性命都不保。想到这里，她便拜谢了娘娘，跟她们一道去了京城。

三、烧坟

麻五爷当时将陈望春活埋后，派人去追杀冬梅，却发现冬梅早已逃走。他想冬梅一个妇道人家，谅她也成不了什么气候，便也不再追究。

几月后，一个游方道士来镇上云游，踏遍了这里的山山水水后，在一个酒店里喝酒。刚好遇上邻座几个青年人划拳喝酒，因为争输赢争得差点儿打起来。

道士就劝他们："各位，消停点吧！不就是几杯酒嘛，何必如此呢！真正要争的东西，你们看不到也不在意，古人说得真好啊：大人物争位，小人物争地，讨口乞丐争桥底。你们连几寸土地都没得争，尽管争这口中之物，不就是几碗水做的东西吗，值得这样吗？输了就挺起胸脯多喝一杯，赢了，就暂且高兴一时呗。"

几个人一听，这个道士说得有道理，就不争了，围上来问道士此地有什么样的东西他们没看到？可道士却笑而不答，自己慢慢地饮酒。

这几个人一看，这道士可不简单呢，就邀道士过来同饮。

道士答应了："也罢，独乐乐不如众乐乐也。"就把酒菜搬了过来。

饮了一会儿后，道士说："你们都是当地人，真是司空见惯，不知好歹啊！你们后面这座高耸入云的山峰，顶上有一处天子地，可惜已经葬了人，如果造化好，这家人啊，日后必有人贵为天子。你们都是当地人，为何不争这样的几尺土地啊？"

"真有这样的事？"众人觉得很新鲜。

"信者则信，不信者拉倒。我还有事，不陪同各位了。"道士说罢，转身走了出去。

这消息一传开，麻五爷的心里就着了慌，为何？因为这座荒山上只葬了一个人，那就是被他活埋的陈望春。试想，如果陈望春有子嗣贵为天子，还不将他满门抄斩以报杀父之仇？那道士能这样说，可能是个高人。

麻五爷越想越怕，情急之下，又想出一个阴毒的办法来。那道士不是说陈望春葬的是天子地吗？我就把它毁了，破了他的地气，天子也就出不来啦。

于是，当日晚上，麻五爷带着几个心腹家丁，操起家伙，趁着夜色上了山，将陈望春的坟堆扒开，在尸骨上浇上桐油，然后点燃。只见熊熊火光冲天而起，顷刻间，陈望春的尸骨就化为灰烬。

想到一件"好事"办得随心尽意，麻五爷不由得一阵仰天大笑。

"小的们，回去大爷赏你们一坛美酒，好好喝几杯！走！"麻五爷手一挥，带着随从心满意足地下了山。

第二天，那个游方道士又在镇上晃悠，并在那几个酒友的陪同和怂恿下，再去察看那座山头，见此情景，吃惊地对众人说：“这家人还真造化好呀！”

“怎么个造化好法？”众人不明白，急问。

道士摆摆手中拂尘，捋捋稀稀的胡子，说：“你们知道什么？这是一座蜡烛山，从远处看，酷似一根蜡烛插在莲台上，这坟却正葬在烛顶上，如今坟里的尸骨被烧，也就是点燃了蜡烛，蜡烛大放光明，这家人必有人贵为天子。只是，现在有人毁了他的祖坟，这天子成了大器后，带给这地方的，恐怕将是祸不是福啊。”

众人听得战战兢兢。有人就问该怎么办？

道士摆摆手中拂尘，一言不发，转身就走了。

其实，人群里混有麻五爷的人，此人把道士的话报告给麻五爷，他听了此话后，更是顿足连连，懊悔自己害人不成，倒帮了仇家。

四、伏法

冬梅自从进京之后，就跟在娘娘身边服侍两个孩子，她还被娘娘的儿子南盛认作奶娘。由于她出身贫民，勤劳善良，对人真诚，很受众人喜欢。

一晃十年，那阿哥已长成一个英俊少年，冬梅看他越长越像她死去的丈夫，便起了疑心。一天，冬梅悄悄地问娘娘身边的丫鬟，那丫鬟在她的苦苦求告下，才把实情讲了出来。原来，那娘娘很受皇帝恩宠，但苦于一直没有儿子。那次去南岳许愿回来，偏偏在破庙里又生下个女儿，正好碰上冬梅生了儿子之后，昏了过去。娘娘为了能在后宫立住脚，就调了包，用女儿把冬梅的儿子换了过来。

冬梅听了又悲又喜，悲的是，亲生儿子就在身边，却无法相认；喜的是，天缘巧合，一场将错就错的同地产子，让儿子平安在世，还进入皇家，而且成了皇子，杀夫之仇有望可报。

果然，不久后冬梅的儿子南盛被立为太子，过了几年先帝驾崩，他又成了九五之尊的皇上。这真是多年媳妇熬成了婆！冬梅找个机会向皇上讲明实情，南盛便决定私访江南，一来，想看看自己的故乡，二来，想查证冬梅所讲的是否属实，便带了几个人来了南方。由于走得匆忙，又加上运气不佳，到了南方未能查到什么。他不死心，还想再待一些日子，没想到，母后派人来催他，说朝中有事速回决断，他便回宫了。

但南盛对那件事耿耿于怀，一直想弄清楚。过了两个月，他又带人来了南方。

这一天，南盛来到一处风景不错的地方，游玩了一天。黄昏时，南盛来到了一户很气派的人家府上要求住宿。主人是个年轻人，很热情，还用好饭菜招待了他们。半夜，他被一阵炮声惊醒，贴身护卫刘一手赶紧把他叫醒，两人跑出门，门外火把照得如同白昼。有十几个手持刀枪的人，把他们的房子团团围住，一见他俩露面，就蜂拥而来捉住了他们，用绳子反绑了。有人还高叫：“一个也不能放他们跑掉。”他们一看，另外四个随从早已被人家绑了，被人用刀架在脖子上。这时，一个六十岁左右的老人走上来说：“请他们到后院去，咱们送他们一程！”随后，他们被押向后院。后院已经挖掘好了一个大坑。看来他们要被活埋了。

南盛说：“谁是当家的？俗话说：吃要吃个痛快，死要死个理由。现在，我们一只脚已踏在鬼门关，但是，不能当屈死鬼！”

六十余岁的男人说：“我是当家的，人称麻五爷，以后五位到了阴司，告状就告我吧……”

正在这时，呼啦啦一阵响声，一下拥进来二百多名官兵，把在场的人全包围了。

麻五爷见事儿不妙，突然抢过一把刀，向南盛奔来，想劫持他。就在这一眨眼间，只听咯嘣一声，南盛用力挣断了绑绳，他飞起一脚，正中麻五爷的左肩膀，麻五爷一下跌倒在地。

这时，忽听得“唰唰唰”的几声响，一条人影从空中飞奔而来，应声落在麻五爷身边，他还没爬起来，一柄长剑已横在他的脖子上。

麻五爷急忙道：“好汉饶命，有话好说……”麻五爷已被人用刀逼住，手下人见败势已定，只好放下器械。很快，这些帮手被官兵全部拿获了。

这是怎么回事？原来，几年前麻五爷知道以后凶多吉少后，就在离他家的一里之地又买地造了一所住宅，与他的儿子分开住，并秘密在两府之间的地下，打通了地道。因为他们想，若真有一天皇帝要抄他家时，他们好从地下通道悄悄地通到新府宅，而后逃之夭夭。

这天，皇帝在不知道底细的情况下，投宿到他的新府宅后，麻五爷听了儿子派的家仆来向他报告后，从家仆所说来人的长相上他断定此人是当今皇帝。真是天赐良机啊！就一咬牙，决定来个先下手为强。于是，半夜以炮声为号，带领家仆家丁们赶来，从四面同时下手，捉拿皇帝要来个以绝后患。

可惜那冲天的一声炮响，坏了他的大事。原来，南盛皇帝入住麻五爷的新宅后，太后派来暗中保护他的两个护卫官，其中之一的王无影，是个智勇双全的人，他多了个心眼，就让护卫同伴安一心住在五里外的县城。两人约定若有意外事，他以放冲天炮为号，安一心若听到炮声，就带领官兵火速来解救。而王无影呢，则悄悄睡在麻府新宅院墙外面的一棵三丈高大树枝杈上。

这天半夜，麻五爷突然在一声炮响之后，对皇帝发起了攻击。当时王无影见出事了，按约定他要放炮报信，但想到敌人已放了炮，就知道安一心听见炮响会带人来，便藏在树上暗中观察动静。当安一心带的人已到了府外，他也弄准了麻五爷的身份后，便出其不意飘然而来，擒住了贼首。

其实，南盛皇帝在奶娘冬梅的劝告下，从小就跟武教师学了一身武艺，只是深藏不露而已。

麻五爷全家被押送到官府，皇帝罗列其几大罪状，将作恶多端的麻五爷一家人正法，终于报了杀父之仇。南盛下令将陈望春的坟墓很快修补好，并为陈望春赐号为“尊义侠”，取意“至尊仁义”之意。

南盛此次私访回京后，准备认祖归宗，冬梅劝阻说：“你姓什么，其实并不重要，重要的是，你要有一颗宽大仁慈的心，勤政爱民，心怀天下，让百姓安宁地生活，多为天下的穷苦人谋福利，做一个人人称道的好皇帝。”

南盛也考虑到朝中重臣都是保守之人，如果认祖归宗，势必引起皇室之争，这样于国于民都不利，便也作罢。后来，他谨遵母训，勤于朝政，公正处事，经常体察民情，除弊兴利，成了万民敬仰的一位明君。

End